杨庆祥 主编
新坐标

抒情的创造

张楚 著

朱明伟 编

江苏凤凰文艺出版社

图书在版编目（CIP）数据

抒情的创造 / 张楚著；朱明伟编 . — 南京：江苏凤凰文艺出版社，2023.9
 ISBN 978-7-5594-6396-8

Ⅰ.①抒… Ⅱ.①张…②朱… Ⅲ.①中国文学－当代文学－作品综合集 Ⅳ.①I217.2

中国版本图书馆 CIP 数据核字(2021)第 243026 号

抒情的创造

张 楚 著　朱明伟 编

出　版　人	张在健
责 任 编 辑	李　黎　项雷达
特 约 编 辑	王　怡　郭　幸
责 任 印 制	刘　巍
出 版 发 行	江苏凤凰文艺出版社
	南京市中央路 165 号，邮编：210009
出版社网址	http://www.jswenyi.com
印　　　刷	苏州市越洋印刷有限公司
开　　　本	880 毫米×1230 毫米　1/32
印　　　张	9
字　　　数	200 千字
版　　　次	2023 年 9 月第 1 版
印　　　次	2023 年 9 月第 1 次印刷
标 准 书 号	ISBN 978-7-5594-6396-8
定　　　价	56.00 元

江苏凤凰文艺版图书凡印刷、装订错误，可向出版社调换，联系电话 025-83280257

新时代，新文学，新坐标

杨庆祥

编一套青年世代作家的书系，是这几年我的一个愿望。这里的青年世代，一方面是受到了阿甘本著名的"同时代性"概念的影响，但在另外一方面，却又是非常现实而具体的所指。总体来说，这套"新坐标"书系里的"青年世代"指的是那些在我们的时代创造出了独有的美学景观和艺术形式，并呈现出当下时代精神症候的作家。新坐标者，即新时代、新文学、新经典之涵义也。

这些作家以出生于 1970 年代、1980 年代为主。在最初的遴选中，几位出生于 1960 年代中后期的作家也曾被列入，后来为了保持整套书系的"一致性"，只好忍痛割爱。至于出生于 1990 年代的作家，虽然有个别的出色者，但我个人认为整体上的风貌还需要等待一段时间，那就只有等后来的有心人再续学缘。

这些入选的作家都是我们这个时代的新青年。鲁迅在 1935 年曾编定《新文学大系小说二集》，并写有长篇序言，其目的是彰显"白话小说"的实力，以抵抗流行的通俗文学和守旧的文言文学。我主编这套"新坐标书系"当然不敢媲美前贤，但却又有相似的发愿。出生于 1970 年代以后的这些作家，年龄长者，已经 50 多岁，而创作时间较长者，亦有近 30 年。他们不仅创作了大量风格各异、艺术水平极高的作品，同时，他们的写作行为和写作姿态，也曾成为种种文化现象，在精神美学和社会实践的层面均提供着足够重要的范本。遗憾的是，因为某种阅读和研究的惯性，以及话语模式的滞后，对这些作家的相关研究一直处于一种"初级阶段"。具体来说表现在以下几个方面。第一，单个作家作品的研究比较多，整体性的研究相对少见；第二，具体作品的印象式批评较多，深入的学理研究较少；第三，套用相关的理论模式比较多，具有原创性的理论模式较少；第四，作家作品与社会历史的机械性比对较多，历史的审美的有机性研究较少；第五，为了展开上述有效深入研究的相关史料的搜集、整理和归纳阙失。这最后一点，是最基础的工作，而"新坐标书系"的编纂，正是从这最基础的部分做起，唯有如此一点一点地建设，才能逐渐呈现这"同代人"的面貌。

埃斯卡皮在《文学社会学》里特别强调研究和教学对于文学"经典化"的重要推动。在他看来，如果一部作品在出版 20 年后依然被阅读、研究和传播，这部作品就可以称得上是经典化了——这当然是现代语境中"短时段经典"的标准。但是毫无疑问，大学的教学、相关的硕博论文选题、学科化的知识处理，即使是在全（自）媒体时代依然发挥着不可替代的历史化功能。编纂这部书系的一个初衷，就是希望能够为大学和相关研究机构的从业者提供一个相对全面的选本，使得他们研究的注意力稍微下移，关注更年青世代的写作并对之进行综合性的处理。当然，更迫切的需要，还是原创性理论的创造。"五四一代"借助启蒙和国民性理论，"十七年"文学借助"社会主义新人"理论，"新时期文学"借助"现代化"理论，比较自洽地完成了自我的经典化和历史化。那么，这一代人的写作需要放在何种理论框架里来解释和丰富呢？这是这套书系的一个提问，它召唤着回答——也许这是一个"世纪的问答"。

书系单人单卷，我担任总主编，各卷另设编者。需要特别说明的是，所有的编者都是出生于 1980 年代以后的青年评论家、文学博士。这是我有意为之，从文化的认领来说，我是一个"五四之子"，我更热爱和信任青年——即使终有一天他们会将我排斥在外。

书系的体例稍做说明。每卷由五部分组成：第一，代表作品选。所选作品由编者和作者商定，大概来说是展示该作者的写作史，故亦不回避少作。长篇作品一般节选或者存目。第二，评论选。优选同代评论家的评论，也不回避其他代际评论家的优秀之作。但由于篇幅所限，这一部分只能是挂一漏万。第三，创作谈和自述。作家自述创作，以生动形象取胜。第四，访谈。以每一卷的编者与作者的对话为主体，有其他特别好的访谈对话亦收入。第五，创作年表。以翔实为要旨。

编纂这样一套大型书系殊非易事。整个编纂过程得到了各位编者、作者和江苏凤凰文艺出版社的大力支持，尤其是张在健社长和青年编辑李黎老师的大力支持！在此向付出辛苦劳动的各位同代人深表谢意。其中的错讹难免，也恳请读者和相关研究者批评指正。记得当初定下选题后，在人民大学人文楼的二楼会议室召开了第一次编务会，参会的诸君皆英姿勃发，意气风扬。时维夜深，尽欢而散。那一刻，似乎历史就在脚下。接下来繁杂的编务、琐屑的日常、无法捕捉的千头万绪……当虚无的深渊向我们凝视，诸位，"为什么由手写出的这些字/ 竟比这只手更长久，健壮？"生命的造物最后战胜了生命，这真是人类巨大的悖论（irony）呀。

不管如何，工作一直在进行。1949年，作家路翎在日记中写道："新的时代要浴着鲜血才能诞生，时间，在艰难地前进着。"而沈从文则自述心迹："我不向南行，留下在这里，为孩子在新环境中成长。"70年弹指一挥间，在这套"新坐标书系"即将付梓之际，我又想起苏联作家帕斯捷尔纳克的一首诗《哈姆雷特》：

  喧嚷嘈杂之声已然沉寂，
    此时此刻踏上生之舞台。

> 倚门倾听远方袅袅余音,
> 从中捕捉这一代的安排。

敢问,什么是我们这一代的安排?

是为序。

2019.2.16 于北京
2020.3.27 再改
2023.7.11 改定

目录

Part 1 作品选 001

夏朗的望远镜 003

七根孔雀羽毛 053

良宵 116

野象小姐 139

中年妇女恋爱史 166

Part 2 评论 199

张楚：真正的文学议程 201

望远镜中的风景——张楚小说论 204

以文学的方式看世界——读张楚《野象小姐》 219

张楚的轻与重——从《七根孔雀羽毛》谈起 224

小说的 "宇宙"：地方风景与认识装置——论张楚小说的叙事美学　　231

Part 3　创作谈　　243

孤独及其所创造的　　245

惟有在此，一切才有了意义　　255

Part 4　访谈　　259

生活深处的残酷与温暖——金赫楠、张楚对谈　　261

Part 5　张楚创作年表　　269

Part 1

作
品
选

夏朗的望远镜

一

夏朗跟方雯以前不熟，上班不过三两年，又都在下面的分局，所以说，虽然在一个单位共事，也只是开全体会时恍惚打过照面。说没印象呢，是假话，这姑娘烫一头黄金卷，煞是扎眼，瞅人时左顾右盼，用同事们的原话说就是："这姑娘呀，眼贼着呐。"说印象深呢也是假话，他极少想起她，或许偶然想起过？可即便想起，恐怕也只是似笑非笑一张脸，眉眼如何倒不是很清楚。说起来，他跟她的事还得感谢单位。如果没记错，那个夏天极少下雨，即便下了雨，也只是鸽子粪那样稀稀拉拉的几泡。也就是在那个瘦骨嶙峋的夏季，他们在市里足足蹲了一个半月。

事情是这样的，省里新来了位姓李的局长。关于这位局长，传言甚多，不过有一点是确凿的，他上任之前，曾是省委书记的贴身秘书。这个秘书和一般秘书不同，很有些脾性。据说在省会，他开

9999牌号的奥迪,遇红灯从来不停。某一天,一个新来的警察截了他的车,他摇下车窗,一口浓痰就朝小警察啐过去。当天下午,那位刚上了两天班的警察就被调离了。对于新局长的到来,市局的领导们都暗暗捏了把汗。上任不久,李局长就要求全省系统上马一个新程序,把往昔十年的纸质文件全部录入电脑。为防差错,市局要求县局遣派的精英一律市里集合,统一录入数据。所谓精英呢,无非是那些刚毕业、懂英语,尚未来得及拉家带口的单身男女。

夏朗跟方雯分在一组,每天下午两点开始录数据,一直录到晚上九点。这七个小时,除了晚饭那顿自助餐,除了上厕所、喝水,所有人员均不能离办公大厅半步。夏朗屁股瘦,却最坐得住,不像别的同事,譬如那个二百三十斤的刘振海,每隔半个时辰就溜到外面吸烟。那天,他甚至带了烤羊腿和啤酒,时不时啃灌两口,呆头呆脑四周环顾。夏朗就笑,觉得领导把这样的同事派来,犹如让金凯利去演爱情电影,而让尼古拉斯·凯奇去演喜剧片一般。

那天录完数据,几百号人嗡嚷嗡嚷从厅里涌出,堆挤在电梯口。夏朗鼻子里全是汗臭味儿,忍不住打个喷嚏。不想一口痰就喷上手背,去摸手绢,却没摸到。脸红之际,身旁就伸过来一只水嫩的手,顺势把张湿纸巾搭上他手背。他一侧头,却是方雯。方雯面无表情地朝他点点头,说了句什么。也许她声气本来小,也许是嘈杂声太大,总之夏朗并没听清她嘀咕了什么,便愣愣瞄了她看。她随手指了指楼梯,似乎怕夏朗还未意会,干脆将手捂住他耳朵。瞬息他就闻到了香水味儿,犹如干草暖香,胸口不禁荡了荡,依稀听方雯说:"陪我一起走楼梯吧,夏朗。"

说这话时她嘴唇似乎触到他耳廓,也许已然触到?他忽就明白了吐气如兰是怎么回事儿。日后忆起那日,觉着他和她,仿佛是逃荒的难民中两个心不在焉的人,在膨胀的饥饿感和对食物的无限热望中,内心反倒窸窸窣窣升腾起一种氤氲的、酥软的暖。这窸窸窣窣的暖,让他穿越众人随她行进时,一直仿若踏在云霄之上。后来,这个小男人和这个女人顺着楼梯一阶一阶缓缓着走。楼梯没亮灯,每迈一阶,夏朗先把灯打开,回头看方雯一眼。方雯就朝他笑。笑得不甜,也不冷清。

"夏朗啊,你饿了没?我们去吃点东西吧。"方雯在转角处停了,抱着胳膊肘说,"我好想吃烤鸡翅。"她咂摸着嘴,不光咂摸着嘴,甚至伸出舌头俏皮地舔了舔嘴唇,"我最喜欢印度的变态鸡翅了。"

"哦。"

"你喜欢吃变态鸡翅吗?"方雯道,"喜欢辣口吗?"

"……都行吧。"

"你喜欢看电影吗?"方雯又说,"今天晚上好像有《少林足球》呢。吃完鸡翅我们就去看电影吧。听说赵薇在里面演一个丑女。"

那是夏朗长大后第一次到电影院看电影。电影院里人不多,也不少。方雯买了两包爆米花,随手递给夏朗一袋。关于那天的电影,除了爆米花的甜,夏朗已没任何记忆。他只记得走出电影院时,一股热浪扑面而来,身上忽就粘了些莽撞的飞虫。坐上出租车时,方雯突然让司机停一下,然后径自下车。夏朗看着她站在离车门不远的地方抻了抻连衣裙。她穿了件连衣裙,连衣裙有点瘦。

方雯回来,塞给他一盒香烟,大大咧咧说:"我知道你抽烟,可今儿晚上你一根也没抽。没事的，你抽吧，我不介意。"夏朗手里攥着香烟盯着方雯，方雯就眨着大眼笑。夏朗窸窸窣窣点着一根，方雯问："烟抽起来是什么滋味？"夏朗就说："苦呗。"方雯问："你为什么抽烟？我大学里的男同学，很多是失恋才抽的。他们管这叫恋爱后遗症。"夏朗只呵呵笑。方雯沉默会儿，突然从他手里把香烟捏过去，狠狠吸了口，又急着吐出，慌忙插进夏朗嘴里。夏朗听到她嘀咕道："难抽死了。我爸身上就老是这种烟草味儿。隔着两米都能闻到。"

那是夏朗第一次听方雯说起她父亲。当然，他并没有问关于她父亲的任何问题。后来在市里的那段日子，他单调无味的单身汉生活因为和方雯的那场电影有了很大改变。他再也没去跟男同事们玩扑克牌或者喝酒，也没有一个人到网吧里上网聊天。他的业余时间全给了方雯，或者说，方雯把自己的业余时间全给了他。他们去专卖店看衣服，去上岛喝咖啡，去大钊公园散步，去百老汇电影院继续看那些永远记不住情节的俗滥电影。有天晚上，从影院里出来时，方雯提议去参观理工大学的地震遗址。那栋遗址本是座五层楼的图书馆。二十多年前那场惨绝人寰的地震让它由五层变成了三层，也就是说，剩下的那两层直接就沉到了地表之下。为了纪念那场地震，政府特意批准把这栋楼保留下来。

夏朗并不想去。两个人跑到幽灵遍布的废墟，想想身上就起鸡皮疙瘩。可方雯并不这样认为。她笑着威胁夏朗说，如果他不跟她走一趟，她就"休"了他。夏朗只得怏怏随了她去。月洗高梧露沾幽草，他们在废墟外面怯怯站了会儿，方雯就从防护栏上近乎勇猛地蹭了过去。夏朗张了张嘴，随后蹑手蹑脚爬将过去。两个人没拿手电筒，也没带打火机，萤火坠墙阴，就在黑魆魆的废楼里慢慢走。走着走着，一条黑影忽从里面闪出。方雯尖叫一声，顺势扑到夏朗怀里。不过是只寻食的野猫而已。夏朗颤抖着紧抱住她，她温热的乳头死死贴着他的胸脯，大腿根则顶着他私处……两人在废墟里笨拙地躺下去，躺下去时还胡乱抱一起，仿佛驰隙流年，恍如一瞬星霜换，他们，无非是多年前在图书馆幽会的一对情侣。

那是夏朗第一次跟女人私密接触。他还记得他们从地上爬起来时，方雯掸了掸自己的裤子，从背后揽了他的细腰。他听到她用一种犹疑的、淡然的声音说，等这个礼拜回家，他必须跟她去见见她父亲。夏朗当然知道那是什么意思，他转过身，亲了亲她的额头，对她说，他当然要去拜见她的父亲，他不但要拜见她的父亲，还要去拜见她的母亲。说这番话时，夏朗一双手还死死攥着她蜂蜜般滑腻、柔软的胸脯。

二

方家对第一次来访的夏朗礼遇很高，不但买了大闸蟹东方虾，还特意将方雯的叔叔婶婶、姑姑姑父一并请来。方家住在城乡接合部的一处平房里，三大间，还有厢房，院落里的小白菜翠绿多汁，劈好的松木码得比麻将牌还齐整。县城里像这样独门独院的平房已不多。方雯母亲和方雯长得像姐俩，虽老了，可一双湿漉漉的眼左转右旋，似乎要滚将出来。方雯父亲矮矮胖胖，犹如尊镀金的弥勒佛，老眼弯着，仿佛满世界的欢喜事全降他身上一般。那顿饭吃得有点闷，夏朗并不是喜欢说话的人，见了方雯那帮密探似的亲戚也不热心。妇女们全然在厨房忙碌，间或听到她们近乎疯狂的爆笑，似乎这个明媚的初秋，夏朗的到来让这个有些寂寥的庭院突然添增了暖暖的生气。

方雯父亲只打了个照面就不见了。后来去厕所路过厨房，夏朗才发现，原来他是在厨房。这个未来的岳父戴着顶雪白高耸的帽子，系着条拖到地面的蓝围裙，正在做油焖大虾。他神情甚是专注，脸膛被炉火映得饱胀红润。方雯站他身后，时不时拿毛巾替父亲擦拭汗水。他的样子太像电视里参加金牌大厨比赛的厨师，或者说，他比那些人更像个厨师。

那顿饭吃得漫长精细。方雯母亲不停给夏朗夹菜，又不停给夏朗倒酒。夏朗上大学时有个绰号，叫"一盖死"，也就是哪怕喝上一酒瓶盖的白酒，也会不知道如何死掉的。所以夏朗很计较，没多喝，怕初来乍到就现原形。可方雯的亲戚们似乎并不这么想，他们热忱地劝酒，仿佛他们的满心欢喜只有通过酒水才能释放。夏朗打定了主意，不能再喝下去了。这时方雯父亲说："夏朗啊，你别光等着你叔和你姑父敬酒，你也主动点，敬敬长辈们啊。"夏朗说："哎……我实在是喝不下了。"本想解释一下，却不知从何谈起。方雯父亲淡淡扫他一眼，不再瞅他，而是和亲戚们谈起了最近城里发生的一起谋杀案。

夏朗的父母对这门亲事倒没什么意见。他们对他所有的事都没意见。这么多年来，他们没骂过他，没打过他，他们都信奉"好孩子是表扬出来的"道理。不过母亲倒有个提议。母亲有提议是正常的,她退休前在一所小学当了三十年校长,什么事都讲究规章制度。她说,最好找个媒人才显得名正言顺,不能让旁人说起来,两个年轻人在市里不好好工作,光忙着谈情说爱。于是夏朗和方雯就忙着趸摸两家都认识的人,趸摸来趸摸去,还真就找到一个人。这人姓司马,老婆跟夏朗母亲是同事,而他则跟方雯父亲是同事。宁拆一座庙,不毁一门亲,司马跑了趟夏朗家,又跑了趟方雯家,这亲事算是定下。

按照桃源习俗,亲事定下后要"踢门槛",就是女方到男方家吃顿饭,男方给女方些彩礼钱。县城不像村里,村里的"踢门槛"钱,最少也要一万零一块,要的是"万里挑一"的意思。老校长给了方雯一千零一块,方雯大大方方接了,又接了老校长的一枚金戒指。

老校长和丈夫在厨房忙活,夏朗就和方雯在房间里待着。亲了摸了,再也不能干点别的。夏朗就说:"我带你看点有意思的东西。"不等方雯询问,就牵着她爬上顶楼,然后指着一架仪器问方雯:"知道那是什么吗?"

方雯盯着仪器,久久才说:"望远镜吗?"

"天文望远镜。"夏朗说,"我这个是博冠探索者经典版,花了三千多块钱呢。全桃源县恐怕也只我这一架。"

"这么贵?"方雯问,"能看多远啊?能看到织女星吗?"

夏朗笑了,说:"你的这个问题,就好像有人看见显微镜就要问,这台显微镜能看见多小的东西?能看见细菌吗?有人看见了一支枪、一门炮,就要问,这支枪、这门炮到底能射多远呢?这样的问题都是不科学的。评价望远镜的标准不是能看多远,而是看其极限星。我们的肉眼就是一台光学仪器,可以看到 220 万光年以外的仙女座大星云,但是看不见距离地球 4.2 光年的太阳系外恒星比邻星。所以说,问一个光学仪器能看多远是没有意义的。"

方雯讪讪地说:"你方才说的这番话,我一句都没听懂。"

夏朗说:"不懂没关系,我慢慢教你。你会迷上星云的。"

方雯打着哈欠:"算了吧。我对宇宙一点兴趣都没有。"

夏朗嘻嘻笑着:"我知道你对啥感兴趣",把她身子扳过,揽自己怀里。在这个时候,哪怕他能观测到一艘 UFO,怕也不会去看了。

吃完饭方雯就走了,不过,走了没多久就打电话过来。她犹豫着说,回家后,她遭到父亲一通埋怨,不该收那一千零一块钱。夏朗顿了顿说,是不是……伯父嫌钱有点少?我妈也问过别人,县城里边,大体是这么个数。方雯说,你想哪儿去了?我爸是那种见钱眼开的人吗?你也太小瞧我爸了。他不是嫌钱少,而是怪我根本不该接这笔钱。

夏朗就闷闷地问:"那他是什么意思呢?"

方雯说:"我爸的意思是,他不是往外卖女儿,既然不是买卖,干吗要收你们家的钱?两人你情我愿,沾了铜臭就显得俗气。戒指我爸说就先留下了,等结婚那天戴。"

夏朗就说:"这……这合适吗?"

方雯有些不耐烦地说:"你等着我,我这就给你退钱。"

夏朗说:"都这么晚了,退什么退啊,你先留着吧。"

方雯那边已挂了电话。

老校长在旁听了个大概,也没说别的。夏朗就说:"没想到她爸倒离钱物这么远。"

老校长拍拍他肩膀说:"傻儿子啊,怕不是这么回事吧?即便真想把钱退回来,也不至于深更半夜来退,你老大不小了……别把什么事都想得这么简单,要动动头脑。"

夏朗皱着眉头说:"这事难道还有多复杂?和尚头上的虱子嘛。"

老校长缓缓叹了口气,转身走了。过了半个时辰,门铃不停躁响,夏朗从猫眼里盯看着楼道里的方雯,不知要不要给她开门。

然而婚期还是定下了。老校长在县城边上也有六间平房,打算搬过去,把高层楼让给夏朗他们当婚房。夏朗没说什么。住平房有住平房的好处。退休的人除了傻吃躐睡还剩什么乐趣?父母都是一辈子没什么爱好的人,不像有些老干部退休了去打门球,或者参加社区的秧歌队。老校长教了一辈子书,闲暇之余最喜欢的是做家务,每天拿了一块抹布在房间里躐来躐去,连马桶都被她擦得油光可鉴。父亲呢,在农业局干了一辈子统计,退休后就在家看电视,从凌晨五点看到夜里十二点。瘦小枯干的他最喜欢拳击比赛,北美四大拳击赛事,WBC,WBA,IBF,WBO,无一不让他痴迷,可拳击比赛不是天天有。通常夏朗起夜时,还会看到父亲躺在沙发上,强睁着一双眼看电视购物。要是他们搬到平房就不一样了,父亲到林业局上班前是村里的牲畜饲养员,他可以养点鸡鸭,当然,如果他愿意,也可以养骡子养马养奶牛。母亲就更不用闲着了,偌大的院子,一块抹布肯定是不够用的,一双老腿肯定是不够遛的。老两口也做好了搬迁准备,拾掇了三两天,伺候着哪天租了三轮车,把所有物件搬过去，再把楼房简单装饰，单待夏朗结婚生子。

那天夏朗正在上班，就接到了老校长电话。她语气有些犹豫，似乎即将要告诉夏朗的事让她颇为费解。她说，方雯的父亲方有礼今天到家里拜访了。方有礼说，他们家在县城还有一处新楼房，离夏朗家很近，他们平素在平房住习惯了，老胳膊老腿的，也不打算住，干脆让夏朗和方雯在里面结婚算了。他们只有方雯这么个女儿，把夏朗当亲儿子看的。"你怎么想呢？"老校长最后问道，"方雯没有跟你透过这件事？"

夏朗说："从来没有跟我说过啊。"

老校长问："那你是什么想法？嗯？你是什么想法？"

夏朗沉吟着说："我没有想法……"

老校长说："如果你们结婚到他们家的房子里，是不是就有些倒插门的意思？"

夏朗说："他们家就方雯一个闺女，什么倒插门不倒插门？将来老了，不还得我们侍奉？"

老校长似乎有些不满夏朗的回答，可即便不满，她也不会说什么："哦，那你就等着当养老女婿，给他们送终吧。"

夏朗这才觉察出老校长话里有话。夏朗虽有哥哥，却在北京工作，一年中除了国庆和春节回趟家，平素忙得连电话也不晓得打一个。父母将来肯定是指望不上他的，哪天老得走不动路了，吃不下饭了，喝不下水了，拉不下屎了，无非还得靠夏朗这个老儿子。这也是当初夏朗大学毕业时，父母非让他考县城公务员的缘故。夏朗就商量着说："那我们……还是在咱家房子里结婚吧。毕竟是家里的房子，住着踏实，硬气。是吧？你不就是这个意思吗？"

老校长沉默半响，方才嗫嚅道："哎……方有礼……刚才……将楼房钥匙留下了。他说，说……房子他们出，装修咱们管。"

三

到底是在方雯家的房子里结的婚。新房离老校长家不过三百米，仿佛方有礼当初买了这房，就知道女儿将来要嫁夏朗似的。装修那段日子，方家人一次都没有来过。

两口子每晚从镇上回来，都要跑到老校长那里蹭饭。老校长自是尽心伺候，每天换着花样吃。吃完两口子就回自己窝里，卿卿我我不在话下。一天事毕，夏朗心血来潮，衣服也没穿就拉着方雯跑上阳台看星云。夏朗让她看最亮的那颗星。方雯瞥了眼，夏朗憨憨地问："你真的不喜欢那些星星？你看到的那些光，都是上万光年之前就发散出来的。"

方雯说："真的啊？"

夏朗说："有时候我老忍不住想，别的星球上是不是也住着像我们一样的人？像我们一样出生，像我们一样谈恋爱，像我们一样老死。或者他们的文明比我们发达，他们的那个星球上，根本就没有死亡这个说法。一切都是永恒的，一切都是完美无瑕的。"

方雯盯着夏朗说："你真是个怪人。"

夏朗搂着她说："如果有那样的星球，我们就搬过去住。"

方雯打着哈欠说："这个礼拜天，陪我去美容院做护理啊。"

夏朗"哦"了声，眼却还是盯在望远镜上。

方雯的护理没做成。小雪至，县里已供暖，夏朗家的暖气管道不知哪儿出了问题，摸上去冰凉。两口子忙着找热力公司的人来修。等修好了已过晌午。两口子坐沙发上，不晓得是去老校长家蹭饭，还是自己蒸点米饭。这时方雯朗着嗓子说："夏朗啊，等暖气热了，我想把我父母接过来一起住。"

夏朗想也没想说："好啊。"

方雯似乎有些吃惊："你同意？"

夏朗说："这有什么？你爸妈住平房，又要买煤又要生炉子，多费事。"

方雯笑着说："你心眼真好。说实话，我想了好几天，也没好意思跟你说。"

夏朗捏着她鼻子说："我心眼不好，你会嫁给我？"

方有礼两口子很快就搬过来。他们没有劳烦夏朗两口子，而是把亲戚们全动员起来了，有车的出车，没车的出力，没力的出主意，只一个上午，就将家当全部搬运过来，仿佛吉普赛人大迁移一般。等夏朗下班回来，开门的正是方有礼。方有礼咧着大嘴"嘿嘿"笑着，把拖鞋递给夏朗，又朝他老婆使个眼色，丈母娘就笑吟吟递过一杯普洱茶。夏朗倒没受过如此礼遇，忙说爸妈你们客气啥。方有礼就把夏朗拉到自己身边，拍着胸脯说，朗朗啊，我们这不是客气，是心里委实高兴呢！四周的街坊邻居，哪个不羡慕我们找了个千里挑一的好女婿？你瞅瞅李福林家，空有四个儿子，可哪个儿子主动接他们两口子去楼房里猫冬？你再瞅瞅王秀峰家，为了养老问题，把俩孩子都告上法庭了！法庭啊！方有礼笑眯眯的眼睛突然就睁得铜铃那么圆，痴痴地看着夏朗。见夏朗张着嘴巴不知所谓，他这才又嘿嘿笑起来，说：人家都说闺女是爹妈贴身的小棉袄，可我看哪，姑爷比闺女还亲！闺女要是贴身的小棉袄，姑爷简直就是一块心头肉！

夏朗慌忙着点头，又慌忙着朝给他脱外套的丈母娘笑。

这样过了一个来月，倒也没觉察出什么不便。晚上回了家，方有礼夫妇早把饭菜做好，热腾腾的，吃着也顺口；洗脚水早早烧好，端到沙发前；屋子以前一个礼拜收拾一次，这下方雯倒成了甩手掌柜，连墩布都不摸一下；夏朗找脱下的内裤洗时，却发现正被丈母娘用力搓揉……总之，家里突然像多了两个知寒知暖的保姆。这倒和夏朗在家里时不太一样。老校长虽宠夏朗，可夏朗的袜子、内衣都是夏朗自己洗。按照老校长的说法就是，贪婪源于每日所见，懒惰源于父母娇惯，一个男人不能娇气，要懂得自己的双手能干什么活儿，要懂得自己的双腿往哪里走。

夏朗是见不得别人好处的人。人对他好三分，他定会给人还十分，更何况这两人是他的岳母岳丈。那天夏朗从集市顺手买了两条香烟，回家时带给方有礼。方有礼笑眯眯地接了，瞅了瞅牌子，没说什么径直扔沙发上。

几天后夏朗去老杨家的小卖店买酱油，就碰上老杨媳妇。老杨媳妇嘴大，话碎，见了夏朗先寒暄几句，然后意意思思盯了夏朗，欲言又止。夏朗就说，嫂子你有话就说嘛，又没人用麻绳捆你的舌头。老杨媳妇这才伸过脖颈贴了夏朗说："夏朗啊，你是不是前几天给你丈人买了两条香烟?"夏朗说是啊,你咋知道呢?老杨媳妇说:"哎,你这孩子,虽有孝心,却没用到正经地方。"夏朗狐疑地盯了老杨媳妇看,看得老杨媳妇不得不说实话:"前几天,有个老头过来,非要卖给我两条香烟,说是姑爷买的。我说这姑爷倒懂事呢。没承想他说:懂个屁事,寒心着呢。我们老两口贴心贴肺地伺候人家,做牛做马,人家也只是买了两条乡下人抽的劣质香烟给我。这种烟我是不抽的,便宜卖给你吧。又唠叨姑爷在财政局,挣钱比谁都多,没想到却这般小气,将来怕是靠不住的。"

夏朗听了老杨媳妇的话,竟不晓得如何回她。这两条烟委实不贵,可也不便宜,平日里自己也都抽这个牌子。没想到方有礼会嫌烟不好。嫌不好也罢,偏要说与老杨媳妇这种长舌妇听。心里难免乱糟糟,径自拿了酱油回家。又想起订婚前的那一千零一块钱彩礼,有点豁然开朗,分明是方有礼嫌彩礼钱少,故意找个由头,让方雯深夜送回,给他们家一点颜色瞅瞅……如是想着上了楼,看到笑眯眯来开门的方有礼,夏朗的心脏竟怦怦作力狂跳起来。

整顿饭也没说上三两句话。吃完后夏朗就溜达到阳台上。他都喜欢一个人俯在望远镜上,静观那些旁人看来司空见惯的星云。仰望黑暗苍穹中发着冷光的星束,他会静下来。近一年,他迷上了双子座的水母星云,除了在市里的那两个月,每天晚上他都要在望远镜里观测个把小时。那是一片妖异星云,一颗一颗的星星被层层雾状物质包裹、拍打、挤压,而那些星星,不是以往灰亮的颜色,相反,它们在涌动中发射出斑斓的光芒。是的,那种光芒只能用斑斓这两字来形容:瑰紫的、玫红的、杏黄的、瓦蓝的……最奇妙的是,那些颜色不是泾渭分明，而是貌似混沌地纠缠一起，仿佛是一大块一大块被随意泼洒在一起的颜料，只不过，这颜料是流动的、光芒四射的……尤其是水母的一条根须上，有一颗星格外耀眼。他观测它至少有七八个月了。那是一颗蓝色的星，犹如玻璃球般透明，当夏朗特意观测它时，那颗星似乎知道夏朗在看它，闪得格外频繁……有时他会荒唐地想，没准那个星球上的某个人，也正拿着一架望远镜观测自己。

"还看啊？"

夏朗一激灵，却是方有礼。方有礼站在他身后，狐疑地看着他。

"是啊。怎么了？"夏朗的声调竟有些高亢。

"年轻人可不能玩物丧志啊！"方有礼说，"我们搬过来这段时间，你每天晚上都守着这个破望远镜，有意思吗？"

夏朗没有应他，而是呆呆凝望着他。他倏地恍惚起来，站在自己眼前的这个叫方有礼的人到底是谁？自己跟这个肥胖、白皙、矮矬的老男人如此陌生，犹如隔着莫测的光距。以往的二十多年，县城这么小，他从来没遇到过这么个人：宴席上，音像店里，大街上，花园里，广场上，公共厕所里，学校里，医院里，会议上，丧礼上……哪怕任一场合。而现在，他和这个曾经的陌生人住同一套房子，吃同一口铁锅，用同一张餐桌，蹲同一个马桶，原因只是，曾经躺在这个男人怀里咿咿呀呀哭泣的女孩，现在每天晚上都躺在他的臂弯里。

"我这都是为了你好，"方有礼沉吟道，"你知道吗，夏朗，你太爷就是因为玩蛐蛐败了家业。"

夏朗点了点头，转身回屋。他走得慢。他并非故意走得很慢。走着走着，他突然忘了方有礼长什么模样。他惊讶地发现，如果不跟这男人面对面，他竟拼凑不出他的五官。夏朗忍不住转过身去看方有礼，没料到方有礼正目光灼灼地盯着他。夏朗禁不住哆嗦了下。

四

天文望远镜是被夏朗在厕所的壁橱里发现的。

夏朗没料到望远镜会被方有礼搁置起来。

他本来想和方有礼谈谈。这是他的私人爱好，就像赌徒喜欢麻将，瘾君子喜欢毒品，嫖客喜欢小姐，电影演员喜欢镜头一般。况且这个爱好并没妨碍别人。可话到嘴边又咽下去。他觉得自己最好装作没心没肺的样子。若是他跟方有礼谈了，方有礼肯定会以为，自己是个小肚鸡肠的人。他不想被方有礼看成个小肚鸡肠的男人。他本来就不是个小肚鸡肠的男人。

他把天文望远镜重新摆到阳台，就匆匆忙忙上班了。下班回来，特意去看了下，望远镜仍在那里，这才放心。做这些事时，他有点莫名其妙地心虚，怕方有礼看到。可方有礼似乎并没留意他在干点什么。他眼皮子也不抬地看《老人世界》。他眼睛并没有花，也没有戴花镜，可仍伸着胳膊，把杂志支得远远的。夏朗就泡了壶碧螺春，给他恭恭敬敬端过去一杯。方有礼点着头接了，小口着斟了一口，这才说："夏朗啊，年轻人要养成好习惯，什么东西都要放在固定位置，不要到处乱摆乱放。"

夏朗以为他在说望远镜的事，刚想辩解几句，方有礼倒先说上了："以后上厕所，烟灰缸不要放洗手盆里。"

夏朗"嗯"了声。方有礼说："你不会拿个凳子，把烟灰缸放凳子上吗？"

夏朗"嗯"了声，方有礼说："烟灰缸从厕所里拿出来，要摆在茶几的左手边。"

夏朗"嗯"了声，方有礼说："我跟你都是左手抽烟，摆在右手边不得劲。"

夏朗"嗯"了声，方有礼接着说："还有……嗯……那个什么……哦，对了，你上厕所时看的书，一定要记得拿出来。"

夏朗"嗯"了声，方有礼说："你这个孩子，我算是发现了，啥事不说清楚，你还真拎不清。"

屋内的暖气不是很热，夏朗额头仍出了细细一层汗。再去偷眼看方有礼，方有礼仍在看杂志。那页杂志他大抵看了半个多小时。

夏朗就说："您待着，我出去走走。"

方有礼就说："雯雯啊。夏朗要出去走走，你不一块去吗？"

夏朗连忙说："不用了不用了，她忙她的好了。"

出了门时夏朗想，这一切都是怎么发生的呢？他刚才说那些话，是不是怪自己又把望远镜搬上了阳台？可是，他为什么怕方有礼？他怕方有礼什么？可如若不怕，为何每次面对笑眯眯的方有礼，自己似乎都冒虚汗？说实话，这些日子来，方有礼的态度也发生了些改变。有些时日他没给自己拿过拖鞋了，别说是拿拖鞋，连平日说话的腔调都不一样了，以前是讨好的，近乎谄媚的，现在却是威严的，说一不二的……夏朗乱糟糟在外面转几圈，小风飕飕，不久又旋起细雪，他只得缩着脖颈快快回家。

回到家里，三口人正有说有笑地看电视，见夏朗开门进来，头也没点一下，仿佛夏朗在或不在俱形同虚设。方雯不停讲着他们单位新近的一起桃色事件，一个良家妇女被一个派出所的男人给睡了，却不成想被睡上了脏病……听到精彩处，她母亲便"咯咯"爆笑，方有礼更别提，顺着话嗑添油加醋引出去，将几十年前小城的风流轶事抖出，再总结出些风马牛不相及的俚语。方雯呢，则忽闪着大眼睛频频点头，仿若她父亲说的每一个字，她都应该像虔诚的基督徒诵读《圣经》一般背诵下来。

夏朗一个人缩在墙角，看着这一家人被明亮的灯光映照，每人的脸上都焕发出如出一辙的气息。是的，如出一辙的气息：他们笑起来时，眉毛通通先神经质地一皱一展，然后眼角的笑意方略显刻板地流泻而出——似乎不经意间就饱含了一种优雅的蔑视；他们吃饭时，眼睛总是瞅着别人的饭碗，仿佛在享受食物时仍忧心忡忡地担心，人家的饭随时吃完，他们若不及时给人添饭就显得他们没有教养；他们连剔牙的姿势也一模一样：左手遮挡住嘴巴，兰花指一律翘起，右手的大拇指和食指捏着牙签，小拇指则压在左手小拇指下方，也就是说，两根小拇指构成了一个标准的直角，硬硬地捅向旁人，当牙签在口腔里运动时，右手的小拇指就有规则地左右摆动，直角就变成了钝角，而他们的脸上，浮现的不是那种碎肉从牙龈里挑出来的快感，而是一种肃穆得近乎哀伤的神情……

夏朗想和方雯谈谈。可谈什么？其实也没什么大不了的事。他悻悻回了房,将被褥铺好。等方雯看完电视回屋,夏朗仍有一搭没一搭地翻看报纸。方雯脱衣服脱到一半,方才发觉夏朗在看着自己。随手打了一下夏朗,说,有什么好看的?夏朗就压着嗓子说,我们有多少天没亲热了?

那晚方雯情绪很好,方雯情绪很好的意思就是,她似乎也很想做点那样的事。他们有多长时间没好好做了?从方有礼两口子搬过来以后。也是,方有礼买的这套房,也有七八年了,砖混结构,隔音效果奇差。每当夏朗想到隔壁就住着两位既善良耳朵又无比机灵的老人,动作难免小下来。他感觉自己就是一只潮湿怯懦的蜗牛,在方雯身上磨磨蹭蹭爬行,边爬走边竖起触角听着隔壁动静。可那一天不同,夏朗用力摇动着方雯,仿佛他们不是做爱,而是在上演一场生死肉搏战。方雯配合得很好,一会儿床头一会儿床尾,一会儿床上一会儿床下,喉咙里呜咽出类似哭泣的嘤咛声……夏朗气力就更大,一种强大的摸不到边际的快感从下身麻酥酥传至上身,简直让他麻痹。他下作地想,他这样做,就是为了让隔壁的方有礼听见。当他意识到自己这个念头,脸竟灼得厉害。行将结束时,夏朗突然听到咚咚的敲门声。

方雯小心地扶住了夏朗的腰身"嘘"了声。夏朗听到方有礼说:"夏朗啊,你们屋子有管拉肚子的药吗?"

夏朗没说话。方雯问:"怎么了爸?"

方有礼说:"可能怪晚上吃的海螺,你妈跑了四五趟厕所了。"

方雯穿上内衣去开门。夏朗将被子盖上,茫然仰视着房顶。听到父女俩嘀嘀咕咕,翻箱倒柜。夏朗冷冷地想,药品柜不是在方有礼他们卧室吗？怎么跑到我们的屋子找药？再过些时候，方雯才哆哆嗦嗦小跑着进屋。夏朗说："药找到了没？"

方雯说："找到了。哎，人上了岁数就是记性不好。药明明在他们屋。"

夏朗还想问点别的，但话到嘴边又都咽下。方雯似乎也累了，没多说什么，不久传来细碎的鼾声。夏朗把灯关掉，盯着屋顶在混沌的暗黑中渐渐清晰。他甚至看到上面粘着只死掉的蚊子。

夏朗下班后就不怎么爱回家了，而是跑到老校长那儿。老校长见到儿子很意外，说，你都两个礼拜没过来了，真是花喜鹊尾巴长，娶了媳妇忘了娘。老校长很少拿这种口吻说话，夏朗就有些不好意思，说，妈，我是那样的人吗？老校长说，我看就是。你看看你，上班也有几年光景，按理说，朋友也该交了几个，哪能这样天天当闷嘴葫芦呢？老爷们，咋能没仨好的俩近的？

老校长的话倒很有道理。大学毕业后，跟天南海北的同学们还真就没有往来。别说大学同学，连发小间的交往也寡淡。每天就是上班下班，下班了也不像别的同事那样出去喝酒应酬，只在家里上上网，要么摆弄摆弄天文望远镜。他成了一个典型的宅男。

夏朗就盯着老校长说："我从小不就这样吗？"

后一个礼拜，夏朗还真就参加了一次网友聚会。那是帮天文爱好者。说是天文爱好者，其实不然。这些人是一个叫"被劫持者论坛"里的资深网友。所谓被劫持者，有个特殊含义，他们——不是被人类绑架过，而是被外星人绑架过。也就是说，这些网友认为，在某个地方，某个时刻，他们曾有过被外星人掠走的经历。他们是怎么被外星人绑架的呢？他们为什么被外星人绑架呢？他们在被外星人绑架后发生了什么故事呢？被外星人释放后他们有过怎样的心理波动呢？这些话题，就是他们在论坛上经常讨论的话题，并因有着这样特殊的、隐秘的，甚至是听起来有些悚然的历程，他们这个圈子的人联系格外紧密。

夏朗是偶然涉足这个圈子的。他的爱好是天文望远镜。他之所以在论坛里混了段时日，是因为他从来不信他们的经历。正是因为这种怀疑，内心那种想揭穿他们谎言的欲望愈发强烈，到最后慢慢演变成一种近乎绝望的冲动：他也把自己伪装成一个被劫持者。本来他不是个会说谎的男人，可在那种奇妙又神秘的氛围下，他竟然成了一个标准的被劫持者：丛林、夜晚、从天而降的光柱、面目模糊的外星人、失忆、噩梦，这些标签被他轻而易举地贴到自己身上，况且，他对天文的知识让那些被劫持者有理由相信，他真的是个和他们一样的人。

那次聚会，也只限于市内的一帮人，说白了，就是五六个人。聚会的地点选在桃源县城的一个酒吧。和夏朗想象中的并不一样，那些人长相极为普通，如果不是他们聚会的缘由，没人会想到他们竟被UFO掳走过。主持是一个四十多岁的斯文男人，他开宗明义地讲了这次聚会的原因和意义，并把这次聚会的主题定为"纪念物"。也就是说，被外星人送回来后，身体上有没有异常的地方……那天晚上，主持人先把自己的胳膊费力地从袖管里撸出，向他们展示了一个酱色疤痕，他说，被遣返后，他的胳膊上就莫名其妙地出现了这个疤痕。这个疤痕的样子很平常，可是夜深人静时，他常常听到疤痕里面传出微弱的电流声,是的,电流声,就像是因为电压不足导致灯管发出的那种"滋滋"声。他知道,那肯定是外星人安装在他身上的"窃听器"。那些外星人就是利用这种卑劣手段,测试他的脑电波,从而研究人类思维。另外一个被劫持者则强调他身上并没有被安装窃听器,可是,自从被遣返后,他经常失忆。他经常会想起一些人,又经常会忘记一些人,这常常让他在人际交往中陷入一种被动局面,比如,有一次他和他们局长走了个对面,可是当时他却真的想不起这个大腹便便的人是谁……

夏朗听着他们的谈话一言不发。当然,一言不发的还有另外一个女人。这女人在灯光下显得白皙脆弱。她不时瞥两眼夏朗。当夏朗去瞅她,她的眼光并没回避,而是温和地迎上来,朝夏朗点了点头。那天,被劫持者相互留了电话。当那个女人把名片递给夏朗时,夏朗发现她有个很普通的名字:陈桂芬。

回到家里,夏朗还沉浸在那些人的故事里。比如叫陈桂芬的女人,她单独跟夏朗谈了自己的经历。她是在家里被外星人劫持的。她一直不明白,那道刺眼的光芒是如何穿透屋顶笼罩住她的,她十岁的弟弟当时就睡在她身边……她只记得当她醒来时,她仍在家里,只不过已昏迷了三天。她的家人都围在她身边,被她突然的苏醒弄得不知所措。她没发烧,也没任何疾病征兆,可她却昏迷了三天。让家人更惊讶的是,苏醒后的她已不会说本地方言,而是说一口标准流利的北京话,是的,不是普通话,而是北京话。

一群神经受过刺激的人,夏朗想,他们肯定是受过伤害的人。想到"伤害"这个词时,他不禁打了个寒噤。他想到了方有礼。他想,无论如何也不能在方有礼的房子里住下去了。

他要买一处自己的房子。他要把他的天文望远镜堂堂正正摆放在阳台上。

五

夏朗把买房子的想法告诉方雯时,方雯并没有马上赞同,也没有马上反对,而是想了想说:"我得问问我爸爸,看看他怎么说。"

夏朗说:"不用问了。这次买房我做主。"

方雯说:"你什么意思啊?"

夏朗说:"没什么意思。房子我们家出钱,不用你爸他们出。"

方雯撇着嘴说:"你犯什么神经!"

夏朗斩钉截铁地说:"新建的嘉华雅苑位置不错,在县城中心,离学校和医院又近,我们要买23层顶楼。这样观测星云就更方便。"

方雯说:"不管你在哪儿买房子,不管你买哪一层,我必须跟我爸商量一下。"

夏朗说:"有什么好商量的?这是我们自己的事,不要什么事都麻烦老人家。他们操的心还不够吗?"

方雯说:"你什么意思?你是不是嫌我爸我妈住这儿了?"

夏朗说:"这本来就是他们的房子,我有什么好嫌弃的?"

方雯没理他,直接走到客厅。夏朗很想知道方有礼怎么说,就跟在方雯后面。方有礼正坐着小马扎答题。方有礼有个癖好,就是答《唐山晚报》上的有奖知识竞赛题。他胃口很杂,无论是"共青团有奖知识竞答""人口普查有奖知识竞答"还是"血液与健康有奖知识竞答",他都踊跃参加。原因只有一个,这些竞赛都有奖品。多年前他偶然参加的一次竞答让他得到了一桶金龙鱼花生油,之后他的这个爱好就保留下来了。那天,他正在做"党建网开通一周年有奖知识竞答",见方雯和夏朗一并走来,连忙问:"快点快点,这道题选哪个?让一部分人先富起来,带动共同富裕的方针,体现了什么原则?"

夏朗和方雯你看看我,我看看你,都没先吭声。

事后夏朗想想,那晚方有礼的反应还算正常。当他听完夏朗的想法,他把手里的报纸放在脚底下。他坐在马扎上,要比夏朗矮半截,看夏朗时不得不探着身子,向前昂着头颅。而夏朗俯视着他。他很长时间没正眼看过这个男人了。这个老男人的脸色似乎比以前更加润朗,颧骨处的肌肉像用胭脂抹了两抹,而宽阔的脑门则仿佛涂了厚厚的橄榄油。他那双眼睛没任何表情。这和夏朗想象中的有些不同。他原以为方有礼听到这个消息后会愤怒,或者不屑,但是没有。他就那样前倾着一身肥肉,安静地盯看着夏朗。这反倒让夏朗有些不自在。夏朗只好紧绷着一张脸。他想他没有任何理由向这个男人屈服。他委实想让这个男人知道,他不在乎这个男人的感受,他并不喜欢和他们住在一起。他不想把这种想法大声说出来,可现在,他即便不说出来,这尊弥勒佛也应该能感觉到,他面对的并非一个他的信徒。

"你们看着办吧。不过,我丑话说前头,我手里并没闲钱,别指望我帮多大忙,"方有礼咳嗽了一通,轻描淡写道,"看来,呵呵,你们只有贷款了。"

夏朗记得方有礼说完后就去了厕所。方雯和他回了房。方雯开始什么都没说，后来实在憋不住了才问，你手里有多少钱？夏朗就说，这个你别管，首付我出，还贷咱俩一起还。方雯说，贷款的话，可不能影响我的生活质量，知道吗？蒙尼坦我得照去，兰蔻我得照买，阿依莲我得照穿。

夏朗就说，你放心好了，你该怎么活就怎么活，我可没让你吃糠咽菜。

老校长听到夏朗要买房子的消息，很吃了一惊。她的意思是，如果他们想单独生活，她和老头子可以搬到平房里去住，完全没有再买楼房的必要。夏朗说，算了，你们即便住平房，这房子我也得买。老校长似乎从没见到过儿子这副执拗样，忍不住笑了，说："这样吧，我跟你爸出首付，你们自己还贷，好不好？你哥呢，当初在北京买房子，我们也只是给他出了这些钱。手心手背都是肉，我们可不能对你太偏心了。"

夏朗就把老校长出首付的话跟方雯说了，方雯听了很高兴，赶紧去向方有礼汇报。夏朗就坐在卧室里吸烟。他知道方有礼是如何想的。方有礼肯定以为他拿不出钱，肯定以为他只是虚张声势，肯定在暗地里看他笑话。想到方有礼张皇失措的样子，夏朗心里竟有些微微了了的得意。过不多时，就有人悄没声地推门进来。夏朗以为是方雯，头也没抬地继续看书。"哎，看来你是吃了秤砣铁了心。"夏朗猛一抬头，却是方有礼站他身旁。他以为方有礼会说三道四，可是并没有。夏朗轻轻笑了一下，方有礼就沉吟着说："夏朗啊，我跟你说过多少遍了？别在床头吸烟，很容易着火的。要抽的话，在床头柜上摆个烟灰缸。你老大不小了，怎么这么没记性呢？"夏朗连忙点头称是，径直从床上跳下来去客厅拿烟灰缸。左腿刚迈到门槛，就觉得哪里有些不对头。可右腿还是径自跨了出去，而且这一步跨得尤其大。

翌日上班的时候，不承想就接到一个女人的电话。女人的嗓门有点粗，有点沙哑。夏朗就想起来，这个女人就是那个曾经被外星人劫持过的陈桂芬，就问，有什么事儿吗？陈桂芬就说，没什么事儿。难道非得有什么事儿，才能给你打电话？说完陈桂芬先在电话那头笑起来。夏朗问，是不是又要操持聚会了？陈桂芬说，没有，有的话我也不想去，感觉一点意思都没有。夏朗问，不是挺好玩的吗？怎么会没意思呢？陈桂芬说，哎，我觉得他们说得都不靠谱，你没感觉出来，他们所描述的，都跟美国科幻片里的情节如出一辙吗？我觉得他们根本就是看《4400》看得走过入魔了。陈桂芬这么一说，似乎就把自己跟那帮被劫持者给区分出来，而且话里话外还有点瞧不起那些人的意思。夏朗"嘿嘿"笑了声说，聚会嘛，无非就是图个开心，干吗还想要更多的东西呢？陈桂芬在那头沉默了会儿说，你说得没错，我们这样的人，能平心静气活着就不错了。夏朗就不知道怎么继续接话，在电话这头也沉默了片刻。陈桂芬也没说什么。夏朗能听到她在电话那头喘气的声息。这样子让他觉得有些尴尬，就说，没什么事我先挂了，我这里忙得很。陈桂芬说，好吧，我们改天再聊……其实，我是有很多话想跟你说的。夏朗的好奇心就起来了，问说，要是有什么紧要事，但说无妨。陈桂芬就说，哎，一言难尽，等哪天我请你吃饭，我们慢慢聊。

晚上回家时，夏朗还在想着，这个叫陈桂芬的女人，到底有什么难言之隐呢？那些外星球的人真的拜访过地球吗？他们真的对地球上的人很感兴趣吗？他又忍不住跑到阳台上摆动起他的天文望远镜。冬日的夜空虽然繁星密布，却依然黑得让人绝望。从望远镜里看的天空，也并不比夏天看到的更广袤。看得久了，一条条幽暗、神秘的星河，似乎就在眼前荡漾起来。他难免有些心慌，转身踱进卧室。方雯做了面膜，躺在床上想着什么。很少看到她这样安静地想心事。结婚也有半年多，夏朗并未觉得她离自己更近，相反，他对她似乎越发陌生。这陌生和身体上的熟稔一相较，就觉得那距离愈发深厌。他倒时常想起夏天的那个夜晚，他们去地震遗址的情形，他们如此亲密，依赖，仿佛世界上最美妙的时光，就是她转身搂住他腰身的刹那。夏朗的鼻子难免有些发酸，盯着方雯细细打量。方雯似乎也察觉到他在看自己，一把将面膜撕下，拍拍床铺说："夏朗啊，你过来坐。我跟你说件正经事。"夏朗乖乖俯到她身旁。方雯的手伸进他衬衣，恍惚摩挲着他的小腹。夏朗一把将她揽进怀里，问道，有什么事就直说，两口子哪里有藏着掖着的。方雯将撕下来的面膜揉巴揉巴扔到地上，说："夏朗啊，我爸说了，他们也想买楼房，而且，他想把咱们对门的房子买下来。"夏朗没听太明白，问道："什么？"方雯就说："夏朗啊，我爸的意思就是，如果咱们买新房子了，他想跟咱们住对门。"

夏朗的嘴巴张得不是太大，但足够吞下一只拳头了。

六

　　夏朗有几天没跟方雯说话了。不但没有跟方雯说话，而且没有跟方有礼夫妇说话。他为什么想买房子呢，无非是想躲方有礼远远的。可方有礼似乎并不这么想。夏朗算是看透了，如果他们是磁铁，方有礼就非得当铁渣；如果他们是腐烂的苹果，方有礼就非得当苍蝇。他就是要当他们的影子，时时刻刻尾随他们，除非他们死了，变成了空气，方有礼才会在黑夜来临前自行消失。这么想时，一种空洞的、难言的哀伤从心脏一直涌到喉咙，迂回缠绕，让他吃不下饭，喝不下水。

　　当然，方有礼很正规地跟夏朗面谈了一次。他说，他手里还有些积蓄，他会替他们出首付，老校长那头呢，就不用劳烦了。那天晚上他之所以说没钱，是因为他的钱全在线厂里放高利贷，恰巧这些天，线厂由于经济危机，破产的就有四五家。他托人弄脸才将钱跟利息要出来，加在一起呢，也有三十多万。这三十万存银行呢，也是白存，眼看就要通货膨胀，还不如直接买房子划算。这些钱付两套房子的首付是绰绰有余了。两家住对门多好，将来要是有了孩子，他们哄起来可就更方便。还有什么比这更划算的事儿呢？没有！说到这时，方有礼的脖子红了，腮下耷拉的一块肉轻轻蠕动，仿佛刚刚谋划的美好前景已让他激情难抑。

　　夏朗没跟方有礼说任何话。他能跟他说什么？他连看都不想看他一眼。总而言之，他绝不会把房子买在他们对门。方雯似乎没想到这一次夏朗如此强硬。她木木地看着夏朗,又扭头望了望她父亲,说:"夏朗啊,你到底是怎么了,犯哪门子神经?"

夏朗说:"我没犯神经。我只是想单过。"

方雯说:"我爸也没说跟咱们住一处房子啊。"

夏朗歪着头,不知如何作答,后来干脆说:"我也不想跟他住对门。"

方雯就怒了:"夏朗!你有什么了不起的!除了摆弄你的破望远镜,还有什么狗屁本事!"

夏朗愣了愣说:"那你就去找有本事的吧。"

方雯说:"我怎么当初就看上你了?三棍子打不出一个闷屁!一个朋友没有,一点情趣没有,你哪一点值得我喜欢?你第一次去我们家吃饭,都不知道敬亲戚们一杯酒!你妈是怎么教育你的!"

夏朗退后两步,看着方雯,又看看方有礼,方有礼垂着头,去看丈母娘,丈母娘将眼神硬硬移开。夏朗转身去收拾衣物,收拾完径直去开门。手握到门把手时,他想或许会有谁象征性地阻拦一下,那样的话事情不至闹得太僵。但没谁上前来拦他。他只好将门打开,然后"嘭"一声再将门关上。

老校长对儿子的到来并没说太多话。倒是老统计师煮些虾,跟夏朗喝了两盅,旁敲侧击地劝解他,不要跟女人一般见识。女的和男的啊,其实用四个字就全概括了。哪四个字呢,就是"北、比、臼、舅",所谓"北",就是男的跟女的背靠背,谁都不认识谁,缘分没到哇;所谓"比",就是男人对着女人的背,追人家呢;臼呢,就是男的跟女的面对面,相互倾诉哪;"舅"就不用说了,男的跟女的结婚了，生下个男孩。天下的男女，无非就是这个过程。你跟方雯也不例外。有啥大不了的事，多想想你们在市里的日子，多想想方雯的好，让着她点。

夏朗真没想到喜欢拳击比赛的老统计师会说出这番话，也就有些感慨。父子俩这么多年来，还没这样贴心贴肺唠过嗑。他说，他没有别的意思，他也不是不让着方雯，而是……而是……老统计师就问，而是什么呀？你在家里住两天，就给我搬回去。

夏朗一直在家住了一个多礼拜。这一个礼拜过得倒舒心，想干点啥就干点啥，不用看方有礼嘴脸。这期间陈桂芬给他打过一次电话，邀他出来喝茶。夏朗想了想，也没拒绝，拾掇拾掇去了。

夏朗去得早些，陈桂芬去得迟些。他从窗户里窥到陈桂芬从车租车里下来，然后一瘸一拐朝大厅走来。夏朗难免有些讶异，上次竟没发现这姑娘身有残疾。连忙小跑着出去，把陈桂芬搀扶进来。陈桂芬说，不用搀我，我好着呢。等落了座，夏朗竟有些羞赧。长这么大，除了方雯，他还真没跟别的女人约会过。陈桂芬似乎也瞧出他有些拘束，笑着说，你的样子，倒真像个小孩。男人沾些孩子气，就显得特单纯。夏朗咧嘴笑了，说，还单纯呢，说结了婚的男人单纯，简直就是骂人家。陈桂芬慢条斯理地说，确实如此，大部分男人上了班结了婚，都会染上酒色财气，眼神都变得浑浊，"就像……就像……"她皱着眉头想了想说，"就像河岸被冲刷后总要留下些垃圾和泡沫，可你不一样，你眼神特干净。你的眼睛还是一条干净的河流。"

夏朗就笑了。他没想到这个女人如此看他。他想告诉她，他其实从来没有被外星人劫持过，他也并不是她想象中的那条没有被污染的河流。可是，看着陈桂芬充满期待的脸，似乎说什么都多余。陈桂芬点的是"宫廷大红袍"，待茶泡好，她就慌忙起身给夏朗斟茶。夏朗从她手里把壶接过，小心替她斟好。陈桂芬就若有所思地默默饮茶。夏朗有些不自在，就问，你上次打电话，到底想说什么事儿？陈桂芬一愣，说，哦，我感觉那些人，又要来了。夏朗知道她说的"那些人"无非就是外星人，笑着说，真的吗？你是怎么感觉到的？怕吗？陈桂芬似乎对夏朗戏谑的神态有些不悦，定了定神说，我老是心慌，老听到有人在我耳边说话——可我根本听不清那人说些什么。夏朗就笑得更厉害，说，那些人不会是在警告你，2012就快到了吧？陈桂芬也笑了。她笑起来的样子还是很可爱的。她长了两颗洁白的虎牙，嘴角上撇时，苍白的面孔难免就透些朴素的活泼。夏朗若有所思地盯着她，心里想的却是方有礼和他的女儿。陈桂芬突然说，你快回家吧，夏朗，今晚会有贵客给你带来喜讯。夏朗懒懒地说，如果真有好消息，下个礼拜我请你吃烤鱼。

回到家里，老校长正在收拾他的衣物。夏朗说："我不会走的，妈。你要是硬赶着我走，我就去住如家快捷酒店。怎么，方有礼是自己来了，还是派说客来的？"

老校长说："他们啊，派说客来的。"

夏朗问："谁啊？"

老校长说："能有谁？你们的媒人司马呗。司马这个人可不是白给的，真是口吐莲花指鹿为马。他真是可惜了，要是去教书，肯定都是全国特级教师了。"

夏朗说："不管他口吐莲花也好，口吐乌鸦也好，我才不吃那一套。"

老校长就摸摸儿子的头发说："你呀，还真是煮熟的鸭子，嘴硬。可这回，你无论如何都要回去了。你知道吗夏朗，方雯怀孕了。"

七

方家人对搬回来的夏朗并没显出多热情，也没显出多冷淡，仿佛夏朗只是出了趟短差而已，该看电视的看电视，该做饭的做饭。夏朗四处转了转。这一转才蓦然发现，短短的一个礼拜，他们家已发生诸多变化。那对皮沙发，以前摆在电视机对面，刚结婚时他特别喜欢和方雯挤在上面看电视，现在却搬到了窗台下面，而窗台下面的那条春秋椅，怎么就占据了原来沙发的位置；电视机罩是老校长买的，粉红色，上面绣着夏朗喜欢的哆啦A梦，现在变成了橘黄色，上面绣着对俗气的鸳鸯；那盆葳蕤的巴西木，以前摆在金鱼缸旁边，透过鲜嫩的绿色，能看到黑玛丽在鱼缸里游来游去，而现在则被搬到了缝纫机左侧……夏朗突然发现，现在他们家的样子，跟方有礼家的平房，已经没什么区别。夏朗站在客厅，木木地想，什么时候，方有礼再把房间的颜色变一下？他记得，那处平房的墙壁，一米以下全刷成了草绿，看上去就像医院的病房。

而那架天文望远镜，毫无疑问，又被方有礼放到厕所的壁橱里去了。

夏朗后悔回来得有些莽撞。看样子他们让司马请自己，并非出自真心。没准方雯怀孕的消息也是假的。他们只想把他骗回来，让他看看，他不在的这段日子，他们过得有多快活，他们肯定又回到了方雯的少女时代，三口人其乐融融……夏朗犹豫片刻，拽出皮箱，把一件件衣物放进去。他想，对方有礼一家而言，他才是真正的陌生人。更有可能，他永远就是个陌生人。

这时方有礼过来了，随手递给夏朗一支香烟。夏朗僵硬地点了点头，接了。方有礼"嘿嘿"笑着说："夏朗啊，你快当父亲了，我也快当姥爷了。看样子，这香烟哪，我们得慢慢戒了。二手烟对孩子最不好。"

夏朗的心就一软。

方有礼说："你看看你，你看看你，才几天哪，怎么瘦了一圈？爸看着真是心疼呢。明天我去买些高丽人参，给你炖锅老鸡汤。"

夏朗没有吭声。

方有礼说："方雯也瘦了呢。这怎么能行？怀孕的人了，最忌讳的就是心神不安。也是，你不在家里，她天天以泪洗面。"

夏朗的心又是一软。

方有礼说："你能回来，我们真是农奴盼到解放军啊！"

夏朗仍没吭声。

就在这个时候，便听到方有礼老婆在厨房里吆喝："开饭了！"

到了厨房，夏朗不禁一愣。桌上摆着一个生日蛋糕，蜡烛也点了。方雯把一盘螃蟹放上餐桌，笑着说："夏朗啊，知道今天啥日子不？今天啊，是你生日呢。"

夏朗心里忽然腾起股细暖流。老校长是个稀里糊涂的人，除了小时候给他煮过生日鸡蛋，长大后倒从没正儿八经给他过过生日。夏朗也渐渐对所谓"生日"了无概念。方有礼一把将夏朗按捺在座位上，说："今天啊，我们夏朗生日，方雯呢，也有喜了。高兴呐！方家有后啦！你妈跟方雯炒了几个拿手小菜，咱爷俩好好喝两盅！"

　　那天晚上，夏朗喝得连呕带吐。他怎么喝了那么多白酒？几杯下肚后头就眩晕起来。他看到方雯不停伸着舌苔舔奶油，有几星不小心沾到了她鼻尖上，丈母娘笑眯眯地盯着盘红薯秧子炖南瓜，仿佛忆苦思甜。方有礼呢，宽阔的鼻翼两侧沁着亮晶晶的汗水，圆润的颧骨绯红，一张大嘴巴不停地嚅啵嚅啵地翕合。他听到方有礼说，夏朗回家就对了，夫妻哪里有隔夜仇？他听到方有礼说，夏朗以后可不能这样任性固执，说离家出走就离家出走。他听到方有礼说，房子我们还是买在一起吧，相互照应起来多方便，将来哪天我们死了，房子也是你的，你就让你的儿子接着住。他听到方有礼说，明天我们就去交首付，你该上班就上班，不用你操心呢。他还听到方有礼说，夏朗你的排骨掉衬衣上了，赶紧着拿抹布擦干净……夏朗只是不停点头，不停点头。他感觉自己正在听一个饶舌的上帝布道。他觉得这个肥胖的上帝是那么仁慈，那么亲切，他以前本想把他钉上十字架，现在是恨不得要跪下去亲吻他的脚趾了。他本来想跟方有礼说说天文望远镜的事。他想跟方有礼说，望远镜如果搁置起来，就不是望远镜了，望远镜如果不用来观测星云，就不是天文望远镜了。可到了后来，他是连一句话都说不出来。他想着水母星云里的那颗蓝色星星，很快就熟睡过去。

　　方雯怀孕期间，反应闹得厉害。连口水喝下去，也要翻江倒海吐个不止。夏朗在镇上上班，照顾起来不很方便，就特意叮嘱老校长多留心。三四个月上，方雯突然见了红，老校长急急忙忙给夏朗打电话。夏朗就坐了公共汽车心急如焚地跑回来。回来后给老校长打电话，没承想老校长说，方有礼已经骑着摩托车带方雯去医院了，她还在去医院的半路上。夏朗就打了辆出租直奔妇幼医院。在门诊，气喘吁吁的他看到方有礼爷俩正静静坐在长椅上。

　　方有礼面色凝重地拔着腰板斜靠着墙壁，一只肩膀高，一只肩膀低，方雯呢，脑袋病恹恹地靠在他的肩膀上。她脸色惨白，目光呆滞地逡巡着熙攘人群，方有礼时不时地伸出手，摸一摸女儿的头发，嘴唇一张一合，无疑在安慰她。在一刹那，夏朗突然似乎就明白了什么。在方有礼眼里，方雯肯定还是个喜欢粘在他身上的七八岁女孩，她并没有长大，并没有成为人妇，也没有将为人母。她只是一只孱弱的、需要他来保护的小动物。那么，在方有礼眼里，自己又算什么？猎人呢，还是第三者？他呆呆站在那儿，并没有立即打扰他们。他觉得，让一个感伤的老男人安静地舔一舔伤口，享受一下消逝了的时光，无疑是种美德。

　　说实话，那段时间，夏朗似乎遗忘了他的天文望远镜。他哪里还有空去摆弄他的望远镜呢？他每天晚上要跟方有礼一起给方雯做饭，饭要清淡，还要不重样，今天竹笋糯米粥，明天海米玉米汤，后天木瓜牛奶羹。饭后要陪着方雯一起做胎教，听舒伯特的小夜曲，听儿童讲格林故事，还要听一个发音老是卷舌的中国人用英文朗读世界名著……方雯越来越胖，夏朗每日晚上抚摸着她臃肿硕大的腹部，仿佛一个穷人在看护着他唯一的宝藏。

八

　　孩子生下来已是芒种。带壶把的男孩。两家人甚是欣喜。方有礼迫不及待地给孩子起了个乳名，叫乖乖。夏朗也没说什么。不久，两处新楼也装饰一新，夏朗就带着老婆孩子搬进去。方有礼夫妇也随后搬到对门。老校长在夏朗家服侍了半月后，方有礼说，我的亲家母啊，亲家母，老夏一个人在家，你怎么能放心？嗯？听说他不会做饭，饥一顿饱一顿，万一落个胃病的根，该有多麻烦！他的前列腺炎和糖尿病，不是已经让他够挠头心烦的了吗？快回去吧，好好照顾老夏去吧。

　　老校长眯着眼瞅了瞅方有礼，他脸上貌似关切的神情让她不禁嘘叹一声。午后，她就夹着包裹三步一回头地回家找统计师去了。

　　方有礼夫妇呢，并没有住在对门，而是依旧和夏朗他们住一起。方雯奶水不足，晚上要起夜给孩子冲奶粉。夏朗方才知晓冲奶粉也是门学问。如果用开水沏，太热，奶粉冲后要凉一会儿，孩子嘴紧，定会哇哇大哭；如果用凉白开沏呢，奶粉又冲不匀，一坨一坨的，孩子喝着费劲。最好的办法就是事先把奶粉冲好，等孩子醒了，再用开水冲一瓶，两下混淆，不冷不热，喝着正好。为了保证方雯的睡眠，方有礼强烈要求孩子跟他们睡。说，他们老模咔嚓眼的了，一晚上睡不上四五个时辰，不正是照顾孩子的最佳人选吗？就将孩子抱过去。这样，每天晚上，夏朗只听到孩子声嘶力竭地大哭，然后是老夫妻噼里啪啦忙作一团的声响。捅一捅方雯，方雯睡得死猪般,鼾声连天。自从分娩后,她似乎就得了嗜睡症,蓬头垢面,眼老睁不开。

等孩子一周岁,又是来年开春。空气里到处荡漾着花粉。方有礼时常将孩子抱到小区里耍。夏朗那天休礼拜,跟着下了楼。人家见了孩子,都夸长得天庭饱满地阁方圆,将来肯定光宗耀祖,又夸方有礼说,你这个当爷爷的,有这么个孙子,老了肯定沾光啊!方有礼有些不高兴地说,我不是孩子爷爷,我是孩子姥爷。人家就说,哦,肯定是孩子爷爷住在乡下,没空哄吧?姑爷姑娘还真是有福分呢。方有礼抱着孩子转身就走了。夏朗站在那里,觉得哪里似乎就不对劲了。

其实,老校长和老统计每个星期都是要来上几趟的。来也不是空手来,总要买几罐奶粉。可即便来了呢,也插不上手,孩子在怀里抱了屁大一会儿,就被方有礼急急抱将过去,嬉皮笑脸地说,这孩子认生,待会肯定要哭闹呢。老统计粗粗拉拉,倒没什么,老校长听了却有些不是滋味。回家后给夏朗打电话说,天儿也转暖了,孩子也不小了,你们逢了周末,也过来瞅瞅。没听方有礼说吗,我跟你爸爸,都是外人呢。

夏朗就想带孩子去老校长家看看。孩子长这么大,还没去过奶奶家。跟方雯说了,方雯噘着嘴说,又不是成年累月地看不着乖乖,有什么好去的?嘴上虽这么说,却也是去了。老校长见了孙子,自然眉开眼笑,虽然孙子还没长牙,仍做了一桌子菜,倒比过年过节要丰盛。还没等上桌,就听到电话响,接了,却是方有礼。方有礼说,孩子的奶瓶该换奶嘴了,要不要我送过去一个?老校长说,就别麻烦了,我这里准备了四五个,什么型号的都有。方有礼就叮嘱老校长,一定要用开水将奶嘴煮一煮。老校长说,这个不消说,肯定会用开水烫一烫的。方有礼又说,光烫一烫是不行的,谁知道出厂的时候,最后一道工序的工人是不是肝炎患者呢?千万得小心!一定要用开水煮呢!老校长说,老方啊,你就放心好了,我又不是没生养过孩子,不用你个大男人来教我。

没想到,饭还没吃完,方有礼就来了。用塑料袋裹了两个奶嘴,说是刚才去探望一个老朋友,就在老校长附近住,顺便来看看外孙。老校长板着脸没怎么理他。他就径自抱了孩子又亲又啃,仿佛倒是平生第一次见到亲骨肉一般。夏朗在旁边看了,说不出地厌烦,当着方雯的面,又不好说什么。可是即便说,又能说什么?

回家后,方有礼跟夏朗说,孩子这么小,是不能出远门的。有个着凉上火,可是天大的麻烦。春天风硬,最怕得的就是肺炎。夏朗说,有什么怕的,今天上午你不就带孩子出去溜达了吗?方有礼说,你怎么能这样跟我说话?我们不都是为了孩子好吗?夏朗说,我怎么跟你说话了?你还想我怎么跟你说话?我对你已经够宽容的了!方有礼这下就跳起来,拍着桌子嚷道:宽容?!我要你来宽容?笑话!你娶了我的女儿,你住着我的房子,孩子我替你哄着,饭我替你煮着,你有脸跟我提宽容?真是让人笑掉大牙啊!亏你还是个大学毕业生呢!说话就这鸟毛水平!我们老两口累死累活做牛做马的图个啥?你竟在我跟前提宽容?你有这个资格吗?!

夏朗一句话都说不出来,他只有看着这个浑身颤抖的老男人。当这个肥胖的老男人再次拍桌子时,夏朗突地就拿起暖壶狠狠摔到木质地板上。暖壶嘭的一声就碎了，碎片飞溅开去，一片片扎在夏朗脚背上，热水也汩汩流淌着，瞬息间就将夏朗的脚烫得水泡连连。

九

夏朗在老校长家住了七天。统计师陪儿子去了趟医院，将碎片剔出。夏朗脚上抹了药水缠了纱布，走起路来一瘸一拐。老校长没问个中缘由，也没催他回家。方雯倒是来了趟，不冷不热劝他回去。很显然，她对夏朗还有怨气，认为是夏朗的不是。如果不是夏朗的不是，方有礼怎么突然就犯心脏病了？要不是手头有速效救心丸，不定有个什么好歹。夏朗就跟方雯说，他想冷静冷静，一定是哪里出了问题，等他想明白了，就立即回家。方雯也没有强求，只是说，你个蔫巴肉心眼子，看着办吧。

这期间，夏朗出去喝了两次酒。一次是跟刘振海。刘振海到夏朗所在的分局当副局长。他是夏朗他们这拨人里提升最快的。听说他舅父是县里的人大主任。两杯酒下肚，刘振海就说，他找夏朗的原因很简单，一是叙叙旧，他们曾经共患难过，那年在市里录数据，如果不是好心的夏朗帮忙，他不定会挨多少批评呢；二是交交心，他刚来分局，对分局的人际关系不是很了解，想听夏朗掰扯掰扯，哥俩都是年轻人，惺惺相惜不戒心。夏朗就将分局鸡毛蒜皮张三李四的事说了个大概，谁跟谁如何的秉性，谁跟谁如何的关系。刘振海听得津津有味，不住点头。等夏朗讲罢，他就盯着夏朗看。夏朗被他看得发毛，就说："怎么，中邪了？"

刘振海说:"我没中邪呢。我是在琢磨你呢。"

夏朗说:"我有什么琢磨头?草民一个,屁民一个。"

刘振海说:"也是。你这样的人倒真少见,学历挺高,却愿意跑到县城当小公务员,人挺聪明,却对仕途不闻不问。你难道对自己的未来没什么规划吗?你难道没有自己的理想吗?"

"理想"两个字从市侩的刘振海嘴里出来,让夏朗不禁笑了。他边嚼着花生米边说:"我是个随遇而安的人,这样随性活着,不挺好?我干吗非要去追什么东西?"

刘振海说:"哎,你呀,真是个怪人。年纪轻轻,说起话来却像老和尚。"

第二次喝酒,却是在"被劫持者论坛"网友聚会上。本来夏朗不想去,可是陈桂芬打电话说,她很想见夏朗一面,她最近又有些新发现。夏朗眼前就浮现出她走路的样子,还有她微笑的样子。聚会是在市里举行的,规模很大,定在最豪华的"大陆海鲜",来了不下二三十号人。夏朗就跟陈桂芬坐在一起。主持人将这次聚会的主题定为"异能的苦恼",之所以有这样的主题,是因为有些被劫持者有了特异功能后,对功能的价值产生了质疑。有异能是好事,可那些普通人怎么看?他们会不会认为异能者对他们的生活构成了潜在威胁?就算异能者帮他们治病开药,他们会不会只把此举看成是异能者的自我救赎?

夏朗对这些话题没多大兴趣,而是跟陈桂芬说起了不久前的一次星云观测。他说,他在阳台上观测到了漩涡状星系。漩涡状星系就是"梅赛耶51a",与地球的距离为2300万光年,位于北天的猎犬座,是一个庞大的、与它的伴星系共存的螺旋状星系。这是宇宙中的一个非常著名的螺旋状星系。它和它的伴星系 NGC 5195,非常容易被观测到,甚至用双筒望远镜都可以看到。"你知道它们像什么吗?"陈桂芬摇头笑了笑,夏朗就说:"它们简直就是一只巨大蜗牛。你见过蜗牛吧?旋涡状星系有一个紫色的壳,前端有一个细长的脖颈,只不过,它的头在往回看,在它眼部,有一团紫色的、耀眼的星体。跟人的眼神相比,这只蜗牛的眼睛,是非常柔和非常温顺的。"

陈桂芬很有礼貌地颔首。夏朗却有些内疚。他其实有一年多没摸过那架天文望远镜了。搬到新家后,他甚至不知道方有礼将望远镜放到了什么地方。更为内疚的是,他怎么就对陈桂芬信口开河地讲起螺旋状星系了呢?他以前可不是无中生有的人。可陈桂芬好像并不这么想,最起码,她倾听的样子很虔诚。后来,陈桂芬轻声细语地问夏朗:"你知道双子座吗?"

夏朗说:"当然知道。"

陈桂芬说:"那你喜欢水母星云吗?"

夏朗的心一颤,问道:"你也喜欢水母星云?水母星云离地球大概有 5000 光年,很近的。我曾经观测水母星云有八九个月之久呢!"

陈桂芬盯了夏朗很长很长一段时间,然后用一种几乎听不到的声音说:"你知道吗,我在那里住过。"

夏朗看了看她,笑了,然后又看了看她,又笑了,最后咬着嘴唇问:"你去那里度假吗?你是坐 UFO 去的,还是自己驾着热气球去的?"

陈桂芬很严肃地说:"你真想知道吗?想的话,我们去酒店接着聊。我把所有的秘密都告诉你。"

事后想想,夏朗也不清楚怎么就随陈桂芬去了酒店。他那时还没喝酒。喝酒是到酒店之后的事。他们悄悄地从饭桌上离开,并没有引起旁人的注意,他们也很顺利地就抵达了酒店。那是间豪华包房,灯光迷离。夏朗坐立不安地站在门口,想不通怎么自己就随陈桂芬到了那儿。后来,陈桂芬说,我给你变个魔术吧。然后,她抻下自己的丝巾,挡住了左手,郑重其事地朝丝巾吹了口气,当丝巾拿开,她的左手俨然就托着一瓶红酒,红酒的盖子已经被打开。陈桂芬把酒倒进两个玻璃杯,一手一杯,然后低一脚高一脚地朝夏朗蹭过去。

夏朗那天晚上一定是喝醉了。如果没有喝醉,他怎么就躺到那张柔软的席梦思上了?如果没有躺到柔软的席梦思上,他怎么顺手就把陈桂芬揽进怀里了呢?他不但将她揽进怀里,还剥光了她的衣服,不但剥光了她的衣服,还长驱直入进了她的身体。当他闭着眼睛闷哼一声,酒气似乎才隐约散去,然后,他惊奇地发现,陈桂芬的身体竟然是淡蓝色的,她犹如修长的蓝色琉璃器皿躺在那里,淡淡的、迷离的光晕从她的脚趾流淌到她的小腹,又从她的小腹流淌到她纤弱的脖颈,他只好笑着问:"你为什么把全身涂满荧光粉呢?"陈桂芬并没有解释,只是再次将他的腰身扳过,贴着他的耳廓喃喃道:"你会永远记得我吗,无论我在哪一个星球上?"

翌日醒来,已然晌午。窗帘拉着,阳光散漫地扑满房间。夏朗似乎想起什么,慌忙着四处张望,却再无他人。匆匆从酒店跑出来,打车回了家，司机问去哪里，夏朗张口就说，桃源县嘉华雅苑，而后又昏昏沉沉着睡了。等一觉醒来，司机师傅说，嗨！哥们到了，你这一路，可睡得真香呐！

夏朗站在嘉华雅苑小区门口，踌躇半天，还是直接上了楼。开门的不是别人，正是方雯。方雯"呀"了声说，夏朗回来了。没多久，乖乖就从屋里踉跄着出来，见了夏朗，"爸爸爸爸"地喊。夏朗眼睛湿了，一把抱了，拿眼角余光去瞥方雯，方雯正朝他笑。方雯说，快把乖乖放下，医生过会儿就给他输液来了。没等夏朗细问，方雯又说，孩子开始只是咳嗽，后来就发烧。吃了些感冒药，高烧还不退，到医院一查，是初期肺炎。输了四五天液，情况稍稍稳定，我们才带着乖乖回家，每天请医生上门输液。

夏朗就急了，大声质问方雯："孩子有病了干嘛不告诉我一声？"

方雯说："你不是受伤了吗？腿脚不灵便。"

夏朗就说："跑不了你也该告诉我。我去不了，我爸我妈难道还跑不了吗？"

方雯一愣，摆摆手说："你添什么乱啊。有我爸在就够了，还麻烦他爷奶干吗？"

夏朗站在那里，不知如何驳她。这时方有礼就走了过来。这是那次吵架后夏朗第一次看到他。他哪里有得心脏病的症状？肥头大耳，腮帮上布满条条红绒。夏朗受伤后，他没去看过夏朗，甚至连个电话都没打。据说夏朗刚去了医院，他就心脏病突发倒地上了。

"你的脚⋯⋯恢复得怎么样了？"

夏朗说："挺好，没瘸。"

方有礼咳嗽了声，说："哎，那天真是怪，我不冷静，你也不冷静。"又说，"你回来就好。你是家里的顶梁柱，缺了你，我们是连槽子糕也做不成的。"

夏朗看着他。他说话的样子很诚恳，夏朗甚至看到了他眼神里流露出的不安和内疚，只好说："也没什么大事。皮肉伤而已。乖乖呢，我看最好还是住院吧。在家里，还是心里不安稳。"

方有礼说："儿科全是得肺炎的孩子。乖乖已经好得差不多，再待在医院里，万一被二次感染，该如何是好呢？"

夏朗想了半天，才说："随你的便吧。你想怎么样就怎么样。你愿意怎么着就怎么着。"

十

方有礼夫妇在夏朗家一住又是两年。乖乖会学话了，乖乖长牙了，乖乖会走路了，乖乖会骂人了……夏朗一家人的日子全绕着乖乖展开。方有礼两口子每天哄孩子，到了上幼儿园的年岁，也没让乖乖全托，只隔三岔五送上一次。方雯呢，调到了县局的办公室，负责收发文件，夏朗呢，还在分局管微机，每天晨起搭公车，晚上六点钟才回家。像他这样的男人委实少见，烟也戒了，酒一滴不沾，从不跟同事洗脚泡KTV，朋友也没一个，除了单位就是家。他越来越瘦，穿腰围二尺一的裤子，眼角的皱纹也爬了不少，来办事的人员，年轻点的，都郑重地管他叫"夏叔叔"。听人家这样叫，他还是激灵了下，不过想一想，自己都三十来岁的人了，也没什么可奇怪。

有一天他去老校长家,老校长非要给他称一称体重,他就乖乖地站到简易秤上。老校长就愣住了。他就问,多少斤啊?老校长瞥他一眼,说,刚好一百斤……老校长犹豫着问,你最近没跟他怄气吧?

夏朗晓得母亲嘴里的"他"是谁,说,没。

老校长在他身后站着,泪就要落下。她听到夏朗说,我们处得挺好的,挺好的。真的挺好的。能有什么不好的呢。

其实,老校长倒是想跟夏朗说几件事。上个月她去看乖乖,买了几斤香蕉。老校长生性节俭,买的香蕉是处理的,皮儿有点黑斑。不承想乖乖见了,说,奶奶真抠门,舍不得花钱,专买烂香蕉。小跑着将香蕉扔进垃圾桶。老校长很上火,虽童言无忌,可孩子怎么知道什么便宜什么贵?无非是方有礼教的。老校长起身就走了,乖乖还追在身后说,抠心奶奶,不许来我家,不许来我家。上个礼拜,老统计去商场,刚巧碰到方有礼和乖乖,乖乖见了他,连声"爷爷"都没叫,方有礼也只是貌似威严地朝他点点头。老统计到家后跟老校长说,哎,这个孙子,是姓方呢,还是姓夏呢?

当然,这些话,老校长断不会说给儿子听的。他已瘦成一把骨头。

瘦成一把骨头的夏朗,觉得自己简直是进入暮年。如果没记错,他甚至很长时间没有和方雯亲热了。方雯好像也忘了这茬,晚上把乖乖哄睡了,她也就睡着了。有时候,夏朗呆呆地看着方雯,努力把她和几年前那个邀请他看电影的姑娘联系在一起,可是无论如何,这个方雯和那个方雯,都不能重叠。她比以前胖了,摸上去肉乎乎,再也没那种蜂蜜般的嫩滑。

至于方有礼,夏朗也没跟他翻过脸,不过,只要见到他弥勒佛一样的笑脸,心里就神经质地哆嗦下。他不晓得这是怎么了。可也懒得去深究。做饭的时候,方有礼会让他打下手,如是辣椒炒肉,方有礼负责洗青椒,夏朗就负责切肉,如是红烧鱼,夏朗负责杀鱼刮鳞,方有礼负责下锅烹炸。他们之间配合得很好,也没有什么差错。开饭的时候方有礼瞥他一眼,他就急匆匆给丈人拿酒杯,再倒上上好的散白酒。临睡觉前,夏朗会烧上几暖壶开水,先给儿子洗脚,再给方有礼倒上一盆,将擦脚巾叠得方方正正,摆在旁边的凳子上。没有人非要他这样做,可是他还是这样做了,而且做得很自然、很流畅,犹如澡堂里的搓澡师傅见了客人,不用先问客人是否擦澡,只管先将毛巾洗干净、牛奶和盐放在手边一般。

至于那架望远镜,他真的找不到了。也许被方有礼拾掇到耗子洞里去了,反正,夏朗把那架昂贵的望远镜忘得一干二净。他也再没如醉如痴地观测过水母星云。他也忘记了那颗透明的瓦蓝色星星。有时他甚至连自己都怀疑,自己真的有过那么一架天文望远镜吗?自己真的在水母星云上观测过那颗会眨眼的蓝色星星吗……如果不是那天接到陈桂芬的电话,他几乎想不起来,他曾经真的有过那么一架时髦的东西。接到陈桂芬电话那天,夏朗正在擦皮鞋,先将乖乖的擦了,再擦方有礼的,岳母的,然后擦方雯的。等擦完了,才发现自己脚上的皮鞋干进得很,愣神的空当,手机响了。

"夏朗吗?你是夏朗吗?"陈桂芬的声音听起来很焦躁,"我是陈桂芬,我是陈桂芬!你还记得我吧?"

夏朗怎会忘了她。夏朗说:"是我。有什么事?"

陈桂芬说:"你现在能出来趟吗?我有些重要东西给你。"

夏朗看了看坐在沙发上打毛衣的方雯,说:"我现在忙得很。"

陈桂芬说:"我求你了,你抽空来一趟吧。"

夏朗压着嗓子说:"是不是那些外星人又来找你了?"

陈桂芬不说话。

夏朗就问:"你最近还好吗?"

陈桂芬说:"一点都不好。"

夏朗说:"我挺好的。他们要是真来逮你,你就赶快去公安局备案。"

陈桂芬叹息一声说:"这一次……我真的要撤了。"

夏朗"嗯"了声。

陈桂芬说:"其实,我从来没有被外星人劫持过。"

夏朗说:"我知道。"

陈桂芬沉吟着说:"其实,我不是地球人。我家在水母星云里的一颗小行星上。我这么远来地球,只是想看看你。"

夏朗不说话。

陈桂芬说:"我居住的那颗蓝色行星,是一个类似你们佛语中极乐世界的地方。我们从一降生就完美无瑕,没有疾病,没有死亡,我们是永恒的。"

夏朗的汗流了下来。

陈桂芬说:"可我不喜欢那种日子,我特想知道,有缺憾的日子什么样儿。那一年,你老用望远镜观测我们星球,我也注意到了你。你不知道,我的望远镜比你的高级一亿倍,上面有一个HGU仪器。你信吗,我能看到你鼻翼两侧的粉刺黑头。"

夏朗说:"对不起……我该去吃饭了。"

陈桂芬哽咽着说:"我选择了一个跛脚女孩的身体作为寄主,而且我如愿以偿……那个晚上……我会记住。我在玲珑小区,你过来趟,我有件好东西给你做纪念。"

夏朗沉默了足足有一个世纪那么长,然后果断地挂了电话,系上围裙,赶紧去做醋熘藕片。

方有礼出事,是吃完醋熘藕片的翌日。那天中午,乖乖非要一辆迷你赛车,方有礼就骑着自行车带着乖乖去超市。在超市门口,乖乖的鞋带开了,乖乖就说,老方老方,鞋带鞋带。方有礼蹲下给乖乖系鞋带。他这一蹲,就再没站起来。如果不是一个好心人将他送进医院,没准当时就死了。医生说,方有礼的脑出血很严重,颅腔内大面积出血,即便度过危险期,以后怕也是不能说话走路。

将方有礼从医院接出来,正逢濡夏。夏朗和方雯将轮椅推进房间后,方雯就嘤嘤地哭起来。夏朗不晓得这是她第几次哭了,她的眼睛这段时间总是红肿着,就去瞅方有礼。方有礼坐轮椅上,更像一尊弥勒佛雕塑,只不过,他的老眼不会眯笑了。他的右腿跟右胳膊都被拴住。最倒霉的是,舌头也被拴住。他坐在轮椅上,嘴角流着黏稠的哈喇子,"啊啊啊啊"地嘟囔着什么。夏朗将新买的一块手绢围他脖子下面,然后久久盯着他。方雯就说,夏朗啊,以后要记得每天给爸爸擦身子、洗脚,要是擦得不及时,很容易得褥疮。说到这儿,又跟她妈一起号啕大哭起来。夏朗"哦"了声,将目光投向窗外。方雯就抽噎着说,你倒是听到没?他要不是为咱们操心费力,至于搞成这个样子?夏朗没吭声,径自走到阳台。七月的阳光暴晒着夏朗,直晒得骨节噼啪作响。

到了秋天，方雯听人说，县城有位老中医，治疗脑出血有一套祖传秘方，颇为灵验，就给了夏朗地址，让他求偏方。夏朗就开车去了。老中医住在玲珑小区。这个名字夏朗听着怪耳熟，可也没往深里细想。

老中医很有些架子，留着白须，穿着白大褂，戴着副玳瑁腿老花镜。他问了问方有礼的病情，而后给夏朗开了两剂草药。夏朗付了钱拿药告辞。进了车刚想发动，怎么就瞥到"玲珑小区"的牌子，突然想起，陈桂芬似乎就住在这儿。想了想，就给她打手机。可打了四五遍，提示音都是"号码已经注销"。他忍不住下了车，溜达到警卫室，问这里是否住着一个叫陈桂芬的人。

警卫是个邋遢的中年人，穿着一身卡其布蓝衣裤，上面印着××机械厂的字样。他瞄了眼夏朗说："你说的这个陈桂芬，是不是那个小儿麻痹症患者？"

夏朗说："是啊。她不是住在这儿吗？"

警卫说："是住在这儿啊。不过，那是以前的事了。"

夏朗想了想说："她什么时候搬走的？"

警卫就环视下四周，这才凑到夏朗跟前说："她没搬走。"

夏朗就狐疑地看着他。警卫沉吟了片刻，这才低声说："我跟你说了你也不相信。"

夏朗就笑了声说："有什么不信的？难道她真被外星人捉走了？"

警卫后退两步，仔细打量着夏朗说："你知道这件事啊？"

夏朗看着警卫的认真样，忍不住笑起来。

警卫叹息声说："哎，如果不是亲眼所见，我也是一辈子不信的。那个东西真亮啊。比太阳还刺眼。叫啥来着？UFO？当时陈桂芬正跟刘老太太唠嗑。那东西突然就停在半空，一百来米高。大家眼睛都睁不开了，只听到陈桂芬一声尖叫……然后……哎。"

夏朗出了身汗，忙问："然后怎么了？"

警卫努了努腮帮子说："然后，陈桂芬就不见了呗。那个 UFO 也不见了。"

夏朗傻傻地盯着警卫。警卫说："刘老太太吓傻了，现在还住精神病医院呢。那天在现场的人，都不敢跟别人说这件事，怕那东西……把自己……也捉走了。"

夏朗半晌才说："大哥啊，你可真会开玩笑。"

警卫瞥他一眼，就不再搭理他，闷闷抽烟去了。

夏朗开了车回家。说实话，长这么大，他还没遇到过这么不靠谱的警卫。他记得那天陈桂芬打电话，说有东西给他。会是什么重要的东西？再说她搬到哪儿去了呢？这样想着驶出了小区。刚到主街，就接到方雯电话，她恹恹地叮嘱说，让他把草药放到惠康药店煎熬一下，刚才她去买砂锅，没有买到。"点真背啊！"夏朗听到她不耐烦地嚷道："你早点回家！"夏朗"嗯"了声，将车开得更快些。

秋日晴空，似被涤荡过，大朵大朵白棉花浮着。夏朗想，自己到底有多长时间没有观测过星云了？改天一定要把天文望远镜翻出来，而且还要添置一个新的赤道仪。他早就想买了。秋天来了，所有的天文爱好者都知道，这个季节，正是观测星云的黄金时期。

七根孔雀羽毛

1

那个冬天我很少出门。如果不是给我们所长面子，恐怕我会一直窝在家里。心情好了，我也溜达着去上班，反正单位离李红家不远。他们都不知道我住李红家。当然，他们也不知道李红是谁。有一次，单位的马文喝醉了跟踪我，想知道我这段时间到底在哪儿鬼混，结果半路上我就把他甩了。不是我多机灵，而是这家伙刚过了马路就躺灌木丛里睡着了。他一直是个有点口吃、裤兜塞满榛子果仁味儿巧克力的胖子。

很多个夜晚，我从床上爬起来光脚走到阳台，逡巡着对面楼上亮着灯火的人家。这个小区的居民大都保持着早睡早起的朴素习惯，通常情况下，除了两栋楼之间的几颗星星，只是一片漆黑。偶尔三楼会有个女人开着浴霸洗澡。她洗澡很有规律：每个礼拜五晚上十二点。她胖得像头刮了毛的荷兰猪。当有一天我看到她裸着乳房，架着一副望远镜四处鸟瞰时，我就很少去阳台了。李红睡觉很死，据她自己说，这么大岁数了，还从来没做过梦。不过她的鼾声很响，一个漂亮的女人为什么打那么响的呼噜？我偎着她躺下，盯着黑房顶。盯着盯着天就莫名地亮了，光亮透过窗帘漫进，打在她眼袋上。她那么安详，总让我怀疑她其实已经在睡梦中死了。

七点十分，她大声吆喝着孩子起床，接着去洗手间小解，然后是漫长精细的描眉——我长这么大，还没见过这么热衷描眉的女人。描完眉后她去烧水煮饭。后来我在看守所那几天，老想着能有机会告诉她，她完全可以先把水烧上，再去干别的事，这种方法叫统筹，初中就学过，能省不少时间。可惜她没给我这个机会。

七点四十，她开车把丁丁送到实验小学，八点零五分回来。回来后我们就做点有意思的事。她是个三十多岁的女人，浑身化妆品的气味。女人的化妆品就像男人的谎言一样让人徒生厌倦，更何况她喜欢把我压在身下。我只有闭上眼，胡乱摸着她起伏有致的身体。有一次我突然睁开眼，发现她正盯着我看。她在瞅什么？我不知道，也不想知道……说实话……我不喜欢这种姿势。可我毕竟是个有责任心的男人。我把自己弄得仿佛一台随时可以发动、马力十足、性能良好、价格低廉的发动机。九点钟这种事通常结束。如果她不想结束，我会多费些心思。她不是个过分贪心的人，据我的观察，她只是喜欢这个过程，如果恰巧是别的男人，我相信她也不好意思拒绝吧。

十点钟她去上班，她在步行街开了家美容院。闲得无聊时我曾经去过几次，没人理我，我就躺在大厅的沙发里看《知音》，顺便瞄几眼来回穿梭的女人。说实话，跟在美容院相比，我其实更喜欢在大街上瞎溜达。既然我从生下来就很少离开这个县城，那么，我很有必要熟悉它的每条毛细血管。譬如，农贸路有两家粮油店，一家"老百姓"，一家"绿色贵族"；文化路有四家卖"板面"的，一家河南人，两家安徽人，还有一家是成都人；低档红灯区都在粮食局后面的胡同里，小姐平均年龄都四十岁朝上，满脸褶子，如果你站在她身边，能听到她们脸上的香粉"噗噗"落地的声音。她们生意很火，据说每天都要接待大量的民工和学生。最受欢迎的一位已经五十二岁，天生异禀，蹬三轮的车夫都赞美她；县里最好的宾馆，就在性保健用品一条街的左侧，它有个响当当的外国名字，叫"迪拜吉美大酒店"。这个名字我老也记不好。我对超过三个字的外国名字总是记不好。

说实话，我很喜欢站在大街上，叼着烟看"迪拜吉美大酒店"。有钱人戴着墨镜从酒店里晃出来，开上他们的车咆哮着离开。他们好像总是很忙。有钱人总是很忙。他们大都很年轻，留着板寸，脖子上挂着粗壮的黄金项链，如果不出意外，他们的身边总是跟着位拉风的美女。据说，他们当中最有钱的一个，是个叫丁盛的人，他很低调，只有六辆私家车，一辆悍马，一辆宝马X5，两辆宾利雅致，一辆奥迪Q7，一辆SUV越野路虎。每天他都会开着不同的车去会晤客商，就像每天都要换一件新衬衣一样。当然，关于他的传闻很多，比如他有几个情人，比如他有几只鳄鱼、黄金蟒之类的庞大宠物。可这些跟我有屁关系？我永远不可能像他那么有钱。何况即便我像他那么有钱，我也不会买六辆车。我会给镇上的每个居民买一辆。

2

李红经常劝我说，我应该做点像样的大买卖。我知道她这么说是为了我好。她说这话的时候基本上不看我，她既然知道说也是白说，干吗还要说？我拿什么做大买卖？我又没钱。一个男人没钱，不等于新婚之夜才发现自己阳痿吗？可我不能说"不"。她不是个喜欢听男人说"不"的女人。前一个男人被她赶走了，就因为那个男人经常跟她顶嘴。他从来就没有说过"好"或者"是"。提到那个不知趣的男人时她经常会这么说："如果他不找个理由反驳你，他就会因为缺氧而憋死。"

对于我的小赌，她倒没说过什么。她父亲赌钱，她弟弟赌钱，她前夫赌钱。我估计那个喜欢跟她顶嘴的男人也赌钱。在她看来，男人喜欢赌钱，跟天天去洗头房相比，是种更健康的生活方式。何况有时候她也玩上两把。她手气通常不错。她这个年龄的女人，赌钱一般都不会输。

我就是在康捷家玩牌时看到曹书娟的。说实话，我真想没到会在康捷家碰到她。我很久没见到她了。那天我去得早，我踢掉皮鞋，靠在康捷家的沙发上看电视。我看电视只看中央电视台的少儿频道，里面有很多动画片。我最喜欢《海绵宝宝》。那天讲的是蟹老板女儿生病了，家财万贯的蟹老板为了省钱，亲自给女儿动手术。他女儿是只长得非常丑的大嘴巴鲸鱼……这时门铃响了，康捷去开门，然后，我就看到了曹书娟。她看到我时，一点都不吃惊，这让我有点难受。康捷很客气地把我们互相介绍了一番,然后我们就坐到麻将桌旁。那天我输了点钱。我不知道这是不是因为曹书娟。她倒没什么,不过很明显,她的牌技跟以前比是越来越好了。我没注意到康捷是否察觉出我有点反常。我总是忍不住拿眼去瞟曹书娟。她没怎么老,也没变得更年轻。除了她的牙齿上箍了个牙套,我看不出她跟以前有什么区别。打着打着她接了个电话,然后就很有礼貌地起身告辞。康捷出去送她,我趁机溜达到厕所,在卫生间里洗了把脸。等我出来时,康捷猥琐地看着我笑。他说:"这个货怎么样?嗯?"我朝他点点头。我很佩服他总是能找到些莫名其妙的人来打牌。而这一次,他把我的前妻找来了。

我把碰到曹书娟的事告诉了李红。李红正在用紫砂锅炖牛肉,一边炖牛肉一边唱歌。李红是个爱音乐的人。据她自己说,在锦州上小学时还专门练过手风琴,另外她还是校合唱团的领唱,如果不是变声期倒了嗓,她没准已是个出色的女歌唱家。谁知道她说的是真是假,反正炒菜的时候唱,洗澡的时候唱,化妆的时候唱……她的声音有点像那种女花腔,即便烂大街的歌,从她抽搐的嘴里唱出来,也是那种圆润、颤抖、浑厚、让人起鸡皮疙瘩的高音。当然,用她自己的话讲,她是个有素质的人,虽有傲人的肺活量,可为了避免扰民,总是刻意把高音降调。这样,我总是看到她严肃地吟唱着辨不清歌词的咏叹调,因骄傲衍生出的隐忍让她浑身散发出一种光芒……是的,属于一个美容院老板的光芒。当然有时她也难以自控,磅礴洪亮的嗓门让我溜达到阳台上。这时她会很郑重地问我,为什么我唱歌时你总爱去阳台?我只得实话实说,我说,我这是为了避嫌。她就迫不及待地问，避什么嫌啊？我诺诺地说，我怕别人以为是我在打你。

我怎么能把遇到曹书娟这件事告诉她呢？当她听到曹书娟这个名字时，她歌也不唱了，在厨房扭头扫了我一眼。我就继续嘚啵嘚啵地说。我说，曹书娟都这么大岁数了，居然还戴了牙齿矫正器。我说，曹书娟的裙子穿得很难看，竟然是紫色的。我说，曹书娟的手指越来越黄，什么时候变成老烟鬼了。我说，我们面对面地打了两个小时的麻将，竟然没说上三句话。我自言自语时，李红一声都没吭。她只是炖她的牛肉。我觉得这样挺好。

吃饭时通常很静，尤其是吃牛肉，我只听到我们三个人的牙齿咀嚼肌肉纤维的声响。丁丁吃饭从来不看别人。她不光吃饭不看别人，不吃饭时也不看别人。至少对我是这样。我搬过来半年，她几乎没正眼瞅过我。她不光没正眼瞅过我，也从没主动跟我说过半句话。为了讨好她，我曾花了一百九十块钱给她买了条连衣裙，她只是从李红手里接过去，揪住裙角一声不吭扔进衣柜，仿佛这条裙子脏了她的手。后来我在垃圾桶里发现了那条裙子。裙子粘的全是大米粒，裙边手工编织的大黄花被剪子剪得支离破碎。不过这孩子的胃口一直很好。我就喜欢能吃饭的孩子。我看着她大口大口把米饭扒拉进嘴里，又用筷子夹了块肥瘦适中的牛肉，小心翼翼卷上舌苔。我怀疑这个肥胖的女孩其实早得了自闭症。每当这么想，我就会想起小虎。每当想起小虎，我的心就一揪一揪地……疼。

"宗建明，快点吃饭。"李红说。

我只好笑了笑。李红最喜欢我笑的样子。

"牛肉凉了就不好吃了，"李红说。

我说："酱牛肉都是凉的。"

李红瞄了我一眼。

我说："我喜欢吃凉的酱牛肉。"

李红攒着眉头白了我一眼。我就不说话了。可我不说话并不代表我就成了块石头。

"我知道你在想啥，"李红叹了口气说："曹书娟可真厉害。"

沉默半晌后我方才说："我什么都忘了。"

李红咦了声："是吗？哦，这最好不过。你这样的人要得了健忘症，反倒是件好事。"

我用力点头。我把牛肉嚼得更响。

李红又说："哎，如果实在忘不了呢，也没关系，反正你长着两条腿，想去哪儿就去哪儿。你还长着第三条腿，想搞谁就搞谁。"

我使劲笑了笑。

李红说："说实话，你笑起来真挺丑的。眼窝那么深，鼻子那么尖，还长着副兜齿。"

我说："我知道。他们都说我像俄罗斯人。他们都说我长得像普京。"

李红"哼"了声继续问："你还知道什么？"

我龇着牙说："你炖的牛肉比清真饭馆的都香。你是不是放了大烟壳？"

李红很郑重地点点头。毫无疑问，她对自己的厨艺相当自信，就犹如她相当自信地认为，我已经从上到下从里到外完全是她的人了。她这么想也没什么不对，我住着她的房子，我吃着她的饭，我蹲着她的马桶，我睡着她的床，我花着她的钱。如果这样我还没有完全属于她，那么这个世界就太无耻、太匪夷所思了。

3

多年来我一直坚信我可能是个被淹没了的……天才。当然，我没跟别人说过。男人到了我这个岁数，如果还没学会夹着尾巴做人，还没学会睁着眼睛说瞎话，还没学会自己放屁瞅别人，肯定被人笑掉槽牙。我不怕被人笑话，我只是怕被那些我瞧不起的人笑话。不是我吹牛，我们夏庄一千号人，无论男女老幼，哪个不知道我宗建明呢？

小学一年级时我爸心血来潮养了几条金鱼，两个礼拜就全死了。这在当时的夏庄被人传为笑谈。一个庄稼汉不好好养猪养牛养鸡养兔，养几条花里胡哨的金鱼干啥？养就养了，还全养死了。我觉得我爸挺窝囊，赶集时就顺便偷了几条。这几条金鱼大概是世界上寿命最长的金鱼。我记得高中毕业了，它们也老得游不动了，还在鱼缸里安然无恙地翕动着它们硕大性感的红嘴唇。没人猜到我是怎样饲养这些金鱼的。我不但把它们养活了，还让那条黑玛丽产了许多卵。那些透明的水泡似的卵孵出了几百条蜉蝣大小的黑玛丽。后来我们夏庄的人家就都养上黑玛丽了。再后来，王二家的母牛难产时，也找我去帮忙。有谁会想到一个十几岁的孩子蹲在牛棚里帮母牛分娩？村里人在我初中毕业时强烈建议我考市农校，专门学畜牧兽医专业。在他们看来，我是个天生的兽医。如果我不去当兽医，那简直是畜生们最大的损失。

六年级时我练了五个礼拜的乒乓球，把我们学校的体育老师大刘打败了。大刘曾是我们县教职工乒乓大赛的季军。那年春天，大刘从独寞镇得意洋洋地带个少年回来，专程跟我打了一场。那场比赛多年后还被夏庄小学的老师们津津乐道。他们谁也没想到我只花了半个小时就把少年打败了，印象最深的是当我发完最后一个侧旋球，那孩子突然把球拍往地上一摔，蹲在乒乓球台边上"呜呜"恸哭起来。他哭得那么伤心，那么绝望，仿佛他是这个世界上唯一的孤儿。最后，老师们不得不把他连抬带拖地拽上拖拉机，送回了独寞镇。后来我才知道，这个男孩就是桃源县乒乓大赛青少年组的冠军。他有个很好记的名字，康捷。

他们都夸我聪明，他们都说，我的心比别人多长了一窍，如果我想干点什么，我肯定能干成。他们说得没错。他们总是对的。高中时我喜欢上了曹书娟。第一次见到她是在操场上。高一的新生都在操场上拔草，她蹲在那儿，腰板细得一把掐，乳白连衣裙裹得臀部微微上提，让她既优雅又趾高气扬。当时我就想，哦，这就是我老婆。追她没费什么劲，我给她写了几封情书，请她吃了顿鱼香肉丝和麻婆豆腐，然后就把她带地洞去了。我们学校有座古城，是元朝大将纳言俦展修的，据说用以囤积粮草，地洞就在古城下边，抗日战争时成为八路军的指挥部。不过当我们上高中时，这条地洞被学校用大石头堵死了，如果他们再不把它堵死，估计会有很多女学生不得不中途辍学。不过那块巨石并没难倒我。我攥着根木棍在石头旁转来转去。曹书娟问,你在干吗?我就跟她说,我在找一个点,如果把那个支点找到了,我就能把这块石头撬开,如果把这块石头撬开,我们就能钻进地洞,如果能钻进地洞,我们就能干点我们都想干的事了。我记得曹书娟的脸当时就红了。这让我很得意。后来呢?后来我真把那块巨石撬开了。怎么撬的?很简单,我真就找到了那个支点。是的,只是一个点,然后,我和曹书娟就把石头撬开一尺——这个缝隙刚好够我们钻进地洞。

可是,如果一个男人总怀念从前那点屁事,并故作镇定地讲给人听,那么他肯定不是个天才。最起码讲,肯定不是个腰缠万贯的天才。吃完炖牛肉的下午,那个曾跟我钻过无数次地洞的女人,那个曾经把我当成天才的女人,终于跟我面对面坐到一家冷饮店里。如果一天之内两次见到你前妻,你应该毫不犹豫地去买六合彩。搞到曹书娟的电话很容易,康捷办事相当靠谱。我没跟他说我跟曹书娟的关系,我怎么能跟他说这些呢?我只是貌似不经意地跟他念叨,我操,那个女人的牙套真他妈性感。他在电话那头"嘎嘎"笑,他早不是那个为了一场球赛要死要活的少年了。五分钟后他把曹书娟的电话号码用短信给我发过来,当然,后面少不了他时常嘲笑我的那句话:种马发情,少妇遭殃。

见到我时曹书娟脸上没什么表情。如果一个离婚的女人跟她的前夫一起吃冷饮,而且脸如塑胶面具,那就表示这个女人跟她的前夫,真的丁点关系都没有了。

"你有什么事就说吧,"曹书娟看着我说,"不过我先告诉你,我最近手里很紧。"

我没有回答她。我有很长一段时间没骚扰她了。我把戴着圣诞帽的服务员叫过来,点了两杯酸梅汤。我喜欢喝热的酸梅汤。

"我还有半个小时就要去北京,"曹书娟的右臂托着下颌骨,左手托着右胳膊肘。她没有看我,而是盯着玻璃幕墙外边的露天游乐场。

我点了支香烟,然后递给她一支。她犹豫了下才接过。我慌忙起身用打火机给她点烟。这个 ZIP 打火机是当年她去洛杉矶时专门给我定做的。上面刻着我的名字。

"如果你今天约我来只是这么干坐着,"曹书娟用手拢了拢头发。她一直喜欢这个动作,"我觉得一点必要都没有。"

酸梅汤上来了,我没用吸管。我讨厌吸管,就像我讨厌自己现在开不了口一样。

"你应该清楚,我没起诉你,没把你送进监狱,算给你很大面子了。你还想怎样?"曹书娟用中指轻轻弹击着玻璃杯的杯口。她的声音终于不是直线了,我仿佛看到她的胸口在剧烈起伏。这反倒让我心安些。"你还想怎样呢?"她又问了一遍,似乎不是在问我,而是在问她自己。这时她的手机响了。很好听的铃声,如果没有记错,这首歌的名字叫《脚印》,小时候老听王洁实和谢莉斯在收音机里唱。他们的声音有种做作的华美和空洞。曹书娟扫了我一眼,站起来去外面接手机,她就站在玻璃幕墙外接手机。我在座位上能看到她的侧脸。我一直认为,她最漂亮的就是她的侧脸。她的颧骨有些高,正看有点寡相,不过若是侧看,倒有种骨感美。不久她就回来了,她走路的姿势还和以前一样,身体往前一挺一挺,仿佛身后有猎狗在追迫她一般。

"我走了，"她把手机放进包里。这是一款 LV 的包。小镇上很少有女人背这种包。"以后不用再给我打手机。从这家店里走出去，我就换另外一张卡了。"她站着，我坐着。她本来就高，她的语速也有些急促，甚至有些疲惫。有那么片刻，我怀疑她极有可能会顾不上店里熙攘的顾客，很优雅地扇我一个耳光。但是，没有。我就那样仰着头凝望着她转身离开了冷饮店。她的那辆红色宝马跑车就停在露天游乐场。

我终于站起来，去了趟洗手间。在洗手间里我长时间地注视着镜子里的宗建明。我本来以为宗建明可能会流泪，不过还好，镜中男人只用手按了按自己的眼袋，朝着镜子龇牙咧嘴地笑了笑。他的牙齿缝隙全是烟渍。我突然想起一句话，不要找你的敌人陪你喝茶，她像你牙缝里的烟渍和你舌尖上的醋，使你烦躁不安。

4

"你下午是不是出门了？"李红问。

"没。一直在家睡觉来着。"

"真的？"李红换上拖鞋蜷缩进沙发，"那你为什么还穿着这件阿玛尼？"

我低头看了看自己的大衣。我竟然还穿着大衣。这是我最喜欢的一件衣服，每次打麻将或者会朋友，我都会貌似隆重地穿上它，"哦，下午去康捷那儿玩了会儿。"

"不会是又和曹书娟打对家了吧?"李红呵呵笑了两声。

"没。怎么可能呢?"我倒杯凉白开递给她,把她的小腿轻柔地抬上我的大腿捏揉起来。我按摩的手艺不错。我说过我可能是个天才,无论做什么,都会比别人做得好那么一点。

李红很快就放松了,小声哼唧起来。"其实见面又能怎么样?"她摸了摸我耳朵,似乎在安慰我,"你当时把她整那么惨,差点就死你手里,"她用手支起我的下巴,很耐心地打量我,"宗建明,你知道吗,泼出去的水是收不回来的,破了的镜子是圆不了的,花儿不会在一年里开两次的。"

"我比你清楚。"

"那就好,"李红把我揽入她怀里,似乎我不是她男人,而是她尚在哺乳期的儿子,"你也该清楚",她咬着我耳根说,"我跟她们不一样,我只是想跟你好好过日子……哎,你到底有什么好呢,嗯?为什么那么多女人喜欢你,缠着你?"

她还没说完我就把她扑倒在宽大的沙发上了。沙发弹性很好。我喜欢跟女人做爱时脚趾触到温软的棉布。"好了……好了,我要去接丁丁了,"李红喘息着推搡开我,笑着拧了拧我的鼻子,"你呀,浑身总有使不完的劲。"

她走了,房间里又剩下我一个人。我突然不知道该干点什么好。我先给单位打了电话,接电话的是王雅莉。她是我们单位去年新招聘的大学生。她细声细语地告诉我,她已经帮我把两家企业的申报表录好了。我只是嗯了声。这个安静的姑娘似乎对我很有好感,如果我没去上班,她会很自然地接手那本来应该由我处理的事。接着我又给康捷打了个电话。我听到麻将牌掉到地板上的声响,他似乎在叼着香烟讲话,口齿不是很清晰,他说:"怎么样?嗯?爽了吗?你该好好谢谢我!明天,记住,明天去大陆海鲜请我吃龙虾!"然后是哗啦哗啦洗麻将牌的声响。

还好,李红很快就把丁丁接回来。丁丁回家后的第一件事就是打开电视看《喜羊羊和灰太狼》。这是部整个银河系最烂的动画片。它不会让孩子们变得可爱,只会让孩子们变得更蠢。丁丁就是最好的例子。李红把丁丁放家后又去美容院了。这个女人是只永远不会停下来的工蜂。不过这样也好。这样能有什么不好的呢。我到了书房,打开了那只皮箱。这是只棕色的皮箱,1994 年上大学时买的,我怀疑它根本不是皮子的,而是人造革的,这么多年来,它的色泽越来越暗,已经破了两处,露出黄色的硬纸板。可这并不妨碍我拎着它从一个地方走到另外一个地方。里面也没什么东西,一只开胶的乒乓球球拍,几张散发着霉味的奖状,几束干掉的野花,几本相册,然后,就是那七根羽毛。

我已经忘记了这是我多少次打开它,在冬日昏黑的光线里欣赏这些羽毛了。屋子里没有开灯。羽毛色泽暗淡,密集的绒毛上长着一只沉郁的蓝眼睛。

"喂……"

我知道她是在招呼我。她总是这样招呼我。她这样招呼我总是让我很不爽。我不爽的时候通常会保持沉默。于是我听到她扯着嗓子喊道:

"喂!给我一根行吗?"

她把屋里的灯打开了，站在门口俯视着我。我还从来没见她用过这种眼神跟我说话。她棕色的瞳孔里流出的是那种类似濒死的小野兽特有的温情。这眼神让我感觉很舒服。我问她："喜欢吗，你？"

"这是孔雀的羽毛吗？"

"嗯。"我拿起一根朝她晃了晃，然后麻利地放进皮箱。接着我把另外六根羽毛也放进了皮箱，用乒乓球拍压住。皮箱拉链拉起来的动静很响，我留意到丁丁棕熊般的身体随着拉链的声音颤抖了下。我把皮箱塞到沙发底座下面，这才对她说："喜欢的话，叔叔以后给你买。动物园门口不光有卖孔雀羽毛的，还有卖象牙的、卖獭兔的、卖蟒蛇的……你喜欢红屁股的金丝猴吗？"

"我就想要刚才的那几根，孔雀羽毛。"她咬着肉嘟嘟的嘴唇说。

"哦……这个……"

"七根，"她眯缝着眼睛说，"一共是七根，快点给我。"

我盯了她半晌，说："放心好了，我一根也不给你。"

她的脸通红通红的。她似乎要哭出来了。

我说："别想得到不是你的东西，知道不？如果你现在不知道，长大了就会很狼狈。尤其是你这样一个又胖又丑的女孩。"

她肯定听不懂我在讲什么，她只是轻声轻语地说："我会告诉我妈。我会跟她说，你连根孔雀羽毛都舍不得给我。你不怕我妈生气吗？你不怕我妈把你赶出这座房子吗？"她倚着门扶手插着胳膊站在那里，说话时除了肥硕的双腮鲶鱼般翕动几下，她的整个身体仿佛就是根冰凉的、粗糙的大理石柱。

我点了支香烟。我觉得这确实是件挠头的事。后来，我站起来摸了摸她的头顶:"随便,我又没用针缝你的嘴,你想怎么说就怎么说。说实话,叔叔一点都不喜欢你,真的,可是,叔叔还得装出喜欢你的样子,这挺难受的。我从来没见过你这么讨厌的孩子。你跟小虎比起来,简直一个是天使,一个是狗屎。"

丁丁就是这时哭起来的,李红也是这时拧开防盗门走进来的。不过,她似乎并没有听到我说了什么。如果她听到了,那天晚上我也不会躺在她的床上了。她给丁丁买了蜂蜜小面包。吃了蜂蜜小面包的丁丁不哭了。那天晚上,李红搂着我说,跟孩子计较啥呢,孩子是什么?孩子就是小动物,小动物喜欢什么?喜欢甜的喜欢暖的,你往她的嘴里塞块糖,给她的脚上套只棉袜子,她就欢喜了。她没有跟我说孔雀羽毛的事,也许她说了,我忘了,我唯一记得的是那个晚上,她趴在我身上狠狠咬我肩膀,就像一只记仇的獾终于用獠牙狠狠咬住了它的敌人,良久都没有松开。

5

我足足打了十几遍手机曹书娟才接。很显然她记住了这个不受欢迎的号码。让我略感意外的是,她似乎颇为平静,没有丝毫厌恶的意思。她说,她现在很忙,只能给我一分钟。她还说,我跟你已经离婚了,我们现在连朋友都算不上,不要动不动就骚扰我。说到"骚扰"这两个字时,她语气冷静,仿佛只是在转述别人的台词,表明别人的态度。我只好跟她说实话,我必须跟她说实话。我必须把上次在冷饮店没说出来的话全告诉她:

"我想要小虎。"

"你说啥？大声点。"她有点不耐烦地说，"你难道不能换部好点的手机吗？"

"我想要小虎。我想把小虎接过来，跟我一起住。听清了吗？"

"你疯了吧，宗建明？"曹书娟惊讶地问道，"你是不是刚从五院里跑出来？"

"没错，我刚把精神病院的护士全打晕了。我正在开着飞机在世界各地旅行。"

曹书娟半响没说话，她不说话就表示，她正在认真对待我。她必须把我的话当成真话。

"你连房子都没有。你现在还住你姘头家。"

"这个不用你发愁。"

"行了，别做梦了。宗建明。你总是在梦游。你总是搞不清，你是什么东西，你配有什么东西！"

曹书娟大吼一声挂了手机。她挂得很对时候。如果她还吼叫，她的声音肯定跟我的手机一起摔到地上了。后来我就坐在马桶盖子上抽烟。我的要求难道真过分吗？我想小虎了，我想把他接过来一起住，这一点都不过分。如果这个算过分，那么，世界上还有什么不过分的事？

我突然想把这件事讲给别人听。于是我坐在马桶上给康捷打手机。刚接通我就按掉了。我觉得如果康捷知道了我以前那点破事，肯定瞧不起我。除了小时候赢过他一场球赛，我好像样样都不如他。我就给马文打，马文很利索地接了。不过，我干吗要跟这个喜欢吃巧克力的胖子说我的私事？他知道的还不够多吗？我又不是个喝醉了的抑郁症患者。后来我就给菲菲打。菲菲是个可爱的东北姑娘，跟我有过几腿，她最擅长的是冰火两重天。她极瘦，躺在白色床单上扭动身体时，就像医学院的教授在冷漠地摆弄一副人体骨骼标本。她极爱说话，如果你不打断她，她可以从地球一直说到冥王星。她是个无所不知的人。可惜，那天她在电话里的声音扭捏不安，我隐约听到了一个男人粗重愚笨的喘息声。打扰一个女人做生意是不厚道的，我只得恹恹地掐掉电话。后来，我索性打开手机上的电话簿，一个人名一个人名地翻，翻到最后一个人名，我才发觉，我竟然没有一个可以说话的人。这个念头让我沮丧起来。这沮丧来得如此猛烈，以至于当李红敲起厕所的门时，我还在愣愣地盯着墙上的一只死苍蝇。这只苍蝇还没腐烂，我想肯定是以前的某个男人用苍蝇拍随手打死的，而且这个男人有洁癖，他甚至不愿意把这只苍蝇扔进垃圾箱。

"你有空吗？"李红斟酌着问，"我想跟你……谈些事。正经事儿。"

"我很忙。你没看到我正忙着吗？"

"是啊，你是很忙。我长这么大，还没见过有人穿着裤子拉屎。"

我只得从厕所里磨蹭着走出来。她能有什么事？什么重要的事能让她舍得放下美容院的顾客？我狐疑地盯着她。我肯定把她盯毛了。她的唇边粘着一粒米粒。

"曹书娟给我打电话了。"

"什么？"

"曹书娟给我打电话了。听清楚没？曹书娟给我打电话了。"

这倒让我有些毛了。曹书娟给她打电话？她们根本不是一个星球上的人。她们之间有数十亿光年的距离。

"我不知道她怎么找到我的。"李红双臂交叉倚靠着推拉门，"不过，她真的给我打电话了，"她似乎为接到我前妻的电话有些抱歉，"曹书娟说，你想把小虎接到我这儿来？嗯？"

我不知道该答"是"还是"不是"。如果回答"是"，那么我肯定是个不知趣的男人，竟然想把儿子接到情人家里住。如果回答"不是"，那么我肯定是个虚伪的男人，竟然不敢承认想把儿子接到情人家里住。

"我知道你是个好爸爸……"李红压着嗓门说，"你对丁丁那么好，更别说对小虎了，"她摸了摸我的下巴，"可你有没有想过我的感受？"她的眼睛潮了。我知道她是个容易动感情的人，我想她那些年费过万的客户都是被她湿漉漉的眼神打动的。"我已经很累了，我不想把自己弄得更累。谁希望自己总是筋疲力尽呢？你说呢？"

我只有说"是"。我肯定不能说别的。

"如果你真的想小虎了，可以把他接到家里住几天，"她轻声轻语地说，"这个我绝对没有意见。"

我走上前紧紧搂住了她，然后垂下头吃掉了她唇边的那颗米粒。她在我怀里突然小声抽泣起来。她也把我搂得紧紧的。她的胳膊那么细。她的细胳膊上长满了浓重的体毛。我一直不明白她为什么不把她胳膊上的毛给刮掉。

"我肯定会把小虎要过来的。"我望着她的眼睛，"我想跟我儿子住一块。这段日子,我总梦到他……"

李红一把推开我,然后仰着头看我。她的表情有些错愕。也许她认为她的这番话是白说了。她往后退了两步,又扫我两眼,转身就走。她关门的声响不大,说明她还没有真正生气。女人真正生气的样子我再熟悉不过。她们都有一个共同点,那就是,她们的瞳孔会喷出紫色的火。那股火焰会让她们精致的脸庞在瞬间变得畸形,仿佛一个塑料玩具被人狠狠踩了两脚。

我从楼上鸟瞰着她上了她的那辆马6。她开车的速度还和往常一样慢。她是个急性子的人,可她开车从来不超九十公里。这很好,她开了十几年的车,从来没有撞过别人,也没有被别人撞过。

6

其实跟曹书娟彻底分开时,她把那栋房子留给了我。这说明她还算是个有良心的人。她离开后,我跟一个饭店的服务员搞上了。这个服务员长得很像香港演员温碧霞。我喜欢所有长得像温碧霞的女人。她跟我在房子里住了很长一段时间。她还只是个十九岁的女孩,从燕山山脉的一个山沟里走出来不过半年,口音里还带着艮栗子味儿。这个年岁的女孩谈恋爱不要别的,只要你帅就行。当然,如果你长得帅,有份稳定的工作,还有自己的房子,那就更好了。我确信那段时间我彻底忘了曹书娟,彻底忘了小虎。我突然就得了失忆症,不久前发生过的事突然就像一粒沙子落在沙漠上,没一点踪迹。这让我想起一部美国电影,主人公得了一种奇怪的病,每隔五分钟,他就会把发生过的所有事都忘了,哪怕你还跟他躺在床上,他已经想不起你的名字。后来他只好给每一个刚认识的陌生人拍张照片,在照片上写上名字,而那些他认为极为重要的线索,则让文身师文上他的大腿根、胸部、胳膊……我确信我比他幸运,下班买菜的时候,会有飘忽的影子倏地闪过。我会咬着牙齿让那些影子以最快的速度消失……

后来我跟马文说过这种感觉,据他的推测,我那阵时间肯定是得了"选择性失忆症"。也许这个胖子说得没错。他一直是个聪明人。当然,比我还差那么一点。饭店服务员后来为什么离开我?我打了她。我为什么打她?因为有一天她心血来潮,在我上班的时候,把我们家的地下室给重新收拾了一下,她把那辆"金蛙"牌三轮车、生锈的煎饼锅、断了一条腿的军用床铺、爬满了蜘蛛网的书橱以及几十双高跟鞋全部卖给了一个绰号"匹诺曹"的红鼻子老头。服务员哭着走了后,有个在歌厅陪唱的小姐曾跟我同居过几个月。我就是那个时候迷恋上赌博的。要是李红知道我赌博时曾经输过一栋二层独院小楼,那么她肯定不会让我跟康捷他们去打麻将。

在那段声名狼藉的日子里,我身上通常不会超过二十块钱。一个离婚的男人如果混到这份上,只能有一个办法,那就是去找他腰缠万贯的前妻。刚开始的时候,曹书娟是一万一万地给,我记得很清楚,她总是把那些捆得极为齐整的人民币狠狠砸到我脸上。然后我就拿着我前妻的钱,继续去赌。输掉后我还去找曹书娟,我觉得如果我不去找她要钱,就太不对不起她了。她生性贪婪,后来几次,只是两千两千地给。她面无表情地把钱塞到我的衣兜里,鼻子里哼哼着，明显是对我的这种行径极为鄙视。可这有什么关系？如果当时有人让我吃泡狗屎，再给我五千块钱，我肯定吃。再后来就找不到曹书娟了。这个吝啬小气的守财奴在我的生活中消失了很长一段时间。那段时间里我一直住单位宿舍。那帮赌徒也没联系过我，也许在他们看来，我只是堆散发着恶臭的垃圾，连个馊馒头也拣不出来了。那时我们单位的人见了我都避之不及，仿佛我身上的厄运随时会像病菌一样传染给他们……当那天马文皱着眉头说外面有人找我时，我愣了半响。后来马文嘴里嚼着巧克力继续大叫我的名字，我才哆嗦着走到单位门口。那天多冷啊。那是有生以来最冷的一天。就在那一天，我在我们单位门口看到了一个男孩。

这个小男孩裹着件白色羽绒服，羽绒帽子外面还裹了条桃红色的围脖。他站在那里一动不动，仿佛雪后刚堆好的雪人。当他小跑着到我跟前时似乎犹豫了一下，然后死死抱住了我的大腿。我就是在他抱住我的刹那知道了他是谁。能是谁呢？还能有谁呢？只能是我的小虎。小虎。我的儿子小虎。我上小学三年级的儿子小虎。考试从来很少及格的小虎。我蹲下去，拨拉开他的帽子和围脖，轻轻蹭着他的小脸。他什么都不说。他好像离我很远很远。当我试图去亲吻他的脸蛋时，他才害羞地笑了。我承认，这是我这辈子见过的最好看的笑。他把一个信封偷偷塞到我手心里。他说："爸爸，这是我攒的钱，给你买好吃的。"

他怎么来的？又怎么走的？我竟没留意。我当时打开了那个信封。信封里装了二十五块钱。钱很旧，闻上去有股馊味。我就攥着有馊味的二十五块钱，在寒风中站了几分钟。从那以后，我就再没赌过。后来跟康捷混上，也只是随便玩玩，那种动辄上万的游戏，我再也没碰过。

"我知道你彻底戒了，"康捷说，"我相信你再不会碰了，"他那几天一直犯牙疼，总是耷拉着八字眉吸溜着空气，同时眼神里流泻出不耐烦的神情，"可是一下子借这么多钱……"他左边的眉毛快耷拉到肥硕的腮帮子上了，"我也拿不出啊。"为了证明他言辞非虚，他只得继续说，"你也知道，去年秋天接的那笔活，账到今天也没要上来。建明啊，财主也不是天天吃龙肝凤胆啊，是不？"

我很郑重地点头。我必须很郑重地点头。任何一个人，如果碰到有人跟他借二十万，即便他没牙疼，肯定也是康捷这副嘴脸。事后我想不起怎么就去找康捷了。跟人借钱最好撒谎，但是跟康捷借钱，最好实话实说。我说，我想买房子。我想把小虎要过来跟我一起住。我经常在梦里看到他。我快受不了了。

"晚上呢，别走了，来一帮贵客。你帮我陪陪酒吧。这几天我的牙快疼死了。"他忍不住用手指去抠自己的臼齿，"有时候坐床铺上，一坐就坐到天亮。×他妈的，我多希望自己的三十二颗牙齿都完美无瑕啊，"他的舌尖不停伸缩着舔那颗牙齿，"就像个十六岁的雏儿。"

康捷的朋友很多。那些人无一例外都是他的贵客。穷极无聊时我曾总结过他的朋友圈：一种是他的小学同学，没什么本事，做点小本生意，这些人包括卖水暖配件的、卖农机的、卖圣象木质地板的、卖劣质化妆品的，他们一般都开松花江或者长城皮卡，来找他的原因也简单，无非是借钱；一种是他的生意朋友，那些人大都跟建筑、饮食和娱乐业有关，他们开的车都比康捷的那辆丰田霸道要好；还有种就是行政口的，国地税工商局银行建设局环保局城建局，也许可以这么说，在这个县城里面，每个行政口都有康捷的人，那些人基本上都开着十来万的车，他们的白眼仁通常都会比黑眼仁多一些。"今儿晚上的人你差不多都认识，都是好哥们，"他递给我一支香烟，"先别想房子的事了。每个人都有受不了的事，但也得受着啊，活着不就是受罪嘛。"

如康捷所言，那天晚上来的客人我大部分都认识。一个叫"刺猬"，是环保局质检科的科长，长着两道残眉，从来不笑，喝起酒来从来不醉。一个是银行储蓄所的所长，明眸皓齿，貌比潘安，见人总是颇为含蓄地颔首微笑，仿佛他是个来开新闻发布会的明星。还有个是财政局的科长，据说平时好写点豆腐块文章，发在我们这里的晚报上。那个有点秃头的是县医院实验室的主任，他很有名，不过他有名不是因为他的医术，而是因为他小姨子，他小姨子跟了他十三年，当然，他老婆没死，活得好好的，他们也没离婚……只有一个不认识。我不认识这个人，是因为我真的从没见过他。他大概不会超过二十五岁，头发黄黄的，眼窝很深，瞅人时眼神涣散，当发现别人注视他时，他才朝别人木木地点一下头。

"这是李浩宇，"康捷说，"人劳局的李浩宇。浩宇过来。"李浩宇就低着头走过来，"这是宗建明。税务师事务所的。"李浩宇就跟我握手。他的手心潮乎乎的。我很少碰到冬天手心潮湿的人。一到冬天，大部分人的手心会非常干，并且手指上的皮肤会因燥冷的气候变得粗糙蜕皮。

那天晚上我们喝了三瓶十斤装的张裕干红。那种酒的玻璃瓶足有两尺高，卡在造型优美的木头匣里。他们在忙着打麻将时，我就和李浩宇忙着开酒。我们都没喝过这种包装的酒，鼓捣半天也没把红酒从包装盒里拽出来。后来李浩宇转身从厨房里翻出把锤子，然后照着木头匣子狠狠砸下去。他的手指又细又白，有些像女孩的手。高过膝盖的红酒从匣子里取出来了，可是倒起酒来很费事。"有暖壶吗？有暖壶吗？"李浩宇皱着眉头凝望着我。我说肯定有，谁家没一两个暖壶呢？他就吩咐我去拿。这孩子可能很少参加这样的场合，为了证明自己是个聪明能干的人，他努力在每一件小事上都显现出自己的镇定干练。我把暖壶随手递给他。他眯缝着眼睛盯了我一会，匆忙低头把红酒灌进暖壶里。

"你是近视眼吗？"我问他。

"不是……哦，是……"他慌忙回答问题时，红酒就从暖壶里溢出来。那些红色的液体很快就把乳黄色的瓷砖洇了一大片，他"啊"了声后转身去拿拖布。他就是在转身的刹那间跌倒的。一只脚顺势把暖壶蹬出了足有两米远，然后，伴随着"砰"的一声，暖壶就碎了。

说实话，这个场景给我留下了异样深刻的印象。包括我后来去做那件事的时候，我在车里还想起了那个暖壶，以及从暖壶里洒出来的飘着香气的葡萄酒。满满的一暖壶葡萄酒把地板变成了一块猩红的大绒布。当康捷踱步过来时，李浩宇刚从地板上爬起来。他的浅色牛仔裤上全湿了。"哦。没事的浩宇。"康捷还在用牙齿不停地舔着那颗白齿，"岁（碎）岁（碎）平安嘛，你的腿没伤着吧？"

李浩宇小声"嗯"了声，又支支吾吾说，"没事。""没事就好，"

康捷笑了笑，"你们慢慢拾掇吧。放心好了，我的酒窖里还有十来瓶这样的红酒。一会儿你们尽管去拿。"

我不知道该怎么安慰李浩宇。当然，如果他是个姑娘，我肯定有办法。我就盯着红酒继续在地板上流。后来当我瞥李浩宇时，我发现他也在看我。他竟然在笑。他笑起来的样子有点像鼹鼠。

"真够丢人的，"他用手掸了掸仍滴答着葡萄酒的裤子，"我长这么大，还没碰到过这么丢人的事，"似乎为了安慰我，他的手稍显迟疑地在我的肩膀上重重拍了下，"可谁没疏忽的时候呢？凡事包容，凡事相信，凡事盼望，凡事忍耐。爱是永不止息。"他的手还停在我肩膀上，"这是《新约·哥林多前书》第十三章里的。你觉得有没有道理，宗建明？"

7

那天晚上，县医院的医生喝吐了。康捷和我开着车去送他。都凌晨一点了，他老婆和他小姨子还在门口等着这个脸色浮肿的男人。然后康捷又去送我。在路口我们遇到了红灯。康捷就窸窸窣窣地从放光盘的地方扯出个信封，抖了抖递给我。我摸了摸，很厚，但是还没厚到可以交房子预付款的地步。"这是两万块钱，你先拿去用吧，"他咧着嘴说，"牙真他妈疼……哎哟……等过段时间资金回笼了，我再替你想办法。成吗？"看我没吭声，他突然笑了，"你别不知足，这些钱够一只鸡卖多少次啊？"我想了想说，我不是鸡，我是你哥们。康捷就不笑了。他把信封从我手里冷不丁抽回去，摔到玻璃窗上说，你他妈爱要不要！我可没欠你的！我慌忙着又把信封抓过来塞进裤兜。我小心地笑着说，我不是嫌少，而是你给得太多了。

他对我已经够意思了。说实话，我跟他混也就这两年的事。那是个无聊的饭局。请客的是家钢铁公司老总，由于我们单位的关系，我被隆重地邀请过去。我知道在那种场合该怎样喝酒，该怎样说话，以及该说怎样的话。那种八股文的程序既乏味又约定俗成。譬如先敬谁酒，后敬谁酒，然后主人几个黄色笑话过后，酒场就像水烧到滚边了。主陪会挨个敬酒，如不出意外，主陪一般都海量，不仅海量，口才一般都不输《百家讲坛》那些信口开河的狗屁学者。那天他们干杯时，曹书娟的电话偏就打过来。我忙去接，有个男人就说，喂，宗主任，业务这么忙？我强笑着说，是你嫂子。男人就问，哪一房啊？大嫂还是二嫂？我想想说，不是大嫂也不是二嫂。男人问，你肾功能还挺强！两个还不够你忙活？我诺诺着说，不是你嫂子……是我前妻。男人就说，前妻也是妻嘛！谁能说你用过的尿壶扔了，就不是你的尿壶了？众人哄笑。后来这男人亲昵地搂了我脖颈，一起去洗手间。在洗手间曹书娟的电话又打过来，我听到她瓮瓮地说，她打算好了，房子给我，小虎她要。"我不起诉你已经比上帝都仁慈了，你不能说不，听清没！"她用惯常的口吻一锤定音，"从今后，宗建明，你再也见不到小虎了！"

我愣愣地挂掉电话，那个男人也刚好方便完。他拍了拍我肩膀，问道："哥们，我问你件事。"我说随便。他沉吟片刻说，"你是不是叫宗建明？"我说是。他笑嘻嘻地问："你还记得一九八七年，夏庄的那场乒乓球比赛吗？"我这才正眼观瞧他一番，然后皮笑肉不笑地问道:"难道……你就是康捷?"很明显,他对我依然记得他的名字颇感意外。那天晚上,我跟他喝了一斤半五粮液。男人间的交情很简单,无非是酒跟女人。而我跟这个男人,除了这些,还有二十几年前的一场乒乓球比赛。我才知道,康捷已经是一家建筑公司的老板。后来慢慢搞清,所谓的建筑公司,有点草台班子的意思,有活了就拉关系、搞竞标、跑批复,活计到手了,再把标的一卖,轻松挣上四五百万不是问题。大多时候,康捷总是比我还悠闲,悠闲的时候,他会时不时叫上我,跟他喝喝酒,打打麻将,陪陪客人。不过,我们再也没一起打过乒乓球。不是我不想打,而是康捷说,自从那次输球给我后,他就再也没摸过乒乓球拍子。

"每次你跟康捷喝酒都会喝多,"李红似乎暂时忘记了小虎的事,对我这么晚从康捷家回来也丝毫没有介意。她一点都不傻。她懂得排兵布阵的道理,知道越是当口,越不能急躁。稳住阵脚才能一招制敌。她嗔怪道:"你不就是小时候赢过他一场乒乓球赛吗?至于好得穿一条裤子?"我知道她没生气。我还知道她对我跟康捷交往还是很自豪的。女人的男人如果有一个有钱的哥们,这哥们又对男人不错,女人肯定觉得是件有面子的事,况且康捷出手大方,给他老婆和他的情人分别办了一张过万的年卡。

"对了,问你件事。"

"问吧。想问什么就问什么。我对你就像对它,"我摸了摸下边,"都是最亲的。"

李红没笑。李红没笑说明她真的有事,"丁丁今儿晚上跟我说,前几天她跟你要几根孔雀羽毛,你没给她?"

"嗯。"

"你为什么不给她呢？她只是个孩子啊。孩子最好哄了。你把她哄高兴了，才会跟你亲……我希望我们结婚后，孩子管你叫……爸爸。"

我不知道该怎么样回答她才好。

"不就是几根破羽毛吗？又不是什么值钱的货，至于为了这件小事惹孩子生气吗？"

我随手翻着枕边的几本杂志。杂志哗啦哗啦地响。

"不会是以前相好的送的吧？"

"是的话我早就扔了。"

"可我还是闹不清，你干吗舍不得几根破孔雀毛呢？"

"是啊，我为什么舍不得几根破孔雀羽呢？"

"谁送你的？嗯？"她的手划过我的小腹，然后就停在那里。我感觉到小腹慢慢温暖起来。

"我真记不清了。"

"明天你送给丁丁几根，"她一把就抓住了正经地方，我不禁小声呻吟起来，"不，全都送给丁丁，一根不剩地送给丁丁。"

我想跟她说，这几根孔雀羽毛对丁丁并不重要，重要的是她应该带丁丁去市里看心理医生。这孩子已经有两天没说过一句话了。可话到嘴边又活生生咽了回去。我不想她整宿睡不着。我一个人整宿睡不着就够了。

第二天李红一大早就走了，她去市里进货。李红走了以后我又开始给曹书娟打电话，我想我一定是疯了，只不过疯得还不够。如果一个人疯了,而且还没到癫狂的地步,那么他一定是最冷静最理智的。我知道如果直接联系曹书娟,她肯定不会接我的电话。我也不知道她是否还在郭六那里上班。可即便她在郭六那里上班,即便我去郭六那里找她,我又能怎么样呢?我以前又不是没去郭六那里找过她。郭六长得比我矮,也没我年轻,但比我有钱。他家就住在县城十里开外的农村。不过他居住的那个村子比较奇特,家家户户都在大规模地生产钢锹、铁锄、斧头、镰刀之类与农活有关的器具,他们将这些农具抛光上油,再卖到缅甸、埃塞俄比亚、厄瓜多尔、哥伦比亚这样喜欢种植罂粟和马铃薯的国家。他们的村子据说是全亚洲最大的钢锹生产基地,也是整个县城包二奶包得最疯、最明目张胆的地方:大老婆穿着黑棉袄在家里跟雇工一起割道轨、锯铁板,小老婆则在县城里喂养私生子,或者到美容院做昂贵的面膜。按照桃源县的说法,这个村子的男人普遍吃着碗里的,看着锅里的;左手握着丑陋冰凉的铁轨,右手攥着小巧锋利的镰刀。

"康捷,你知道曹书娟现在……住在哪儿吗?"

"操。你还当真了?这个女人你可惹不起的。"

"那你肯定知道她住哪儿了?"

"我劝你最好别碰她。你知道她跟着谁吗?"

"我不想知道。"

"你最好知道。以前她跟着郭六,现在又跟着……"他沉吟了片刻,似乎在考虑是否该告诉我,"现在呢,嗯,她跟……丁盛的关系……很密切。你总该知道丁盛吧?"

是的,我知道丁盛。我们都知道丁盛。这个县城的人可能不知道县委书记是谁，但是没有人不知道丁盛。他以前是棉麻公司的工人，后来开了一家饭店，五年后他把饭店开到了市里，据说是我们市的第一家五星级酒店。有钱人手里的钱总是滚雪球般越滚越大，他又开了若干家洗浴中心，然后是全省最大的男科医院。男人有了钱，肯定又会涉足房地产。我们县城的大部分商品楼都是他开发的。所有人都说，他大概是桃源县有史以来最有钱的人。他到底多有钱？你看看他的车就知道了。

"你最好离曹书娟远一点。"康捷语重心长地叮嘱我，"别等着麻烦上身时，连跑都跑不了。"

"那你肯定知道她住在哪儿了？"

康捷沉默着挂了手机。他担心我，说明他真把我当了哥们。要怪的话，只能怪我不够哥们，我从来没把我跟曹书娟的关系告诉过他。他从来不知道，几年前被桃源人嚼烂舌根的"郭六被刺事件"就是我干的。在传闻中，我被塑造成一个为了报复妻子出轨策划谋杀的人。也许他们同情我头上那顶绿帽子，他们把我的形象传得很高大。他们说我将一把藏刀藏在裤裆里，郭六刚从奥迪A6里迈下来，我就猎豹一样蹿上去朝他胸部猛捅三刀。然后我用脚踹了踹郭六的肥头，又朝他吐了两口浓痰，这才甩着胳膊扬长而去。还好，他们并没有让我穿一件"小马哥"那样的黑色风衣，也没有鸽子从我头顶上的天空飞过。可这都不是事实。事实是，我根本从来就没有过那么一柄藏刀，即便我有，我怎么会舍得把它藏在裤裆里呢？我事先也并不知道那天晚上会碰到郭六，如果我知道，我肯定会买把更锋利的蒙古刀。那天晚上我只是和马文跟一个北京来的神经质女人吃烧烤。也就是说，那阵子我很郁闷。我怎能不郁闷？我老婆曹书娟失踪了。我知道她蹲监狱了，可我并不知道她到底在哪儿蹲监狱。我找了她大半年都没找着，她竟然在我吃烧烤时从郭六的车里款款走出来。我还记得当时的情景，她昂着头，挺着胸脯，脸上是那种惯常的不屑表情。郭六搂着她的腰，他不仅搂着她的腰，还在大庭广众之下亲了她一口。由于他个子比曹书娟矮，他亲她时只能踮起脚。我盯着他的屁股，突然想把手里还串着羊肉串的钢钎扎进去。我仿佛听到了钢钎扎进皮肉时轻微的声响，然后血流出来，把略微烤焦的羊肉染得色泽更深些……

康捷还是把电话打过来了。他毕竟是我哥们。我的哥们已经不多了。他低着嗓子跟我说话，也许我该问候下他的牙疼是否痊愈。但我没有。我听他说，曹书娟有时候住在市里，有时候住在酒店，有时候住在县城，而现在……她就在县城的鼎盛花园。"110栋3门112。"当康捷说完最后一句话时，我听到他深深叹息了一声。

当时是上午九点，这个时候曹书娟通常还没起床。日子好过些后，她一般都十点起床。那个时候，她不再中午时到学校门口卖鸡蛋煎饼，她到郭六的钢铁厂当了财务科长。那是最安静的一段时期。她喜欢醒后再赖在床上半个多小时。当我催她给小虎去做饭时，她总懒洋洋地说，让我苏醒苏醒吧，宗建明，让我苏醒苏醒吧。我讨厌她在日常生活中使用书面语。跟她不同的是，我从来不喜欢"苏醒"，我从来不知道"苏醒"是什么滋味。我干吗非要知道"苏醒"是什么滋味呢？

8

我按了不下二十次门铃。估计曹书娟在猫眼里观察我半天了。小虎肯定没跟她在一起。听说小虎被她送到了市里的私立学校。

我说:"开门,曹书娟。"

我说:"你为什么不开门呢?我只是想跟你说说话。"

我说:"你把门开开吧。我没有别的意思,我只是想跟你聊聊。"

我说:"我知道你恨我。你恨我是应该的。"

我说:"我们从十六岁就谈恋爱。难道你现在连见一面的机会都不给我吗?"

我说:"如果你还恨得牙根痒痒,你就把我在笼子里关上半个月。"

我说:"曹书娟,你不开门的话,我就把这扇门给砸烂了。"

我说:"开门,曹书娟。"

我说:"谁没疏忽的时候呢?凡事包容,凡事相信,凡事盼望,凡事忍耐。"

最后一句话是李浩宇说过的。不过从我嘴里说出来有些可笑。我彻底没辙了。我不可能真拿锤子把门砸烂了。我可不是个野蛮的人。我上过大学,小时候就会给牛接生,我是个没有成功的天才。我突然想哭。我好久没哭过了,或者说,在我有生以来的记忆中,我好像就没哭过。可那天,坐在曹书娟家门口的楼梯上,我突然想哭了。我知道这很危险。这不是好兆头。很好,这个时候我接到了李红的电话。她貌似漫不经心地询问我，是否已经把那几根破孔雀羽毛送给了丁丁。我说，丁丁不是上学了吗？李红就说，中午你接她吧，顺便带她吃肯德基，再把那几根破羽毛给她，为了给她一份惊喜，你可以把羽毛用礼品盒包装起来。我打着哈欠说，单位很忙，中午有客户要请吃饭。李红就嘟囔着说，你少喝点酒啊。你现在每喝必醉，简直有酗酒的倾向了。

从十一楼坐电梯下来，我才发现下雪了。桃源总这样，每到冬天就铺天盖地地下雪，把各种颜色都染成白色，看着挺耀眼挺迷人的。我缩着脖颈，突然不知道去哪儿。我好像没有任何必须要去的地方。我多想找个会出气的说说话啊，哪怕它是条狗。还好，在小区垃圾箱旁，我真的遇到了一条流浪狗。说实话，我还从来没见过浑身没毛的狗。它看上去更像一头营养不良的猪崽，在一堆被刨得杂乱的垃圾中急切找寻着食物。当它发觉我在冷眼看它，它也漠然地瞥了我一眼。它的黑眼珠在雪地里像两颗煤糊。我顺手摸了摸衣兜，我记得里面还有两根火腿肠。后来我俯身蹲它旁边，剥掉肠衣，犹豫着递到它嘴边。它嗅了嗅，一口就吞下去。它竟一口把整根火腿肠吞进肚子。我忍不住伸手摸它。它没动。它的皮肤像张砂纸，长满了烂苔藓的砂纸。

我起身离开时，它的眼里忽然流出一行泪。

一条会流泪的狗。我碰到了一条会流泪的狗。我本来想把那条流浪狗带回家，可是后来又想，我都不能带小虎回家，更何况一条长得那么丑的狗？街上行人稀少，下雪天，他们都喜欢猫在有暖气的房间。我也不例外。我已经很长时间没去单位报到了。我们所长，那个喜欢跳交谊舞的老太太，对我不是一般宽容。也许在她看来，像我这样的男人能安全地活着，不给她添什么乱，已让她感激到烧香拜佛了。

在单位门口我碰到了王雅莉。她见到我似乎很惊讶。她说刚想打电话给我，有人找我呢。我漫不经心地问是谁？她垂着头喃喃道，喏，他还没走呢。

是李浩宇。李浩宇坐在办事厅的椅子上抽烟。他是个不会吸烟的人。他只是把烟从鼻孔里艰难吸进去，顷刻间又从嘴里吐出来。他吸烟的样子让他显得既寒酸又古怪。"哦。我来这儿有些公务。不过已经办好了。"他朝我迅速瞄一眼，低着头又猛吸了一口香烟。接着他佝偻着腰剧烈咳嗽起来。"我这几天有些感冒。你知道，冬天简直是气管炎患者的地狱。"他哆嗦着掐掉香烟，盯着墙壁突兀地问道："中午你有空吗？我请你吃涮鱼。"也许他怕我对他过分的热忱有所疑虑，接下去他貌似坦荡地感慨道："下雪吃鱼跟红泥火炉话春秋，人生两大快事呢。金圣叹说的。"

我从没听过金圣叹这个名字。看来李浩宇的确是个有文化的人。他说的话我都听不大懂。我还是绷着脸。他连忙小声商量着问："不然……我们叫上康哥吧？"我说不用了。他牙疼，请一个牙疼的人喝酒，只会让他的牙更疼。他如释重负般"哦"了声，弯下腰替我把门拉开。

我没想到他会把吃饭的地方选在"香湾活鱼锅"。以前曹书娟我们经常来的地方。把一尾鲜鱼煮进麻辣的汤里，鱼的味道真不是一般的鲜美。李浩宇把鱼眼附近的嫩肉小心地剜出来，全夹进我的吃碟,他自己则只吃了几根半生不熟的菠菜。我们喝了一瓶五十年陈酿的茅台,是他从车里取出来的。说实话,我没想到这孩子有一辆宝马。看来真是人不可貌相海水不可斗量。我突然知道康捷为什么要跟李浩宇这样的人交往了。李浩宇没上几年班,又没什么职位,他们来往的唯一原因就是,李浩宇可能是个所谓的"富二代"。

酒的味道挺醇厚。事后我想起那个漫天飞雪的午后,我跟个只见过一面的孩子吃了顿还算丰美的午餐,确实有些不可思议。我不是那种自来熟的人,他好像也不是。不过我们还是说了些话。他的话有一搭无一搭,全然不在情理之中。有那么片刻我愣愣地盯着他。他的人中很短,按照桃源县的说法,他的寿命应该不会太长。与他的人中相比,他的下颌则很长,这让他的脸颊有些失去比例,有种滑稽中的威严。而他的眼睛……怎么说呢,很纯。我不知道用纯这个词来形容男孩的眼睛是否合适,可事实是,他确实有双看似无辜的眼睛。

"我知道你的酒量很大。听说有一次你自己就喝了两斤衡水老白干?"

"老黄历了。"

"听康哥说,你打的一手好乒乓球?你跟刘国梁交过手?还赢了他一局?"

"我有三两年没摸过球拍了。"

"我嫂子是开美容院的吗?"

"我还没结婚。不过……我结过婚。"

他好像不清楚问什么好了。他的牙齿间咬着一根青菜,呆呆地望着翻滚的鱼身。

其实，我本来想告诉他，我二十一岁就跟曹书娟结婚了。我们都是农村出来的，我是凤凰男，她是凤凰女。我在税务师事务所上班，每个月只有七百块，曹书娟在县锁厂当配件工，每个月四百五十块。生下小虎后她只待了两个月产假，就去一家私人文印部当打字员。小虎两岁时，她开始频繁更换工作：先是辞掉了打字员的职位，到农贸市场卖山东煎饼，然后到家冷饮店当门童，专门对那些前来吃冰淇淋的孩子们像鹦鹉那样不停地说着"您好，欢迎光临"。之后，她又跟亲戚推销一种昂贵的保健品，传销禁止后她借钱买了辆二手电三轮，晨起六点钟就到汽车站、小区门口拉客。有一次马文母亲住院，他夜间陪床，清晨去上班，随手在医院门口招了辆三轮车。那个车夫裹着军大衣戴着白口罩，脚上蹬着双翻毛皮鞋，将马文拉到单位时已气喘吁吁。马文刚想掏钱，车夫摆摆手说，马文，我是你嫂子。马文这才明白过来，车夫原来就是曹书娟。

"对了，你怎么看待夫妻间的忠诚问题？"李浩宇没看我。他盯着盘子里的青菜。他来回用筷子扒拉着青菜，"如今搞一夜情的太多了。"

曹书娟就是蹬三轮车时认识的郭六。郭六当晚喝醉了不敢开车，把车停在酒店的停车场。曹书娟将郭六送回家后，在三轮车上捡到一个黑色手包，里面装着手机、身份证、汽车钥匙、伟哥、银行卡和两个数目惊人的存折。她随意从手机里挑了个号码打过去，间接找到郭六，将手包还给了他。郭六很感激，便邀她去他的工厂当现金保管。当然，按照我的理解，郭六其实从一开始就心怀叵意。我甚至可以打包票，这完全是场阴谋。郭六当晚乘坐曹书娟的电三轮，肯定是故意把手包丢在了上面。

"我还没谈过恋爱呢。"李浩宇诺诺地说，"我有婚姻恐惧症。我大学时还得过抑郁症，没毕业就不念了。"

他干吗跟一个不熟的人说这些话？我不是神父，他也不是信徒。我们也没在教堂里。

"对了，跟你问个问题。你知道宇宙有多大吗？"说到"宇宙"这两个字时，他伸出双手比画了一下。他双手之间的距离不会超过三十厘米。

我就盯着那三十厘米的宇宙说："我只看过《ET》和《星球大战》。"

"太阳有一百三十万个地球那么大，而银河系里又有两千多亿颗太阳那么大的恒星。"我盯着他。他的瞳孔放射出一种光芒，让他蜡黄的脸颊在瞬息间红润起来。"你可以闭上双眼想一想，两千亿是什么概念……"我的眼睛依然睁着，不过他的眼睛倒是安静地闭上了。"你可能根本想象不出银河系有多大，在我们肉眼看来，那只是一条点缀着星星的河流……前几年，天文学家又发现了五百多亿个与银河系类似的恒星系统。"

"哦。"

"宇宙里肯定有不计其数的外星人。他们之所以没有冒昧地打扰我们，"他艰难地咽了口吐沫，"只是因为，整个地球在他们眼里，只不过是玻璃球那么大小的一个玩具。"他睁开眼，面无表情地凝视着我，"有谁会跟玩具过不去呢？我们这些人，不过是依附在玩具上的细菌。或者说连细菌都不如,只是一个个原子那么大的物质。外星人肯定也不是以我们通常认为的方式存在,他们可能是气体,也可能是液体,更有可能是透明的非物质。他们干吗非得以人类肉体的方式存在呢?"他笑了笑,"没准肉体灭绝后,我们倒有可能在肉体之外见到他们呢。"

我百无聊赖地玩弄着手里的打火机。曹书娟送我的打火机。

"可是,即便我们只是一群细菌,也该有细菌的道德底线。你说呢,宗建明?"

我把一盘宽粉倒进锅里。我有点后悔跟他出来吃饭。他只是个对世界充满好奇心的小职员,喜欢跟人夸夸其谈,以显摆自己渊博的知识。可这有什么了不起?我十几岁就会给牛接生。

"有一个细菌想办点事。可是,他不确定,这事儿是否值得他去办,是否值得他付出一些代价。"

我什么都没说。我什么都没说是因为,他说得已经够多了。当我们结束了这顿午餐,已经是下午两点。李浩宇坚持开车把我送到单位。他车技很好,安谧的雪花大片大片打在车窗上,他仍把车开得又稳当又快捷。他的酒因为凛冽的寒气醒了不少,他肯定也为在酒桌上说了那么多该说或者不该说的话有点后悔,这让他的眼里有种惶惑的神情。当我下车时,他喊住我,说了句我一辈子都忘不了的话。

他说:"有人打你的右脸,你把左脸也让他打;有人要你的衬衣,你连外套也让他一块拿走;有人逼你跑一里路,你就同他一起跑二里。这样会舒服些。"

他干吗给我讲这些？难道他知道我什么事？可即便知道，又有狗屁关系？我又不是山西煤老板，为了洗白只得为山西某集团注资五十几亿元。我只是宗建明，输得一个子儿都没有的人。我摇摇头。关车门时我听到他"哦"了声，然后微笑着说："不过，以牙还牙的滋味，肯定也挺爽。"

当时我想，他不但是个天文爱好者，还是个基督徒，如果他不是个基督徒，那么他肯定是个疯子。我没有必要听懂一个疯子的话。我现在唯一关心的是，该怎样拿到一笔钱，该怎样把小虎抢到我身边。如果真如李浩宇所说，我只是一个肉眼看不到的细菌，那么，这就是这个丑陋的细菌活着的全部理由。

9

"你倒是挺忙活。"李红说，"你这件阿玛尼都快穿酥了。"

"一个客户。他们公司财务出了点问题，想让我们做一套假账。"

"待会跟我一块接丁丁，"李红斩钉截铁地说，"顺便带上你那几根破孔雀羽毛。"

"我待会还要出门。你自己去吧。"

"你能不能对丁丁好一点？"李红柔声道，"你能不能不那么自私？"

"……"

"你摸着自己的良心问问你自己，我待你怎么样？"

"……"

"你再不说话我就把你当哑巴卖了。"

她有资格生气。我重新系上我的围巾,转身去拧门把手。她从身后搂住了我的腰身。我垂下眼睑看着她白皙的手指交缠在一起。

"我们谈谈好吗?"

"我们不是一直在谈吗?"

"不是这样的。"她的声音有些哽咽。她的乳房透过保暖内衣顶着我的脊梁骨。说实话,她破碎的声音完全没有了花腔女高音的高亢,相反,有些像是从羞涩的女孩的嗓音里挤出来的。有那么片刻,我的眼泪差点就流出来。我强挺着没有吭声。她绝对是个好女人。我现在不缺一个好女人,我缺的只是小虎。

"你把小虎……接过来吧。两个孩子还是个伴儿。"她的细胳膊仍然没有松开。不但没有松开,还把拖鞋踢掉,两条细长的腿钩住了我的膝盖骨。这样,我们两个以一种奇怪的姿势僵硬地站在那儿:我身体向前倾斜,左手牢牢握着冰凉的金属把手,而李红则像只八爪鱼一样手脚并用,缠住了我的小腹和双腿。也许她也觉得保持这个姿势需要体操运动员的体力和腰肢,很快就从我背脊上滑了下去。滑下去后她没有像通常打情骂俏那样狠狠地揪住我的耳朵,而是将脸庞死死贴住我后背。

"我真的是想好好跟你过,你知道吗,宗建明,"她的声音很小,"我知道你所有的事,可我从来没有怀疑过你的诚意。我知道你跟我在一起后,再没有杂七杂八的事。我们图什么呢?我们什么都不图,"她好像终于哭出了声,"小时候我们家住在锦州,那里老地震,我爸爸就说,我们回老家唐山吧,那里地广人稀,鱼虾成群。于是,一九七六年七月二十六号,我们就举家搬迁到桃源县。结果刚过了两天,就来了场七点八级的地震,还好我们全家都安然无恙。有时候我就想,这辈子最倒霉的事已经过去了,后来的事再倒霉,肯定也要比这件事好,所以……"我听到她在拧鼻涕,"我第一个丈夫和他同事被我堵在他们单位的值班室,我啥都没说,我甚至连闹也没闹。第二个男人是个杠头,如果你驳他一句,他会有一箩筐的话等着你……我想肯定有更好的男人等着我。等啊等,就等到了你……我是真的想跟你在一块。就算你啥都没有,可我真的愿意。就算你长着一副兜齿,我也愿意。"

我转身抱住她。她那么瘦小,抱住她时仿佛抱住了一个发育不良的女孩。"你自己去接丁丁吧,"我佯装亲了亲她眼睛,"我真的有事要办。我要是骗你,我出门就被暴打一顿。"

她笑了笑。她笑起来的样子还是很好看的。

外面的积雪越来越厚,踩上去能淹没了脚脖子。我打算去找曹书娟。这么大的雪,她不可能再开车去市里。她肯定一个人在家看电视。她最喜欢看韩国电视剧,尤其是《加油,金三顺》。也许她觉得她自己就是金三顺吧。

最先发现曹书娟和郭六有勾当的,是我妈。她那阵子给我们看小虎。我妈是个一辈子没进过几次城的农妇,终生的乐趣除了生儿育女,就是拾掇农务,立春栽稻子二伏割麦子,霜冻收白菜腊月焐热炕头。那天她去商场买棉拖鞋。在商场门口,她看到顾客对两个人指指点点。她眼花,而且对县城每件事都有种孩子似的好奇心。她拎着双拖鞋,慢慢踱到那两个人身旁,忍不住咯咯笑了。原来是个男人和一个女人亲嘴。男人个子矮,女人个子高,那个男人只好把脚跷起。她的笑声惊动了两个正在亲昵的人。女人挣脱开男人毛茸茸的手臂,嘀咕了句"讨厌",从包里掏出口红描了描唇线,机警地朝四周扫了扫。当她扫射到我妈时,有些诧异似的问:"妈,你怎么在这儿?又迷路了吗?"我妈去看那男人。那男人不是我。那男人怎么会是我呢?我妈立马就蒙了。她没答曹书娟的话,而是指着那个头发稀疏、肥头大耳的男人问道:"他……他是小虎舅吗?"曹书娟她哥我妈以前见过,跟郭六模样倒差不多。曹书娟捋了捋我妈的衣领,安慰她道:"妈,他不是我哥。他是我老板。"她给我妈买了只赵家烧鸡,让郭六开车把她送回家。我妈还没明白过来,就被郭六讪笑着推搡进轿车。轿车里温度很高,我妈感觉气息急促,心胸烦闷,眼冒金光。后来,她把早晨吃的咸菜全解恨似的吐在车里。当然,这件事当时她并没跟我说。她怎么可能跟我说呢?她的心脏病已经让她说不出话了。

我大概是最后一个知道曹书娟郭六这对狗男女有奸情的人。我用皮带狠狠抽了她一顿。抽完后我想,好了,好了,一切都结束了。一切都会重新开始。谁能保证一辈子不犯点错?然后有一天,我突然被公安请过去。他们说,曹书娟利用专用发票偷了八百多万出口退税,结果被海关发现,因为数额巨大,税务部门已将案件移交到他们那儿。他们只是象征性地通知家属一声。我当时很纳闷,这事跟曹书娟有什么关系?她只是小小的财务主管,偷税这种事,公安不找法人怎么找她头上?后来才知道,郭六的厂子曹书娟能当一半家。好些重要协议和单据,都是她签的字。更让我吃惊的是,她一个人把所有罪名都顶下来。那次我在拘留所见到她，她神情淡漠，只是叮嘱我别担心，把小虎带好。她说郭六先让她顶罪，他会在外面跑关系，用不了几天她就能出来。郭六答应过她，等她出来后就给她两百万当酬劳。两百万呐，我记得当时她伸出两根手指，在我眼前骄傲地晃了晃……结果呢，郭六临阵拉稀，并没把她弄出来。她失踪了，我不知道她到底被判了几年，也不知道她被押在哪所监狱……然后就是那个夏天的"郭六被刺事件"，我发现她从里面出来了，仍跟郭六混。只可惜，我那六把穿着羊肉串的钢钎并没插进郭六屁股。事实是，在我扑上去的刹那，曹书娟挡住了郭六，那六把尖细的钢钎，全部插在她的乳房上……

我为什么要想起这些 B 事？这些 B 事只会让我头疼。我不想头疼，头疼比牙疼更难受。我突然想起李浩宇的话，我们都是细菌。虽然是细菌，我们也要做不头疼的细菌。在鼎盛花园的门口，我又看到了那只流浪狗。我朝它摆摆手，它漠然地瞅我一眼，然后跟着我默默地走，一直走到 110 栋 3 门。这个时候我停了下来，它也停了下来。我就摸我的大衣兜，很遗憾的是，衣兜里除了手机和钱包，什么吃的都没有。我蹲下身子朝它吹了吹口哨。它突然大声狂吠起来。当时我想不明白，它干吗那么生气呢？只是因为我没喂它火腿肠吃？

事后我想，其实它并没有朝我狂吠。它只是看到了三个彪形大汉站在我身后。他们在我身后大概站了一段时间。后来一个站得不耐烦，这才一脚把我踢了个跟头。他们不但把我踢了个跟头，还用他们粗糙硕大的拳头在我的肋骨、我的鼻子、我的裆部、我的屁股上狠狠砸了若干拳。我被打蒙了，从小到大我还没被这样揍过。有一拳砸在我的肋骨上时，我听到了核桃壳被捏碎了的清脆声响。我想，一定是骨头折了。我只好用胳膊死死抱着我的脑袋。我那阵还清醒，想偷偷看一眼他们的模样，但马上一只拳头就砸在我左眼眶上。他们在打我的过程中没说一句话，我只是听到那只流浪狗在不停地叫，后来叫的声音也渐渐弱下去。我想如果从天空往下俯视，一定是很有意思的事。一个人被三个人拳打脚踢，一只狗在旁边胡乱狂吠。这一切这么安静，跟雪花落在雪花上的声音一样安静……我突然想抱住什么东西，我的手臂似乎想攫住什么。也许他们认为我是想反抗，拳脚上的力道更足了。其实他们根本不会想到，我只是想起了我的儿子，我的儿子有个好听的名字，他叫小虎。我想把他抱在怀里。我甚至想起了曹书娟失踪的那段日子……每天下班后小虎都会把饭做好。他才七岁啊。可是他炒的菜是我吃过的最美味的菜，他最擅长的一道菜是红烧鲫鱼……鲫鱼身上的鳞片他总是刮不干净……我那段日子晚上老是喝酒，喝完酒后就躲在书房里上网聊天，要不就激情视频……有一天我听到小虎在门口轻轻地说，爸爸，我可以进来吗？我说进来吧。小虎就站在门口看着我，然后我听到他说，爸爸，我可以站你身边吗？我说站吧。小虎就站在我身边，用他的小手摸我头发。摸着摸着他说，爸爸，你能抱我一会儿吗？还没等我回答，小小的一团肉就钻进了我怀里……我就那么搂着他，他的双臂反勾住我脖颈，他的小脸磨蹭着我下巴……

10

我在李红家躺了好几天。据李红说，我是被一位热心肠的大妈发现的。她老听到一只狗拼命叫，叫得她心里直发毛，就从楼上下来观瞧。当她发现我时，我身体僵硬，左手紧紧揪着一只狗的尾巴。当我被送到医院，他们以为我死了。我脸上全是血，呼吸微弱。我像一只弯狗虾般在病床上静静地躺了两个小时。当李红赶到医院时我还没有完全苏醒。万幸的是我身体皮实，筋骨一点事都没有。除了我的眼睛有些浮肿，我简直比医生都健康。"你干吗非要揪住那只狗的尾巴呢？"李红强笑道，"不过，幸亏你揪住了它的尾巴，它才叫。它要是不叫，你肯定被埋在雪底下冻死了。"

康捷和马文他们都来看望过我。康捷什么都没说，只是给了我一个厚厚的信封。他走后我拆开，里面是五千块钱。马文那几天正闹感冒，说话瓮声瓮气，他说所长去市里开会了，让他代表事务所来探望我，希望我早日康复。临走前他问我，有没有报警？我笑着说，我要是报警了，只会被打得更惨。他吐了吐舌头。他的舌头很长，能够伸到鼻尖。

几天后康捷叫我到他家去吃饭。他说有人送了他一条两米长的深海鱼。他招呼了几个哥们喝两杯。他没再提我被打的事。他什么都明白。当然，他也明白我什么都明白。我们不说只是因为我们都知道，即便我们说出来，也只是白说。那天晚上的客人无一例外地全是桃源县的大老板。我搞不清这种场合干吗让我来参加。不过还好，李浩宇也在那儿。见到我时他只是严肃地点点头，然后就站在那些老板旁边，神态自若地看他们打麻将。他对我的态度和前几天判若两人，我甚至怀疑那天跟我一块吃涮鱼、满桌上胡言乱语的人是否就是这个神情高傲的人。我有点失落。这种失落一直延续到他主动邀请我去阳台上抽烟。

他抽烟的动作还那样，只把烟从鼻孔里艰难吸进去，顷刻间又从嘴里吐出来。我们就并着肩望着窗外吸烟。开始谁都没说话，我不是个多嘴多舌的人。后来还是他打破了沉默。他拍了拍我肩膀，问道，你的伤全好了吧？我点点头。他又问，知道是谁干的吗？我朝他笑了笑。他也笑了。然后我们就继续望着黑暗的天空吸烟。

"你知道吗，有时候望着夜空，我会有种恐怖感。"

"哦？"

"世界上有很多这样的人。这是种病，叫宇宙恐惧症。宇宙恐惧症始于一种叫人产生幻觉和思维障碍的精神病。在人类最开始探索太空的时候，飞船的成员少，而且不会跳跃，必须要进行长期的飞行。在这种极度压抑的环境中，某些人就会患上一种心理疾病，这种疾病就是宇宙恐惧症。"

"哦。"

"不过，后来这种病的范围又有些延伸。面对夜空、星星、宇宙时感到担惊受怕，甚至到了无法控制的地步，也叫宇宙恐惧症。"

"细菌也不是那么好当的。"

李浩宇半天才反应过来。他嘿嘿地笑了两声说，"你比我想象得聪明多了。"

那天，晚宴很快就结束了。老板们晚上一般都比白天忙。李浩宇走得更早，我甚至都不知道他是何时离开的。最后房间里只剩下了我和康捷。康捷喝了点红酒，看来他的牙疼有所好转。我本来也想早早回李红家，可康捷说，他有件事要跟我商量一下。他说话的口气很郑重，仿佛真的有什么事。他把我叫到书房，把门反锁，又疑神疑鬼地检验了一遍窗户是否关闭严实，这才拽过一把椅子坐下，跷着二郎腿注视着我。我被他看得有些发毛。我说，什么事这么神秘？不会是你中了两亿元彩票吧？他没点头，也没摇头。我就惊喜地问，真中了？中的话一定要给我买辆奥迪啊！

"不用我中彩票，过两天你也能买得起奥迪。"他望着我说，"有件好差事。你愿不愿干？愿意的话，三天后你就能拿着现金去买车了。不过，我想你不会买车的。你现在最想买的是房子。"

我的脑筋迅速转动着。什么事的酬劳能买得起一辆奥迪？

"其实也挺简单，你车开得怎么样？"

"我十六岁就开拖拉机，十七岁开三马子，十八岁开货车。大学社会实践时，我还开着一辆公共汽车绕着市里走了一天。"

"吹吧你，你知道迪拜吉美大酒店在哪儿吧？"

"你说的是阿联酋的那个，还是咱们县的那个？"

"你明天早晨能早起来吗？"

"我整宿整宿地睡不着。我失眠足有半年了。"

"哦。那好办多了。"康捷深深吸了一口气，"明天早晨五点五十你准时下楼。你们家楼下会停着一辆没有车牌的崭新红色霸道。钥匙就在左前轱辘下面。你开上车去迪拜吉美大酒店，停在三号车位。

你们家到酒店,最多用六分钟,所以六点钟的时候,你必须准时到迪拜吉美大酒店。六点零五分,会有两个男人上车。"

我盯着康捷的瞳孔。

"那两个男人你肯定不认识。你也没有必要认识。当然,也不会有别的人错上你的车。你不要在车上说任何话。你必须把你当成一个哑巴。然后,你走下道,把这两个人送到市里的西客站。记住,千万别走高速。"

"就这么简单?"

"就这么简单。他们下车后,你把车开到西客站旁边的香格里拉酒店。把钥匙放在左前轱辘下面,就可以打车回家了。"

"然后呢?"

"然后明天下午,我会把三十万现金送到你手里。你来我家拿也成。"

我沉默了足足有五分钟。这五分钟里,康捷一句话没说。我们彼此凝望了一眼,然后迅速将目光投向别的地方。在那五分钟里,我想了不下十种可能,可是无论哪一种,归根结底都可以概括成一句话:这绝对不是一件光明正大的事。这个结论很蠢,但肯定是我得出的最正确的结论。

"我只是想帮你,"康捷终于说道,"你再这样萎靡下去,一辈子都不会站起来了。这件事没有任何风险,只要你按我说的办,你就能有笔小财。这笔小财能让你做点你真正想做的事儿。何乐而不为呢?"

我还是没吭声。

"如果你不想干也简单,就当没听过我这些话。我再找别人。说实话,如果不是看在我们多年交情的份儿上,我绝对不会找你。你该非常清楚这一点。"

我想抽支烟。可我摸遍全身也没找到。康捷就点了一支,递给我。他的手指碰到我的手指时,我不禁哆嗦了一下。这时康捷说:"好了,你回去睡吧。我刚才说的话,你只当是我放了一个屁。"

我猛地吸一口香烟,盯着康捷说:"康哥,你放心,明天的事包我身上。打架亲兄弟,上阵父子兵。"

康捷这才笑了笑。我第一次发现,他笑的时候嘴巴有点歪。

那天晚上回到李红家时,李红还没睡。不晓得她想什么了,她的眼圈有些发红。我什么都没问,只是把她搂在怀里,安静地躺了会儿。我们也什么都没做。熄灯后我翻来覆去,怎么都睡不着,于是干脆蹑手蹑脚去了书房,把我的皮箱从沙发下拽出来。当我打开皮箱,那七根孔雀羽毛还在,在灯光的照耀下,它们显得色泽斑斓鬼魅妖艳。我躺在地板上,来回摆弄着其中的一根。这是最长的一根,上面的那只眼睛也最大。我把这根羽毛在灯下晃来晃去,晃着晃着我就看到小虎……李红何时走进书房的?我竟一点都没察觉。我甚至没察觉她轻柔地剥掉了我的内裤,软软覆到我身上。当我发觉自己有了反应时,我翻身将她压倒在地板上。我疯了似的进入着她,一声不吭。她起先还配合似的呻吟,后来就被我的粗暴弄烦了,想把我推下去。我咬着牙牢牢攥着她手腕,把她钉在坚硬的地板上。我看到那几根孔雀羽毛在她身底下随着我的动作前后左右轻盈地摆动。后来,我还听到她小声抽搭的声音。当那最后几秒钟如期来临,我们搂抱在一起。没有人肯说一句话。

11

那天早晨我五点钟就穿好了衣服。李红和丁丁还在熟睡。我打开电脑看《海绵宝宝》，一直看到五点五十。这期间我有种强烈的冲动，想看看楼底下有没有人，有没有车。不过我的理智告诉我，知道得越少才越安全。五点五十我准时下楼。天黑漆漆的，只能看到白色的积雪映衬着暗影。我真的看到了一辆红色霸道。我安慰自己，一定要冷静，然后我把衣兜里的一把钥匙扔到地上，佯装捡钥匙时，顺势仔细地摸索着轮胎下面。下面真有一把钥匙，即便看不清，我也知道这肯定是把崭新的钥匙。打开车门坐上座位时，我整个人突然松懈下来。我甚至有点神清气爽的感觉，仿佛我马上就要开着新车去旅行。是的，就是旅行前那种感觉。这种感觉一直伴随我到了迪拜吉美大酒店。

虽然停车场的灯没亮，我还是很轻易地就找到三号停车位。我看了看手机，是五点五十八分。也就是说，如果不出意外，还有七分钟，就会有两个男人从酒店门口走出来，坐上我的车。康捷曾一再叮嘱，不要和他们说话。这难不倒我，我向来是个沉默是金的人。我记得在那七分钟里，我打开手机，听了一首歌。那是首俄语歌，是个漂亮男人唱的。可是我没记住他的名字。我说过，我对超过三个字的外国名字总是记不好。不过我知道他的唱腔叫"海豚音"，我还知道有个叫张靓颖的中国歌手也会"海豚音"。那是首超长的歌，我一边听一边盯着我的手机。我从来没发觉一秒一秒地数时间,是这么熬人的事。当俄罗斯男人的"海豚音"响到第二遍时,酒店门口仍然一个人都没有,而这个时候,已经是六点零五分了。

我敢肯定,除了那次,长这么大我从来没有汗毛竖起来的时候。我之所以知道我的汗毛竖了起来,是我用手背擦脸上的汗时,本来纤细的汗毛扎疼了我。我只好又把那首《歌剧2》重放一遍。我的眼睛眨也不眨地盯着酒店的那扇门。那是一扇透明、豪华的玻璃门。我能看见门上用金粉描了一只虬龙和一只凤凰。它们一动不动趴在玻璃门上,不知道什么时候会随着门的转动飞舞起来。当我发现已经是六点十分时,我的心脏突然狂跳起来。我有种不祥的预感,一定是哪里出了差错。如果不是哪里出了差错,一定是我的手机出了差错。这么想时,我有点恨起自己来。我嘴里不停地念叨着"稳住稳住稳住稳住稳住",仿佛不是说给自己听,而是说给那两个我不认识的人听。

当桃源一中上早自习的学生骑着自行车从对面马路上驶过时,我又看了看手机,六点十五分。也就是说,那两个我从来没见过的蠢货,已经整整晚了十分钟。我觉得口干舌燥,我当时想,我怎么没拿瓶矿泉水呢?即便没拿矿泉水,拿瓶酒也不错。我突然想起了在康捷家被打碎的那瓶葡萄酒。想到葡萄酒时我的鼻子闻到了一股浓郁的香气,然后是满眼的红色液体在眼前缓慢流动……

我知道,我不能再待在车里了。我必须出去透透气。我从车里蹦了下去。车位离玻璃门的距离超不过十五米。这十五米我只走了八步。是的,只走了八步。我记得我一直在心里念叨着"一步,两步，三步……"当我从玻璃转门进去，大厅里一个服务员也没有。灯光倒是很亮，我猜服务员一定还在睡懒觉。我忍不住在偌大的前台大厅装模作样转了一圈。我从没来过这个酒店。我没想到这个酒店这么气派，墙壁上全是光着屁股的金发仙女。她们看上去就像是真人被挂在了墙壁上……那两个人就是我盯着油画时从电梯里走出来的。我当时确实吓了一跳。他们的头上蒙着黑色头套，看上去就像是香港警匪片里的银行抢劫犯。他们没有奔跑，他们只是轻便地、快捷地行走，仿佛两个坐长途火车的人到终点站时，旅途中的焦急在迈下火车的刹那，终于被到了目的地这个事实缓冲得懈怠了。

我转身就跑。我有种预感，我等的就是这两个人。我必须在他们找到我的车时先坐到驾驶员位置。看来我的判断是准确的，我刚把车发动好，这两个戴黑色头套的人就钻了进来。我想也没想就将车蹿出十来米。这时，我听到其中一个压着嗓子说，慢点，路滑。我"嗯"了声，同时想通过反光镜仔细地看看他们。我当时特想知道他们长什么样儿。可是，车行驶了十来里地了，他们仍没舍得把头套摘下来。我不知道这是否影响到他们的呼吸，不但让他们的声音变形，也让他们显得格外紧张。

"我×！这是啥东西！"这人一口东北腔。

"妈的！你怎么把这玩意带出来了？"另一个也东北腔，只不过他的声音嫩些。

"这是啥玩意？"

"蜥蜴。非洲蜥蜴。你不知道啊？丁盛最喜欢这些玩意。不过蜥蜴是要冬眠的，跟熊瞎子一样。"

"那这只咋没冬眠呢？"

"如果世界上只有一只不冬眠的蜥蜴，那它肯定是丁盛的。"

"哦。可能是从他口袋里跑出来的。真他妈怪，哪有兜里揣着蜥蜴散步的？"

"这有啥啊。听说他家里还养了好几条黄金蟒蛇呢。"

"养那玩意，还不如多养几个老婆。"

"他老婆还少？五六个也有了！他那些孩子因为财产的事，打得不可开交。"

这是两个饶舌的东北人。后来，我承认，我一点听他们讲话的心思都没有。我的脑袋里只是来回旋转着两个字："丁盛"。看样子他们是把丁盛给咋着了。这么想时，我的心跳得更快。我的车开得比我的心跳还快。我从没想到我能在积雪里把车开得如一头敏捷的麋鹿。

接下去简单多了。我把他们送到西客站时，还不到七点钟。我在雪天只用了四十分钟走了一百二十里路。我对我的速度很满意。唯一遗憾的就是，直到那两个东北人下车，我也没看清他们的模样。这一点都不重要。重要的是我把车安全地停在了香格里拉大酒店的停车场。当我呼着长气转身下车时，突然有个东西从我肩膀上蹿了出去。

那是一只蜥蜴。一只绿色蜥蜴。这是我第一次看到真的蜥蜴。它足有半臂长，趴在水泥地上，恐龙样的头颅上长着两只棕色的眼睛。它静静地瞪着我，仿佛随时听从我的吩咐。它在等我一起散步吗？那两个东北人干吗没把它带走？我忐忑不安地盯着它，俯身把钥匙放在轮胎下。当我打上出租车时，它还以最初的姿势卧在那里。我不时扭过头，透过车窗回望着它。我相信用不了多久，这只没有冬眠的蜥蜴就要被冻死了。

到桃源县城时，太阳已经完全出来了。李红见到我时有些不满，也许昨天晚上我确实把她弄疼了。她大声地询问我大清早的跑哪儿去了？连个招呼都不打。我朝她笑了笑。她就说，别自作多情了，你笑起来挺丑的，鼻子那么尖，还长着副兜齿。

我就说，我知道。他们都说我像俄罗斯人。他们都说我长得像普京。

12

丁盛的事，当天下午就传遍了全县城。每个人都知道他在迪拜吉美大酒店跟情人过夜，晨起散步时被人注射了氰化钾。每天凌晨六点零五分散步是丁盛雷打不动的习惯，只不过，从今后他再也不能带着他的蜥蜴或蟒蛇去散步了。

当天桃源县百度贴吧里关于丁盛和关于氰化钾的帖子铺天盖地。甚至凤凰网上也有了相关新闻，题目叫"亿万富翁酒店偷情，怎奈横尸酒店走廊"。我没去康捷家，他直接把三十万现金送到了李红家。他说，没把钱直接打到我的银行账户，是怕有人怀疑。这些现金也不是一次性提出来的。"你现在不能把这些钱存到银行，"他说，"近期内你也不能花这些钱。这是为了你好。"其实他的潜台词是，为了他好，我决计不能出半点篓子。

我说我知道。

他没多问别的，他也没多说别的。他不用说别的我也知道我该怎么做。我一直都比他聪明，只是我运气不好。我把这些钱全藏进我的破皮箱。后来我坐在皮箱上，想着我的屁股底下坐着三十万块钱，真是爽透了。我闭上眼睛，感觉像是坐在飞机上，正朝着无比美妙的地方飞去。那是什么地方？我不知道，也不想知道。我只知道有了这些钱，就能买一处两室一厅一卫的房子。房子不够大，但足够我和小虎住，当然如果李红愿意，也可以和丁丁搬过去。我讨厌丁丁，可她毕竟是个孩子。我一个大老爷们怎能和一个孩子计较？我坐在皮箱上不停吸烟，又泡了杯速溶咖啡慢慢喝。喝咖啡时我又把今天早晨的事从头到尾审视了一遍。我没发觉我有任何差池。可以这么说，我的每一步都做得非常完美。我甚至很佩服我在车里听了两遍《歌剧2》。

那一整天，我都处于一种莫名的亢奋状态。我不停地吃东西，不停地刷新桃源贴吧的帖子，看网民们热烈到近乎疯狂的讨论。他们的讨论主要集中在两点：一是谁胆子这么大，干掉了丁盛；二是在迪拜吉美大酒店跟丁盛过夜的女人是谁？当然其他方面的帖子也很热闹，比如有人问，丁盛到底有几个老婆？有几个孩子？这个问题很快得到了解答。有人说，丁盛跟原配并没有离婚，他们有一个儿子，在县里的某事业单位上班，这个儿子和丁盛的关系很紧张。另外丁盛还有四个小老婆，这四个小老婆给他生了三个女儿和两个儿子，其中一个儿子二十一岁，一个儿子刚过十四岁生日。后面的跟帖形形色色唾沫乱飞。有人刚佩服一个男人能娶这么多老婆，立马就有人回帖说,丁盛每天都固定吃两个猪腰子,都是从"大老黑"熟食店买的。接下去,又有江湖术士开始卖一种价格便宜、功能非凡的春药……

到了晚上,到底谁跟丁盛在酒店过夜的帖子突然点击量暴涨,很快突破了 20 万。我漫不经心地一页一页浏览。在倒数第六页,一个貌似知情者的家伙斩钉截铁地说,那个女人就是桃源县最牛的女人,叫曹书娟。她开一辆红色宝马,以前从事钢锹进出口贸易,现在跟丁盛联手搞房地产开发。发帖人还贴了一张不晓得从哪里弄来的曹书娟的照片,不过很快就被吧主删除了。

说实话,看到"曹书娟"这三个字,我的头嗡的一下就大了。那天康捷跟我说,曹书娟跟丁盛关系很密切,我只是一个耳朵进一个耳朵出。没想到倒是真的。她怎么跟丁盛勾搭上的呢?不过我很快就释怀了。像她那样的女人,做出什么惊天动地的事都有可能。如果哪一天她跑到美国当了美国历史上第一任女总统,我也丝毫不觉得惊讶。看来那天在她家楼下收拾我的,没准就是丁盛手下。想想那天的情形,又想想曹书娟,我的咖啡就喝不下去了。

吃完晚饭后我跟李红商量,要不要出去旅游一下?李红说,冰天雪地的,去哪儿旅游啊?我说去海南啊,我们去海边游泳、晒太阳、潜水、吃龙虾、喝椰奶。我请你们娘俩,飞机票和来往费用我全包了。曹书娟笑着说,得了吧宗建明,你发横财了啊?听到这句话时我不禁沉默了。我很后悔刚才说的话。于是我说,我没发横财,我也没有多少钱,但是我们在一块半年了,我们还从来没有三个人一起去旅行呢。我认为我和丁丁的关系有可能在旅途中有所改善。

李红沉默不语，只是用她的手指蹭着我的手背。后来她说："这样吧，我们别去海南了，我们去哈尔滨。现在正是看冰灯的好时节，而且我老姨他们全家就在哈尔滨，吃住不用花钱，我也有五六年没见到他们，说实在的，还真是挺想他们呢。"

我们就一本正经地谋划去哈尔滨的行程。我们把日子定在后天。李红说，有几个重要的顾客要做定期保养，现在打电话通知人家太晚了。我说好吧，哪一天都无所谓。

第二天上午我回了趟老家，看了看我爸我妈。下午，胖子马文来电话，说让我赶快到单位去一趟，有几个警察找我，说要了解些情况。我说好吧，我马上就到。我干吗答应得那么爽快？不过我倒真的很镇定。我先给康捷打了一个电话。康捷说，我×，你做什么坏事了啊？是不是找小姐没给钱？我说谁知道呢？真是莫名其妙。康捷说，你什么都没做，所以你什么都别乱说。去就去嘛，有什么好怕的？我又问他，需不需要找个律师？他果断地说，找个屁啊，他们问你什么，你就如实回答什么，警察不会冤枉好人的。要相信政府嘛！

我突然明白过来是怎么回事，他肯定是怕我的手机被人监听了。我冷静地说，是啊，我这就去，你在哪儿？要不开车送我到单位？康捷说，你要是不怕晚就等着我送你吧，我正在北京的三里屯酒吧跟人喝酒。

警察的态度倒和善。他们把我带到了讯问室。开始只是问些年龄籍贯之类的问题。后来就问我昨天早晨几点起床？起床后干了什么？我想了想说，我昨天起得很早，这段时间我老是失眠。至于几点钟倒记不清了。起床后我到文体中心跑步来着。

"你确定你去跑步了吗?"一个满脸长满麻子的警察问。

"当然,"我说,"我喜欢跑步,跑步让我觉得舒服。"

"有人看到你跑步了吗?"麻子脸继续问。

"我怎么知道啊?"我说,"黑灯瞎火的,谁也看不清谁。"

"跑完步后,你跟谁去的迪拜吉美大酒店?"麻子脸问。

我说我从来没去过迪拜吉美大酒店,那是有钱人才去的地方。像我这种小职员,一个月工资不到两千块,哪里有福去那儿享受?

麻子脸笑了笑,说:"那你过来下,看看这个人是谁?"

说实话,当时我确实蒙了一下。在电脑里我看到了一段视频。像我这么聪明的人,怎么会想不到前厅安装了摄像头呢?麻子脸把这段视频反复放了三遍。我看到自己在前厅里溜达了一圈,貌似专注地逡巡着墙壁上的油画。当电梯门打开,两个戴黑色头套的人不紧不慢地走出来时,我突然撒丫子转身就跑。我第一次看到我自己跑步的姿势。

"这个人不是你,还会是谁呢?"麻子脸突然暴喝道,"老实交代!这两个人是谁!他们去哪儿了!"

我没吭声。我当时想我必须一口咬定,那个人并不是我。摄像头拍摄的画面有些模糊,只能看到我穿了件黑色夹克和一条蓝色牛仔裤。画面里甚至没有我的眼睛,只有一个翘起的下巴。而那件黑色夹克和蓝牛仔裤,我上午去看我爸我妈时,早顺手扔到途中的一个垃圾处理厂。我也不怕他们搜李红家。那三十万现金被我藏到了连上帝都找不到的地方。

"确实不是我，"我说，"我难道连我自己都不认识吗？"

"嘴硬是吧？"麻子脸冷笑着说，"不过，你的鸭子嘴早晚会被煮熟的。小李，去把曹书娟带过来。"

这是我这辈子最后一次见到曹书娟。我没想到他们让曹书娟指认我。我更没想到是曹书娟在观看录像时脱口而出喊出了我的名字。她穿着件呢子套裙，粉红色的。也许她有点冷，我感觉到她似乎在不停地哆嗦。看到我时她朝我点了点头。她在朝我打招呼吗？出于礼貌，我也朝她点了点头。我就是朝她点头时，突然想起了多年前我们一起钻地洞的情形……在地洞里用火柴将油毡点亮时，我仿佛来到了另外一个世界。这个世界没有风声，没有人声，甚至连我们的呼吸声都没有。我跟曹书娟在洞边站了足有两分钟。在这两分钟里我什么都没想，什么都没做，就这样在油毡忽明忽暗的光亮下，凝望着蛇一样蜿蜒扭动的黑暗幽洞。

13

在看守所那几天。我整宿整宿地睡不着。我知道他们在另外一个房间里日夜观察我，我不能辗转反侧，不能表现出焦虑不安的神情。所以我总是朝左侧躺着。时间长了，等心脏被压得麻痹，我才装作不经意的样子打着鼾声朝右侧躺。做这些根本没费多大事。无论朝着哪个方向躺着，我心里想的只有一个人，那就是小虎。我自己也很奇怪我为什么没有殚精竭虑地思考些真正实际的问题，比如第二天他们可能会问哪些问题，我该如何不动声色地回答，并回答得滴水不漏。我已经承认了那个摄像头里的人是我。我是这么解释的，跑完步后，我沿着主街溜达，到了迪拜吉美大酒店时，出于好奇，我顺便到里面参观了一圈。没有任何法律条文或地方法规规定，住不起酒店的人就不能参观酒店吧？当我看到那两个戴头套的人从电梯里走出来时，出于本能的恐惧，我转身跑出了酒店。就这么回事。只能是这么回事。任何一个正常人看到如此装束的人都会这么做。至于为何开始不承认那个人是我，原因就更简单了，哪个无辜的人面对警察的严厉审问时，不会下意识地撒点小谎，从而保护自己呢？

他们从市里请了很多审讯专家。可我只是坚持我的说法。我清楚该如何对付他们。这期间李红看了我一次。她好像找了人，带进来不少好吃的。她说她和丁丁很想我，她说她已经从北京请了一个最好的律师，用不了多长时间，我们就可以团聚了。她说等我从里面出来，我们一定去趟海南。哈尔滨等明年再去吧，她现在最想做的一件事，就是穿着比基尼和我在三亚游泳，躺在沙滩上晒太阳。她还说了什么？哦，她说，她在我的书桌上看到了孔雀羽毛，随手就给了丁丁。丁丁非常喜欢。"你不会生气吧？"她笑着问，"其实我一直想知道，那几根破羽毛里到底有什么秘密，让你当成了宝贝疙瘩？"她笑的时候，我在她眼里看到了泪花。

我说，这些破羽毛狗屁秘密没有。我早忘了是谁送我的了。要不就是我自己逛动物园时花钱买的？谁知道呢？况且，有些秘密，除了它是秘密外，什么也不是。

对我的回答李红很不满意。不过她还是摸了摸我下巴，说，别怕,普京先生,我保证会把你弄出来。说这些时她像个做祷告的修女。本来我想跟她说件事。我想告诉她,她晨起化妆前,完全可以先把热水烧上,再去描眉,这种方法叫统筹,初中就学过,能省不少时间。可惜时间到了。警察已催促了两次。她起身朝我摆摆手转身走了。她走得很匆忙,连头都没回。她的黑色羊绒大衣的腰带掉下一头,一直垂到地面,当她走路时,一下一下磕着她的鞋后跟。

康捷一次也没来过。没来他就对了。他很少做错误的决定。不过让我吃惊的是,李浩宇探望了我一次。开始,我们就面对面地看着,谁都没说话。其实我当时特别想听他高谈阔论一番,说说宇宙恐惧症,说说银河系,说说恒星和行星,说说他的"细菌理论"。他为什么舍不得说话呢?他待的时间很短。只有临走时才说了两句话。第一句话一点都不符合他的说话方式,我一时半会也没忘。他嘀咕着说:"宗建明,祝你好运。"当"好运"两个字从他嘴里蹦出来时,他的眼泪忽然大滴大滴滚下来。他的样子让我很讶异,所以当他的第二句说出时,我有点神情恍惚。我听到他哽咽着说:"细菌没了道德底线,细菌的儿子为什么还要道德底线?"

他的样子不但让我讶异,肯定让那两个警察讶异。他走后,我听到一个警察说:"真奇怪,他干嘛要来看嫌疑犯?有病啊?"

另外一个说:"是啊。让人闹不明白。不过听人说,这孩子一向行事古怪。上大学时跟他爸吵架,还割过手腕呢。差点就死在医院里。"

一个说:"不过,看样子,他跟他爸并不像传说中的那样,没一点感情。他刚才哭了呢。他是哭了吧?"

另外一个说:"再怎么说他也是丁盛的大儿子嘛。父子心连心,打断鸡巴连着筋。"

一个说:"听说,他把公职给辞了。丁盛的所有公司都交给他管理了。"

另外一个说:"人家那个班,也只不过是幌子嘛。有钱人干什么都会有钱的。不过,这小子也算是因祸得福。"

他们的对话我全都听到了。他们的对话让我那天上午一直郁郁寡欢。李浩宇是丁盛的儿子?打死我都不信。他为什么姓李而不是姓丁呢?这个问题一直纠缠着我,让我的头裂开了一样疼。中午吃饭,我本想问问那两个警察到底是怎么回事,可话到嘴边又咽下去。他们怎么可能会告诉我呢?那天中午的饭是一个馒头一碗白菜汤。我先喝了一口白菜汤,咸得要死,我立刻就吐了。看来我只好干吃馒头了。可馒头碱大火也大,黄黄的像泡狗屎。看守所为什么不找个手艺好点的厨师?我一边琢磨一边把馒头掰成碎碎的一小块一小块,顺手扔到脚边。脚底下的蚂蚁就慢慢围了上来。它们那么小,那么黑,让我不禁皱了皱眉头。我想伸出手指捻死它们,可是手还在半空,我的眼泪就落了下来。一滴眼泪在蚂蚁看来,或许就是一个湖泊吧?

中午的阳光透过铁栏杆射进来,在肮脏的地板上打着形状不一的亮格子,不计其数的灰尘在光柱里安静地跳舞。那一刻,我谁都没想,我谁都想不起来了。我只知道,阳光躺在眼皮上,太他妈舒服了。

良 宵

1

她刚搬到麻湾时,村人并未觉得有何异样。或许在他们看来,这只是位干净的老太太,衣着素朴,脸上一水褶子,梳了低低的发髻,站在樱桃树下,束手束脚,竟有几分与年岁不相称的羞怯。隔壁的妇人偶来瞅了几眼,闲聊几句,这才晓得是村里王静生的远房姨妈,怎么想起要到乡下住上段时日,这才劳烦她外甥在村西租了三间瓦房。行李也不甚多,几床被褥,一只泛黄的皮箱。随行的还有一只白鹅。白鹅也老了,翼羽暗淡,喙上的肉瘤失了色泽,在屋檐下恹恹卧着。若是人来,她就从包裹里掏栗子、榛子类的坚果,笑着塞进人家掌心,慢声慢语地催促道,吃吧,吃吧。她的牙齿大抵是假牙,白如玉米,笑时几乎不见牙龈。

翌日,鸡没叫上三遍就早早爬起,绕村子转了半圈。四月初,清冷了一冬的村子,难免透些活泼。樱桃就不消说了,顶一树雪,招了细腰蜂,单说荒地里大片的紫云英,于风中凝敛成水晶,流出光和蜜来。后来她走累了,坐上块青石歇脚。不时有村人牵着黄牛、骡子从她身旁撵过,难免都瞥上两眼。她呢,但凡有人瞅她,都要笑一笑,嘴唇被暖阳打成瓣蔷薇。

也不喜欢串门。村子里的妇女,如果不是农忙季节,屁股底下是安了陀螺的。尤其是此处的女人,舌头都要比别村的长两寸。就有那好事的,借串门的名义来,吃几枚老太太的坚果,喝几盏老太太泡的茉莉花茶,再打听些该问不该问的话,想传与旁人听。可这老太太,就是安静的一只猫,村妇们在炕沿上东拉西扯,她也舍不得插嘴。问她退休前是干哪行的?她说,当教师;问她儿女几个?她说,两儿一女;问她多大年岁?她说,忘了;问她老伴是否健在?她说,去世二十多年了。人家问她话时,大眼珠子瞪得溜圆,而她呢,只眯眼盯着墙旮旯儿,有一搭没一搭地应着。有时那只老鹅摇摆着肥硕的屁股踱进屋,她就顺手抓了脖子拎上炕,箍在怀里,榆树皮手细细摩挲着。那鹅也不吭声,闭了眼,仿佛在她怀里死去一般。

闲妇们就渐渐没了兴致,不如何往来。只有个诨号"刘三姐"的,时不时跑上一趟,倒比王静生还勤些。蒸了野菜馅的饺子趁热端一碗来,炖了排骨趁热送几块来,亲闺女似的。老太太推辞几句,就接了,也不见有言谢的套话。"刘三姐"似乎也不在乎。在村人眼里,她本来就是个有点缺心眼的"女光棍"。所谓"女光棍",是周庄、夏庄、马庄、麻湾一带独有的叫法,专指那些性情如男人的女人。哪个村不出一两个"女光棍"?譬如夏庄,最有名的女光棍是周素英,专跟男人赌钱闹鬼;譬如马庄,最有名的女光棍是刘美兰,整日里蹬着大头皮靴,领了帮唢呐手跑红喜白丧之事;麻湾呢,若说有女光棍,大抵就是"刘三姐"了。"刘三姐"其实长得还算英俏,只是脾性躁,嗓门粗,肠子直,有事没事喜欢扯着铁嗓子唱两句。

2

老太太过了五六日,将麻湾村周遭咂摸透了。这个叫麻湾的村庄,地处冀东平原,西行百里是燕山,东行百里是渤海,怪的却是靠山不吃山,靠海不吃海,反倒以植棉闻名。据说老辈子,宫里用的棉花全由此处沿京东北运河载去。不过现下却是荒了手艺,年轻的跑到城里做泥瓦匠,只有老农人种几亩棉花。麻湾呢,除了村西有块方圆百米的土岗,全然是平地。若是站荒田里环四周,便是由地平线草草勾勒的浑圆。现下清明才过,麦子返青不久,作物都还归仓,除了野花草,只有柳树顶了绿苞芽,飞着些酱色的七星瓢虫。

那天她从村西的土岗下过。虽走得慢,还是呼哧带喘,就顺势找了干净的一块地脚坐下。屁股还没凉,便听到不远处传来孩子们的叫骂声。手搭了凉棚去瞅,却是一个孩子在前边跑,一帮孩子在身后疯追。那孩子蹽得比野兔子还快,转眼就从她身边旋风般刮过,直刮到那黄土岗上。那帮孩子呢,也就不再穷追,只在岗下叽叽歪歪骂个不休。这麻湾的方言倒也有点意思,平心静气说起来时,三拐五拐的犹如唱评戏,骂起人来时则脆生利落,简直京戏里的念白一般。那帮崽子兀自咒骂一通,这才怏怏散去。

老太太瞥了瞥他们的背影，又去斜眼瞅那土岗。不会儿，土岗上便隐约探出个圆头，小心翼翼逡巡着岗下。大概看是孩子们走了，这才约略着直起身抖抖索索蹲在那儿。孩子套件过了膝的破夹克，晃荡晃荡的，鸡胸脯裹件漏眼的长袖海魂衫。见老太太望他，竟俯身捡起块土坷垃扔过来，不偏不倚冲她额头上。老太太倒是吭也没吭一声，只顺手摸了摸额头，又朝那岗上望去。孩子就不见了。

晚上，老太太蒸了锅馒头，干嚼了半个，就披了羽绒服拎了马扎坐院子里。夜晚的村庄静得早，偶有耗子钻垛草鸡闹窝。墙头似有野猫出没。老太太定睛瞅了瞅，拎了马扎进屋，打开戏曲频道，正演常香玉的《木兰从军》，忍不住把睡着的老鹅抱上炕，揽在怀里，摸它温热的羽，摸它冰凉的喙，再闭了眼细细听戏。须臾，过堂屋传来轻微的脚步声，侧耳听，倏尔没了，过了会儿，脚步声重隐约响起，老太太就问："谁啊？"话音未落已是一派沉寂。心想这双耳朵，真是一天不如一天了。

晨起时，发现锅里的馒头少了几个。心想不会是被野猫叼走了吧？出了院子，又想不起到哪里溜达，就念起了昨日那个野孩子，这么想着，吆喝了老鹅，慢慢悠悠朝土岗走去。她这院子靠村西边，离岗最近，不过三四百米，可若真一步一步量起来又无比漫长。想当年，她能一连串翻百十个筋斗云。

土岗矗眼前时，她叉着腰大口大口地喘息起来。岗也不高，只不过人太矮了，岗也不长，只不过人的胸腹太窄了。土岗四周除了杂生的几株野榆钱，便是蒲公英，蒲公英密密麻麻洇成一片，远看仿若一块安静的黄金，近看则是朵朵小向日葵。鼻子里涩香之气渐发浓烈，她从兜里掏出枚榛子，嘎嘣嘎嘣嚼起来。人老了，牙掉了，馋虫还活着，吃了一辈子的坚果看来是戒不掉了。后来她想，何不去岗上看看？就绕到那条斜坡前仔细端详，这一看先就心虚。斜坡虽不是很长，却陡峭得很，别说是她，就是十五六的愣小子也会发怵。断了念想，捶着腰眼慢慢悠悠回了家。

这一晚，老太太做的炸酱面。饭后照例躺炕上看电视。说是看电视，不如说是听电视。眼皮子磕磕绊绊时睁时闭，只耳朵支棱着听胡琴声咿咿呀呀。待听到过堂屋传来"吸溜吸溜"的声响，这才骤然醒来，轻咳两声，声响就淹没在无涯的黑暗中了。她把电视声音调大些，轻手轻脚穿了鞋子下炕，猛一挑门帘，就见一团矮小黑影蹿到院子里。那晚夜空无月，她只瞅到影子晃荡着爬上矮墙，倏地一下就不见。转身将过堂屋的灯打开，却见剩下的炸酱面没了，只碗边粘了硬邦邦几根。似乎就明白了。如果没有猜错，这偷食的人，除了岗上那野孩子，大抵也不会再有旁人了。心里难免嘀咕起来，这孩子是如何的一回事？为何吃不上饭？爹娘去做什么了？村里就没旁的亲戚了？便寻思有机会了，定要问问那"刘三姐"。

这"刘三姐"倒是好几日没来。听村子里的喇叭，好像麻湾村家家要签什么合同。自己这房子是租来的，倒也没往心里去。炕上坐了会儿，便又愣愣想起那野孩子的小眉眼，心格外绵软，竟隐隐盼起夜晚的降临了。翌日，未及晌午，老太太就盘算着晚上煮何饭菜。这几天不是干馒头就是稀面条，那偷食的孩子估计也吃不饱。思来想去，便要做"菠萝酱鲫鱼"。

小卖部里倒是有鲫鱼，可却没有菠萝，老太太就买了几根芹菜。

芹菜味冲，又有股异香，虽不及菠萝，想必也不会差到哪里。回了家就刮鱼鳞剖鱼腹，将肠子肚子喂给老鹅。又将空鱼肚塞上姜片、葱段和豆瓣酱，才用铁锅小火炖起来。这是个岑寂的午后，同往常一样，只听得细春风拂过老屋檐，只听得嫩叶拱出苍树皮，只听得邻居猪圈的约克猪懒懒呻吟……这样闲坐了很久，这才把火关了。光一寸一寸缩，夜一寸一寸胀，她草草喝了碗稀饭，将过头屋的灯打开，早早猫进被窝，照例看电视。

孩子又来了，先是锅盖碰锅沿的清脆声，然后是电饭锅被揭开的滋啦声，再是不当心被热气熏了手又不得不强忍着的"哎呀"声，饭菜入嗓猛然吞咽的咕咚声……最后，是窸窸窣窣的衣裤和门帘摩擦声。不过五六分钟，声音就消散在夜里，又是漫漫的静。她披上衣裳蹑手蹑脚踱到庭院。月亮大而黄，孩子正在翻墙，不晓得是如何了，这回翻了几次都没翻上去。后来，他从猪圈旁搬了块石头，探着身子踮着脚才够住墙头。怪的是他没立马跳过去，而是骑矮墙上，双腿耷拉着呆坐了良久。后来，老太太看到孩子的肩胛骨在月光下一颤一颤地抖索起来。

老太太没敢惊扰他，默然看了片刻回房，靠着门闩愣神。

3

翌日清晨便早早出门。老鹅在她身后摇摇摆摆尾随着。她知道村里有家小卖店，专卖冷鲜肉。那天，小卖部人倒不少，有人在扯成匹的帐子布，看来是村里有人过世了。老太太戴上花镜，观瞧半天，这才吩咐店主从猪背腿上割了一斤，而后带着老鹅回了家。中午时，忍不住一个人跑到黄土岗下坐了个把时辰。风比昨日暖些，吹得骨头酥痒，荒田里的紫云英被阳光照成一团紫雾。可孩子却没出现，她愣愣地盯了会儿野榆钱树，这才走了。及至下午，老太太切姜剥蒜，又配了红椒、桂圆、八角、茴香和十三香，用高压锅将肉焖了，肉香不久弥漫开来。

其间倒是有几个闲妇过来串门。她们有阵子没来了，进了屋先耸动着鼻子问"咋这香呢"，见是老太太炖肉，又夸她厨艺高超，接着喟叹起如今的儿子媳妇们，全是金贵命，虽然都是土里刨食的，却连饺子也包不好，年三十煮破了一锅，简直成了馄饨片汤。老太太只缩在炕脚听，一句话也不插。又听她们说，县政府的人来了七八次，看样子村子搬迁是避免不了的。老太太这才问了句：村子搬到哪儿啊？干嘛要搬啊？她们的兴致就被勾起来了，哄嚷着说，麻湾和附近的周庄、夏庄，据科学家们检测，地下埋着大量铁矿。大量是啥概念呢？就是储存量位居全国第三。全国第三哪，可不是闹着玩的！这些人四五年前就来勘探，折腾了几年，据说明年就要动工采矿了，这不，镇上天天逼着签拆迁合同。用不了多久，麻湾就消失了，取而代之的，将是一个巨大的地下采矿场。老太太"咦"了声问道，你们搬到哪儿啊？没了田地，日子怎么过？她们就扬着眉角嬉笑说，我们巴不得搬到县城，当城里人呢。钱嘛，不是有赔偿款么？这世道，有了钱，啥都不用怕……

可算是走了。老太太捶了捶腰，不禁去看锅里的肉。其实本想跟她们问问那孩子的事，可话到嘴边又咽了下去。这帮长舌妇，定会好奇她为何问询。何况,又何必非要知晓孩子的事?她跟他,只打了个照面,闲话也没说上过一席。他要是饿了,就来这里吃两口,填饱肚子;他若是有了下家,不再来偷食,自当没有过这回事。老太太眯眼在炕上打起盹来。等睁开眼,天已大黑,蹒跚着去过堂屋看看炖的肉,明显是吃剩的。孩子吃了不少,看来很对他胃口呢。老太太竟有些隐隐的得意,方沉沉睡去。

次日早早就起来,栽了两垄韭菜。韭菜根是王静生送的,顺便捎了一粪箕子猪粪。这个远房外甥,跟她并不亲近,反倒有些罅隙。老太太也并不介怀,送了他一双自己绣的棉拖鞋。王静生接了,又闷闷地抽了一袋烟,这才趿拉着鞋转身离去。等外甥走了,老太太就坐到屋檐下晒太阳,晒着晒着有些恶心,想必是这几天受了风寒,随口吞了几粒药片,倒头睡起来。中间醒来几次,只觉得骨头酸软喉咙胀痛,喝了口热水又渐渐迷糊过去。其间闻得老鹅嘎嘎乱叫,想必是饿了来讨食,却没气力爬起来喂它。醒来时太阳已爬上屋檐,就拌了糠菜去喂,却发现老鹅没了。

这老鹅,跟了她十三年,是她从小区门口捡的。肯定是谁家的孩子从宠物市场买来,养得不耐烦随手扔掉了。城里的孩子,就是没耐性。她小心翼翼地把它揣兜里带回家。当初也只是小小一团鹅黄,睁了惊恐的眼动也不敢动,谁成想竟长成偌大一只呢?儿女们是极少来的,通常只有她和它,晨起去中山公园散步,中午吧唧吧唧嚼着青菜,听收音机里唱着老戏,傍晚呢,窝在沙发里打盹,半夜醒来时方将电视关掉,日复一日,年复一年。想说话了就和它唠叨两句,生气了就踹它两脚,它不记仇,依旧影子似的随着她,贴着她，腻着她。

　　老太太难免心慌起来，颠着老寒腿在院子四周搜寻一番，仍没得踪迹。猛然想起那孩子，心就咯噔了一下。该不会夜晚来时不见吃的，索性将它逮走炖了吧？

　　那晚，灶冷灯灭，她早早在过堂屋候了，大气也不敢喘一口。果不其然孩子仍是来了。当他在灶台上翻寻时，她冷不丁一把就攥了他胳膊。他胳膊如此干枯，挣了两挣竟没有脱开。老太太随手开了灯，这才不紧不慢地问道："我的鹅呢？"

　　这倒是她与他头一次如此近地说话。他比前些日子似乎更细瘦了，有那么片刻，她竟怀疑他会不会被过堂风给吹走。他的眼也是红肿的，嘴角生了水泡。老太太又问道："是不是你把鹅偷走了？"孩子点点头。她想也没想就从他后脑勺扇了一巴掌，"是不是把鹅给吃了？"她颤抖着声音问。孩子又是点点头。老太太"哎呀"一声，顺势从锅台拎了把刷锅的炊具，捋起他衣袖就抽打起来。抽着抽着便瞧得他胳膊上全是银元大小的红斑，一圈连一圈，看得心里麻麻幽幽，索性撒了他，一屁股坐在灶台上，默默盯了他半晌，这才摆摆手说："你走吧，走吧。以后不要再来了。"孩子一愣，却并没有动。老太太听他嘟囔道："我奶奶死了……我杀了它祭祀……"老太太不再搭理他，转身回了屋子，和衣躺下。

　　这一躺就是两天。中间清醒时老太太想，该不会是大限已到吧？然而转念想想，死在这个叫麻湾的村里也没什么不好。这个村子，地上有棉花，地下有铁矿，也算是宝地了。迷迷瞪瞪间又觉得自己化了妆缓步走上那戏台，不成想环顾四周，琴师未来，台下一个人也无，竟怅然起来，旋尔又自嘲，都这把老骨头了，竟还怕没人来听自己唱戏……

等再次睁开眼，屋里的灯怎么就亮了。侧身朝门外望，先看到炕沿上摆着副碗筷，碗里尚冒着热气。老太太爬起来张看，却是碗疙瘩汤，香油花浮着，白鸡蛋卧着，鸡蛋旁是几粒剥好的新蒜。老太太心里热了下，小口小口着吸溜起来。大抵是饿得塌锅了，虽然缺盐少醋，竟觉得格外香甜。就想，会有谁来呢，若是静生或"刘三姐"，断不会悄默声地来了又走，看来，也只有那孩子了。定是他过来找食，见她卧床生病，这才煮了疙瘩汤。看她睡得香，又不忍叫醒，才将疙瘩汤放在炕沿上，睁眼就能看到。小小年岁，心眼倒是不少呢。虽然他将老鹅杀了，心里百般怨恨，可谁没办过蠢事呢？何况一个细脚伶仃、饥肠辘辘的孩子？她突然萌生起拜访他的念头。来了半月有余，她还没正式拜访过谁呢。老太太就拿了手电筒出了院子。

夜晚的村庄，和白日的村庄，气味是不一样的。白日的村庄是属于动物的：属于槽子边的黄牛、属于圈里的约克猪、属于栅栏里的奴羊、属于篱笆里的凤头鸡、属于墙头的野猫、属于麦秸垛的刺猬，属于草丛里的春蛇……那气味掺在灶坑里，掺在孩子的鼻涕里，掺在男人的尿液里，是重的、冲的、浓的、腥的、烟火气的；而夜晚的村庄则属于植物：属于韭菜，属于樱桃，属于桃花，属于榆钱，属于一切静默生长着的神灵，所以那味道是甜的，是淡的，是凛的，是澈的，是悄然入心入肺的……老太太走在夜里，骨头似乎也轻灵起来，平时十来分钟的路，只走了七八分钟。到了黄土岗才想起，那条斜坡太陡了,以她生锈的腿脚,白天攀爬上去已是不易,何况繁星漫天的夜晚?快快地在岗下站了会儿,蒲公英的甜涩又隐约着扑进鼻孔。

还好,病又隔了一夜就痊愈。上午,就接到了大儿子的电话。她没想到儿子会给她打电话。他说话向来简洁。他在电话里说,妈呀,你生日快到了,还记得吧?有个香港大公司的老板,做了你一辈子的戏迷,专门从香港飞过来,要给你隆重的庆祝一下,光赞助费就掏二十万。你过几天拾掇拾掇,赶快回省城吧。

大儿子五十多岁了。他秉承了他父亲的一切:暴躁、酗酒、打老婆。他早把她盘剥得只剩一具衰老的身体。每到发工资的日子,都会带兄弟来分钱,此后一月不见踪影。说她手头没攒下钱谁信呢?去年跌了一跤,路也走不了,孩子们谁都不吭声,也没带她到医院看治,如果不是几个戏曲学院的弟子出了手术费,她剩下的日子怕也只是瘫烂在床上。如今她好不容易偷偷跑到乡下,不承想还是被他找到。她轻声轻语地告诉他,她是不会回去的,她喜欢这个叫麻湾的村子,她要在这里老死。

"那你就死那儿吧!永远别回来!"儿子在电话里咆哮起来,"反正这辈子你的命比草还贱!有福也不会享!"

命比草贱……命比草贱……她的眼眶就湿了……

"老太太啊,发啥愣呢?"

她抬头,却是"刘三姐"推门进来。"刘三姐"手里捧着碗懒豆腐。

"我用黄菜叶跟豆腐渣熬的,闻闻,闻闻,比猪肉都香!""刘三姐"边说边咂摸着嘴,"趁热吃了吧,世界上最好吃的懒豆腐,就是我'刘三姐'做的。"

4

那天晚上,老太太炖的清水排骨汤。喝完了汤,天方擦黑。她觉得有点热,就脱了棉衣在院里给韭菜浇水。浇着浇着,耳畔便传来谁家的收音机声。有人正在唱《春闺梦》,是张氏与丈夫王恢互诉衷肠那一场。听声音不是王缺月就是赵恒秋。毕竟是晚辈,功夫还是有些稚嫩。听着听着,她不禁将水桶缓缓放下,轻声轻语唱将起来:

去时陌上花如锦,今日楼头柳又青。
可怜侬在深闺等,海棠开日我想到如今。
门环偶响疑投信,市语微哗虑变生。
因何一去无音信,不管我家中这肠断的人。

她恍惚又站在偌大舞台之上,金丝绒帷幕拉开,司鼓开始打倒板头,倒板头打完,胡琴声一响,满场肃静无哗。一瞬间,她仿佛就成了张氏,对着夫君埋怨。虽是埋怨,却是娇憨的、惊喜的、委婉的、意犹未尽的。她窃笑,她颔首,她掩面,她莲步生灭……当她最后佯装拂袖时,她仿佛听到戏台下传来惊雷般的叫好声……

惟有墙边传来"咕咚"一声闷响,她才猛然梦醒,身子打个激灵,木木地朝墙边看去。这一看竟忍不住笑出声来。却是那孩子从墙头跌了下来。看来没什么大碍，他慌里慌张地拍拍身上的灰尘，这才怯生生凝望着她。

"你怎么又来了？"老太太沉着脸道，"你偷吃了我的鹅，这回又想偷什么？"

"我……我……"男孩诺诺道，"我只是来瞧瞧，你的病好了没有。那天晚上，你的头比开水还热……"

老太太眯眼看他。他就支吾着说："我刚才在墙头听你唱戏……一不留神掉下来了，没吓到你吧……"

老太太这才走过去，摸了摸他的头，说："以后不用爬墙头了，奶奶给你开着门。"

就领男孩进屋，给他热了排骨和米饭，盛得鼓尖才递给他。孩子大口大口扒拉着，她就问："你爸妈呢？""全死了。""怎么回事？""病死的……""爷爷奶奶呢？""爷爷早死了，奶奶……奶奶……"男孩哽咽着说，"奶奶前几天心肺病犯了……你那只鹅，我杀了做供品的……""还有亲人吗？""有个大伯……是个瘸子……"

男孩将碗筷放下，呆呆凝望着房梁。老太太说："人是铁饭是钢，一顿不吃饿得慌。先把排骨都吃了。"男孩快速地瞥了她一眼，又埋头闷闷吃起来。他饭量委实很好。他总共吃了三碗米饭，排骨也啃得精光。

"以后跟谁过呢？"她仿佛问自己，又仿佛问孩子，"这么小，比火旗高不多少……"

男孩就放下碗筷，径直往外走。老太太伸手拽他，他没动。老太太说："你喜欢吃糖吗？柜子上的铁盒里有。有大白兔的，还有金丝猴的。"

男孩说:"我从来不吃零食。"

老太太撇撇嘴说:"哪里有孩子不贪零食的?"

男孩黯然道:"我爸妈活着的时候,也没给我买过零食。"

老太太叹息着说:"以后奶奶给你买……"

男孩瞥她一眼,嘟着嘴转身走了。不会儿,老太太听到屋外关门的声响。这次,他不是翻墙出去的。

随后几日,男孩都过来共进晚餐。家里好像还没如此喧闹过。老太太特意让王静生打集市买了张八仙桌。桌上通常是一凉一热。热的呢,是老北京菜,什么番茄腰柳啊,炸灌肠啊,砂锅狮子头啊,樱桃肉啊,都是最拿手的;凉的呢,无非是萝卜缨子、香葱、新韭,抑或小嫩菠菜,用海天酱油和酸酱细细拌了。两个人,就在炕上面对面坐了吃。孩子呢,通常只闷了头扒饭,很少动筷子夹菜。吃一阵偶然抬头,老太太便往他碗里夹一箸菜,嘴上唠叨着:"十来岁的小子,吃穷老子。多吃,多吃。"孩子也夹了肉丁或腊肠,犹犹豫豫着往老太太碗里塞。老太太就笑。如果两人都不言语,屋内便只听得牙齿咀嚼食物的声响,不过声响又不同:老太太是细嚼慢咽,老牛反刍般半晌才动下嘴;孩子呢,则像猪崽抢槽子般呼噜呼噜,眨眼间一碗米饭就下了肚。老太太说:"你慢些吃,吃得太快,胃哪能受得了呢?可要当心,年轻的时候是人找病,老了啊,就是病找人了。"孩子仍是大口大口地吞咽,仿佛没长耳朵般。那一日,孩子忽然放下手中的碗筷,郑重地对老太太说:

"我……我想求你个事……"

老太太故意说:"那可不行,你给我什么好处呢?"

孩子眼神就黯淡下去,老太太这才说:"好吧,我不要好处了,只要你拜我为师,学一出《红拂夜奔》就成。"

孩子仍垂着头,半晌才说:"我估计活不过明年了。要是我死了,你把我跟我爸妈埋一块吧。"

这话从一个孩子的口里出来,老太太一时就找不出合适的话来应答。孩子又慢慢说道:"坟就在岗上。我喜欢吃肉,到时候你给我坟头……放一块猪头肉就行了……纸钱呢,多烧些,我好给我爸妈买新衣裳……"说完了又继续埋头吃起来。老太太就强笑着说:"你个兔崽子,小小年岁,竟想些不着边的事儿,就是死,我肯定也在你前头。"

老太太面上挂着笑,心下却不时犯愁。孩子为何要说这番话?不像是睁着眼说假话,难道是得了什么绝症?又想,一个父母双亡的孤儿,如何安顿为好?虽说有伯父,看来也是薄情寡义的人,不然怎会让孩子孤身独住?只是个十来岁的孩子啊,按常理,晚上还赖在娘被窝里暖脚的。便寻思着去找村里的干部,好歹找个人家寄养才安妥吧?实在不行送福利院,也比夜里孤零零守着土岗强,也比被孩子们整日欺负强,起码不至于吓破胆,只到晚上才敢出来。

那天,男孩夜间又来,老太太炖了半只芦花鸡。刚把鸡大腿撕下放孩子碗里,"刘三姐"夹着团棉花就来了。"刘三姐"脸上本来堆着笑,愣眼瞅到男孩,突然一声尖叫,吓得男孩兀自撒腿就跑。男孩跑了,"刘三姐"还抚胸长叹,竟是副失魂落魄样。老太太乜斜着她,冷冷问道:"抽羊角风了吗?"

"刘三姐"说:"我的天亲啊,你咋敢让这孩子跑你屋里头?"

老太太说:"他又不是十恶不赦的人,我干吗不敢让他来?"

"刘三姐"捶胸顿足地嚷嚷道:"他可是个瘟神哪!你不知道,他爹妈出去打工,后来得了艾滋病,去年全死了!艾滋病啊!你老人家可知道这是啥病?你还敢跟他一块吃饭!不想活了你!"

老太太茫然地瞅着"刘三姐",说:"他爹他妈有病,跟孩子有什么关系?"

"刘三姐"急赤白脸地说:"咋没关系?!他妈怀孕的时候就得病了!这孩子生下就有艾滋病!"

老太太不再听她絮叨,开始收拾碗筷。"刘三姐"一把将碗筷夺过,顺势扔进垃圾桶,又匆忙提了垃圾桶快步出屋。显然,这个麻湾唯一的"女光棍"是被彻底吓着了。当然,麻湾唯一的"女光棍"被彻底吓着了,也就说明整个麻湾村被彻底吓着了。

5

老太太翌日起得晚。如若不是敲门声愈发大起来,定会再睡个回笼觉。等她将门打开,倒不禁愣住。房北围站着七八个女人,有相识的,有不相识的,还有半生不熟。见她迈门槛出来,都不约而同向后退了几步。老太太用手压了压发髻,她们又是碎步挪腾。很显然,她们都知道孩子的事了。看来"刘三姐"的舌头,也并不比她们的短多少。

那个清晨,这帮子妇女围圈住老太太,七嘴八舌问个没完。譬如，他何时开始到她这里蹭饭的；譬如，他吃过之后的碗筷，她是否用开水烫过？譬如，他有没有跟她讨要钱物；譬如，她以后是否还会叫他来吃饭？显然，他们最关心的还是末一个问题。

老太太目光漠然地越过她们，扫到了房前一棵梨树。梨树也是素白，不过却比樱桃多了分莹润。女人们仍喋喋不休，仿佛她们若不是如此这般盘问她，倒真是对她不起。她后来实在有些厌烦，就说，我筋骨有些受风，要去屋里好生静养一番，你们还是各自忙各自的去吧！

女人们怔怔地盯了她看。她连个招呼也没打就关门回屋。站在过头屋里，耳边还响动着她们嘈杂的议论声。

待到日悬中天，老太太又去了黄土岗。空中飞着乱柳絮和蒲公英，老太太不停打着喷嚏。这样行到岗下，又歇息片刻，这才一点一点向上爬。爬了没几步就腰酸腿疼，寻思寻思又径自下坡，仰头朝岗上望去。

男孩就站在岗上俯视着她。他只穿了那件漏眼的海魂衫，细瘦胳膊支棱着。他看她一眼，她看他一眼，谁都没有说话。老太太"哎"了声再去瞅他，他仍站在那儿，犹如刚从泥土里钻出的豌豆苗。他的瞳孔与眼白，倒如昼与夜般泾渭分明。

"你下来，"老太太朝男孩摆摆手，"以后别住这儿了，搬到奶奶那儿。"

男孩猛地摇摇头。

"别怕。七十三八十四，阎王不想小鬼至。我都这把年纪了，还有什么怕的？我都不怕，你还有什么怕的？"

男孩仍是摇摇头。

"你晚上想吃什么呀？奶奶给做砂锅白肉吧？"

男孩转身就跑了。岗上又空旷起来。

看来，这孩子是怕连累她，没准这次，恐是最后一次见到他了。老太太蔫头耷脑回了家，捂了棉被静躺。晌午刚过，王静生就来拜访了。王静生来了后并未言语，先是在炕沿上默默卷了支旱烟，咳嗽着抽完才去瞧他姨妈。他姨妈这才从被窝里钻出来，盘腿坐在炕席上。王静生说，关于她跟孩子的事，他听别人说了。别人呢，也没啥恶意。以前他跟父母住岗上，跟村人不怎么来往。去年他父母病死，剩他一个，都是他奶奶送粮送水。前几天他奶奶死了，还有个伯父。可这伯父是他奶奶的养子，打自初就跟他父亲不和，又是个瘸子，看来指望不上。孩子的病不是好病，别人才不敢跟他往来，怨不得别人。老太太就别瞎掺和了，省得别人戳着脊梁骨说闲话。"姨啊，你这辈子，"王静生顿了顿说，"听到的闲话还少么？"

这倒是老太太搬到麻湾村以来，头一次听王静生讲这么多话。王静生说完，又卷了支旱烟抽起来。老太太这才转过身说："回去吧静生，我有分寸的。"

王静生就趿拉着鞋走了。

那晚，老太太做好了饭菜，孩子却没来。老太太看着桌子上的卤煮和油条，一口都吃不下。八仙桌就在炕上摆了一宿。半夜老太太睁开眼，盼着那饭菜已被孩子吞咽得精光，不过，油条仍硬邦邦躺在笸箩里，盛卤煮的碗已凝了一层油。叹息一声，却是怎么都睡不着了。

村长是头午来的。这是个有点驼背的中年人,面目红肿,穿双皱巴巴的皮鞋,一说话嘴里就喷薄出酒气。他先自报家门,而后一屁股坐到炕上。他说,他本来早该拜访拜访老太太,可他实在太忙了。他可能是世界上最忙的村长了。这不是他能干,而是他必须能干:谁让他们村地底下有铁矿呢?这个村子不起眼,却埋藏着大把大把的金钱。县里让他们年底前全部搬迁,可要让这帮庄稼人离开住了半辈子的窝,倒真是费力不讨好的事。他忙呀,比奥巴马还忙,这才没顾上那孩子。再说了,孩子有毒,人还是少接触为好。"他的事你就别操心了,"最后村长打着哈欠说,"我跟书记会解决好他的事。如果有问题,也只是时间上的问题。"

老太太"哦"了声。村长似乎很满意,又说:"你要是有啥困难,尽管跟我说!我虽然不是骑马的驾鹰的,可毕竟还是一村之长嘛。"

老太太笑了笑。

村长前脚走,老太太后脚就出了门。她手里端着个铝盆,盆里是五六个大馒头。出了院门,村长赫然就堵在门外。他皱着眉头瞥她一眼,又瞥了瞥馒头,铁青着脸说:"真是个老古董。你没长耳朵吗?嗯?拿我说话当放屁吗?嗯?"

老太太没吭声,径自朝前走。村长一愣,随即吼道:"站住!你给我站住!"老太太仍是走自己的。村长三步并作两步过来,一把扯住她衣襟,"你给我回去!回去!不是说了吗?没你的事!"

老太太站在那里,一声都没吭,只默然眺望着远处的土岗。

6

儿子是第二天上午到的麻湾。

他是坐夜车来的。省城离麻湾不过一千四百里，可除了火车还要倒三次长途汽车。他腋下夹个皮包，走起路犹如身后有恶鬼追赶一般。他连问带打听地找到王静生家，让王静生带他去找老太太。王静生让他连弟喝口水，也被断然拒绝了。看来他真是有十万火急的事。王静生领了他穿街过巷，到了老太太住处。铁门四敞着，院里栽着韭菜、菠菜和萝卜秧子，一群花腰小蜂在阳光下嗡嘤着飞。还有几棵樱桃树，花期已过，葳蕤枝叶上顶着几枚枯花蒂。他们悄悄进了屋。老太太正在炕上收拾皮箱，见了儿子，只是茫然地点了下头，然后继续把衣裳一件一件折叠好，再放进散发着樟脑味的箱子里。

儿子似乎就放了心，擦了擦额头的汗水说："哎，我真是白着急了，原来你已经准备回去了啊？"

老太太看他一眼，将皮箱拉链拉好。儿子埋怨道："你的手机也不开。不开你拿它干什么呀？我昨天找了你一天，都是关机。"又瞅一眼王静生说，"你们家也是，好歹安装个电话啊，有个大事小情的多不方便。是不是？"王静生就陪着笑脸点头称是，又说姨妈住这里的日子，自己照顾得不是很周全，还望见谅。两人又闲聊几句，儿子才对老太太说："你最近还好吧？这个礼拜日就是你寿日，香港的李老板星期六就飞过来，饭店呢，就定在凯撒大酒店。毕竟是李先生面子大,省电视台的还要全程录像呢。快回去吧,窝在这个兔子不拉屎的地方干嘛?"

老太太将皮箱从炕上往下拎。拎了几次都没拎动,王静生赶忙伸手接过来。儿子继续唠叨道:"破鞋烂衣裳的还要它干吗?给静生老婆好了。人家伺前伺后也不容易。"王静生连忙说,他老婆是个胖子,比母熊还肥,姨妈的衣裳肯定不合身。儿子说:"算了算了,我们快走吧。出租车司机还在村头等着呢。我们直接打车去市里,好歹还能赶上下午的火车。"

三人就往门外走。王静生帮老太太提着皮箱。等出了大门,老太太把皮箱从他手里接过,抽出拉杆,拍了拍他的肩,就朝土岗那厢走去。王静生"咦"了声,忙扭头看他连弟。他连弟已然将他们拉开五六米,又狐疑地去看老太太,嘴里喊道:"姨妈!姨妈!走错了!"老太太没应答,王静生只得又朝他连弟喊:"彦春!彦春!彦春!"

儿子这才扭头,蹙着眉朝老太太喊:"妈!你糊涂了啊,出租车在村东呢!"见老太太不语,声音就又挑高些。他嗓门本来就粗大,这下倒真像是用喇叭喊话了:"回来!往这边走!回来!往这边走!"老太太大抵聋了,只顾弯着脊背迈着碎步拉着棕色皮箱一步一步朝前走。儿子大概在王静生跟前有点上火,他小跑着过去,一手按捺住皮箱,另一只手死死拽住她衣角,晃着她身体喊道:"妈!你傻了啊!这是去哪儿啊?!怎么连东南西北都分不清了!"

老太太这才回身默默注视着儿子。儿子虚胖的脸上全是汗水。儿子身后是王静生,王静生身后则是些街坊邻居,"刘三姐"也伸着脖子缩在人群里，几度想踏上前来，又都犹豫着退回去。他们若即若离地环在左右，仿佛是专门来看热闹的。老太太一把甩开儿子的手，继续拉着皮箱西行。儿子倒也不敢再造次，只得跟在母亲身后边走边絮叨："人家可是给了赞助费的！不瞒你说，说是二十万，其实给了五十万！图个啥？不就图见你一面，听你唱两句《春闺梦》和《锁麟囊》？人家拿你当宝，你可不能把自己当宝，傲气值几个钱呢？"

如果有人从土岗上俯瞰，便会看到一行人以一种奇怪的姿势迤逦前行：最前面是位拖着皮箱、满脸皱纹的老太太，后面是两个神态疲惫焦虑的中年人，再后则是稀稀拉拉、端着胳膊嗑着瓜子的闲人。老太太走了好一阵才到岗下。她再次转过身看着儿子，看了会儿，方才叹息道："回去吧，你。听话啊。"儿子哭丧着嗓子喊道："那你呢？你这是去哪儿啊？"老太太伸手擦了擦他额头的汗，扔下皮箱径直朝坡上走去。

这条坡不长，但是陡，爬满了蒲公英和矢车菊。老太太曾在黄土岗下徘徊多次，却从未真正上去过一回。她深吸了口气，这才徐徐弯下腰身，晃晃悠悠往上爬，爬了没几步就有些气喘，冷不丁一个趔趄，险些就栽滚下来。众人在坡下不禁一阵尖叫，她听到儿子劈着嗓子喊道："妈！下来！快下来！这是唱的哪出戏啊？"她装作没有听见，只是将腰俯得更低，胸腹几乎就要贴上地面，手里抓住花草茎叶，身如脱水的弯狗虾般一拱一拱朝坡上蹭。当眼前蓦然出现一只瘦骨嶙峋的小手时，她不禁抬起脖子瞅了瞅。男孩就站在她上边。他还穿着那件海魂衫，小脸大抵有几天没洗了，灰头灰脑的。

她就慢吞吞地说:"没事儿,别管我!"嘴上这么说着,手还是颤颤巍巍伸过去。当孩子冰凉的小手紧攥住她榆树皮似的掌心时,老太太身上忽就有了气力,手脚在瞬息都热了起来。有那么片刻,老太太确信双腿其实就踏在棉花般洁净干燥的云朵里,每向上微微跨一小步,就离天空和星辰更近了半尺。

野象小姐

一

我曾经想过跟宁蒙离婚。如果没有记错的话,这是第二次。

"你都闹几天了,还有完没完?"宁蒙慢慢揉着我的肩,"别这样。听我的。"

向来都是他听我的。他手劲更大了。他有双灵巧的手:会煮正宗的韩国大酱汤,会在海礁上钓乌贼,会修进口摩托车,会叠纸鹤,会接烧断的保险丝,会组装淘宝买来的古怪书橱,还会用刻刀在橄榄核上雕菩萨……

我说:"别碰我。"

他不说话了,低头摆弄着手里的樱桃核。他用樱桃核雕了十八罗汉。

我默默走到窗边。楼下是停车场,一位老人被担架从救护车上抬下来,急匆匆奔往门诊;还有个全身用白床单紧裹的人,被号哭着的女人们连拽带揉地塞进一辆红色面包车。他们的身形都那么小,那么扁,仿佛沙漠里被热风吹向天空的沙粒。哪天都有那么多人进来,又有那么多人出去。他们都明白,这里是鬼门关。

"中午想吃啥?"他从后面搂紧我,商量着问道,"清炖乳鸽好吗?"

我转过身看他。这么多年,无论白天黑夜,无论他醒着还是睡着,我曾无数次细细打量过这个同床共枕的男人。他的鼻子还像以前那样挺耸,鼻毛修剪得干净整洁;嘴角微微上翘,那颗土橙色的痣静趴在唇边,像粒干涸的苍蝇屎。除了眼角的两条细浅皱纹,他一点都没老。

"只是随便聊聊的……"他喃喃道,"能有什么狗屁事?"

我盯着他的瞳孔。我一直没有跟他提过,当他说谎时,他的瞳孔就会骤然胀大。

"好了,"他压着嗓门说,"别没事找事。他们回来了。"

我掸掉他试图攀援上我肩膀的大手。我什么都不想说。这些日子,我早习惯了仰躺在病床上,目光像夜航飞机的翼灯在黑暗中不停磷闪。房顶上除了几条蜿蜒成玫瑰状的裂缝,什么都没有。有时,我恍惚看到传说中的那个人剪影般贴在屋顶。这个婴孩蜷缩在圣母玛利亚的怀里,嘴唇贪婪地伸向她饱满多汁的乳房。

二

他们散步回来了。

他们是我同房的病友，安姐，华妃，翠翠和她的男人臭脚。

安姐照例没说话，蜷在病床上听单田芳的评书。华妃则打开电脑戴着耳机目不转睛地看《甄嬛传》。她说已经看过三次。她让我们管她叫"华妃"，而不是教师证上的名字刘淑芳。翠翠呢，让臭脚给她按摩，不时发出一两声野猫般的喵叫。

"你儿子很久没来了，"华妃摘掉耳机，愣愣地瞅着安姐说，"该给他打个电话了。"

"他忙，"安姐慢条斯理地说，"在北京混，等于光着屁股滚刀刃。"

华妃叹息声，转身问我："美人，脸拉得比丝瓜都长，有烦心事？不妨说与姐姐听。"

我跟大多数人一样不怎么喜欢她。"都晌午了，你还没给本宫请安，本宫以为你眼里没哀家呢。"

华妃咯咯着笑。她跟游戏里那只愤怒的小鸟长得一模一样，嘟嘟脸，小噘嘴。"你的头发还没掉，"她说，"不过再做两个疗程，也变灭绝师太了。"她戴着顶假发。假发箍在圆滚滚的头上，像胡乱编织的劣质草帽。她还在"草帽"上插了排熠熠闪光的发簪，说是弟弟从乌鲁木齐的大巴扎买的。

我们四个，前后脚动的手术。化疗时又安排到一个房间。一个疗程六天，出院休养二十天，再到医院化疗……我觉得我们还真是有缘，这是第四次了，还从来没有拆过帮。我觉得她们就是那群既让我讨厌又让我无法厌弃的穷亲戚。

翠翠嫌臭脚按摩时手重。华妃说："臭脚要把你掐死了，就让野象嫁他,反正她还是黄花闺女。"

翠翠嗲声嗲气地说:"小点声哦华妃。她来了呢。"

野象真的来了。我们听到了她"咚咚"的脚步声。即便在略显嘈杂的楼道,她的脚步声也那么铿锵响亮。我们仿佛看到她那两条肥壮的巨腿正艰难地、迟缓地挪动,水缸般的腰身上,一绺绺赘肉随着悲壮的步伐前翻后涌。为了让心脏跳得安稳些,她会暂时放下手里的扫帚、簸箕和墩布,在狭窄昏暗的楼道里叉腰站立片刻,然后趿拉着四十四码鞋子的大脚又开始"咚咚"地敲击地板,直到地板发出砖头摩擦毛玻璃般的呜咽。说实话,我还真的从未见过这么胖的女人。我觉得她一只胳膊就能将我举起来扔到月球上。

"把你们的矿泉水空瓶统统给我,"安姐说,"记住,踹扁了再给我。"

我悻悻地说:"宁蒙,怎么这样没眼力见?"

他一直用手机打游戏。他嘿嘿笑了两声,将床底下的塑料空瓶扒拉出来,用手捏扁,这才讨好似的笑着问我:"野象来了吗?"

三

野象是医院的清洁工。她好像在这里干了很多年,无论年老还是年轻的医生、护士、护工,包括那些耷拉着嘴角、满面愁容的老病号,没有一个不认识她。她总是套件紧绷着巨乳的蓝色罩衫,走起路来仿佛一头杂技团的慵懒大象。我不晓得她绰号的来历。为何叫野象?而不叫大象、家象?在我印象里,大象是种笨拙温和的动物，像所有的食草动物一样，它们铺满褶皱的眼睛总是让我想起终年卧床不起的肺结核病人。野象除了扫地、拖地板、打扫厕所，还收集空瓶。后一项是医院明令禁止的，她总是神神秘秘地问我们，有矿泉水瓶吗？"矿泉水瓶"四个字从她嘴里吐出时，她灰蒙蒙的眼珠瞬息明亮欢快起来。后来熟了，她连话都不用讲，只是吐着舌头晃我们两眼，右手的大拇指和中指伸出，重重地摇一摇，我们就赶快将空瓶偷偷递给她。我们闲得无聊，后来在安姐号召下，都将瓶子直接踩扁，这样就不用野象挪动她沉重的大脚了。"你们真是好人，"她买了个宽甸西瓜送给我们，逼迫我们每人吃了四五块，"以后我就把袋子放在你们屋了。"

她将空瓶都藏进尿素袋。原来她打游击战，今天将袋子放在男厕所，明天将袋子放在女厕所，还曾将那个鼓鼓囊囊、散发着浓烈化肥味儿的袋子悄悄塞进医办室的衣柜。现在好了，她把它踢进安姐的床底。下班前她会扒着门框小声喊："宁蒙，宁蒙！"宁蒙稍稍一愣后，马上以百米冲刺的速度冲到电梯口，从十楼坐到一楼，绕过收发室跑到停车场。野象换完衣服，就将尿素袋从楼上直接扔下。她不去练射击真是可惜了，那个袋子在空中飘游几秒钟后会稳稳落在宁蒙脚边。她搓搓蒲扇般的大手，朝我们挥一挥，瓮声瓮气地说："再见啊，美女们。"

我们一般都是化疗六天，六天后出院。我们不在时，别的病号肯定不如我们这样心肠软。我感觉她对我们格外亲近。忙完自己的活儿后，通常来我们病房闲聊。她总是倚着门框斜站着，如果护士来量体温，只能从她的胳肢窝下钻进来。她最喜欢跟安姐聊天。安姐脾性好，不像华妃那样老是逗她。

"你为什么不去当举重运动员？"华妃说，"真可惜了这副好身板。"

"我小时候很瘦的，"野象貌似羞赧地舔舔嘴唇，"我那时最想当的是体操运动员。真的，我做梦都想在平衡木上做狼跳和屈体后空翻。"

华妃拉着脸说："幸亏你没练体操。一跳上去平衡木就塌了。裁判除了给你零分，还要让你赔器材钱。"

"你说得没错，"野象哀伤地说，"像我这样的穷人，还真赔不起。"

"人穷就穷了，志可不能短，"安姐说，"你也就是胖点。可大眼睛双眼皮，也算个漂亮人。你就不能穿件像样的衣服？浑身总是股剩饭的馊味。"

"可不是嘛，"野象像在反问我们，"我怎么总是股馊味？真冤枉死我了。我特爱干净，一个月就洗一次澡呢。"

我突然想起，店里的剩货里有条孕妇裙。等下次化疗时顺手带过来。"哎呀妈呀，真是送我的？"她眨着厚眼皮盯着那条碎花裙，半晌才忧心忡忡地问道，"能……能把我套进去吗？"我说肯定没问题，本来是个很胖的孕妇订购的，可后来她流产了。"太好了，我真喜欢这颜色，一朵朵的喇叭花，喜气洋洋。"我说那不是喇叭花，是郁金香。她咧着大嘴笑了，"我喜欢郁金香。世界上我最喜欢的花儿就是郁金香。"

等她穿着那条布满郁金香的孕妇裙来上班，我们都惊呆了。她做了新发型，茂密的头发像温水泡开的方便面一条条耷拉到肩上，嘴唇是狰狞的猩红，脖子上戴了条贝壳项链，连脚指甲也染成了紫色。

"你谁啊？"华妃说，"世界选美小姐到医院来做公益活动吗？"

野象笑得连隐藏的大金牙都龇出来："真的漂亮吗？"

"那当然，"华妃说，"要生在唐朝，还有杨玉环什么事？"

"就是裙子有点短，"安姐上上下下打量一番，"穿双长筒丝袜，就更耐看了。"

"中午我就去买，"她喜滋滋地说，"华联超市这几天正打折呢。"

我没料到她走过来，一把将我揽怀里。她身上是浓郁的花露水味。"太谢谢你了，"良久她才将我松开，我有些尴尬地瞟着她，她说："等我有钱了，请你吃牛排。"

那天，医生、护士、病人都像看怪兽般看着她在楼道里拖着两条粗腿晃来晃去。见到熟人都会大声地打着招呼，人家瞥她一眼，她就迫不及待地说：裙子漂亮吧？我妹给我买的。你知道这是什么花吗？郁金香！人家有一搭没一搭地应她一句，她就嘴角喷着唾沫星子问，有空瓶没？有的话给我攒着！

她就是捡空瓶时出事的。

据说那天医院的领导来检查卫生。他们到洗漱间时，发现巨大的白垃圾桶边垂着两条硕腿。走在最前面的是医院的办公室主任，他盯着让他讶异的粗腿以及箍在屁股上的裙子，半晌没说上话来。后来他上前拍了拍她的腰，野象才缓缓地把头从垃圾桶里伸出，方便面头上粘挂着白菜叶，手里攥着俩空瓶，龇牙咧嘴地问道："你拍我屁股干吗？"

主任说："你这样会吓死人的。"

野象愤愤不平地说："谁家病人这么缺德！把瓶子扔进垃圾桶。扔垃圾桶也算了，还要扔进一堆屎里。"

主任往后倒缩几步，紧紧捂住鼻子问："瓶子不扔进垃圾桶，难道要从窗户里扔出去？"

野象拍拍胸脯，喘着粗气说："不是有我吗？我就是垃圾女王啊。"

主任问："你收瓶子干吗？"

这倒让野象惊讶了，她用手纸擦拭着污秽的瓶身，慢条斯理地说："卖钱呗。一个瓶子一角钱，二十个能卖两块钱。两块钱，能从超市买五个橘子呢。"当她说完这句话时，她立马后悔了。她方才发现，这个戴眼镜的秃头男人背后，还站着脸色铁青的护士长。当然，她还没有意识到问题的严重性。当半个小时后接到解聘通知时，她仿佛才明白是如何一回事。她瘫坐在楼道的角落里不停颤抖，偶有病人从她身边走过，好奇地瞄她两眼，她就朝人家龇牙咧嘴地笑笑，鼻翼两侧的眼泪混淆着灰尘，让她的笑容滑稽又陈旧。她像是马戏团里衰老多病、只得躲在牢笼里吃料草的一头大象。只不过这头大象身上，还裹着那条开满郁金香的孕妇裙。

四

我很长时间没搭理宁蒙了，想离婚也不是无理取闹。上次化疗时我妈一直陪着，我就让他回家了。出院那天我特意炒了几样小菜，开了瓶朋友从澳大利亚带回的红酒。他一个人全喝了。后来他靠着椅背就睡了。他的手机就放在桌边。

我一直后悔看了他的手机。和那个女人的聊天记录淫秽不堪，我看了都脸红心跳。最让我气愤的是，那个女人对我们家了如指掌，我们的住址、儿子的姓名、我的工作单位……她甚至知道宁蒙当年追求我时，曾在我家门口攥着束玫瑰枯坐了整宿。按照宁蒙的说法，他从没见过她，是偶然在网上认识的。

"就是空虚，你不在家，闲极无聊扯淡玩。"

"天边远吗？"

"远。"

"滚天边去吧。"

他老老实实地去睡书房。

我偷偷哭了一宿。我得的乳腺癌，两个乳房全切除了。说实话，我没想到会这么严重。从拿到切片结果到躺上手术台，只不过隔了三个小时。宁蒙的表舅是这座医院的副院长。本来床位很紧，主治医生又在北京协和医院进修。但表舅一个电话，主治医生就开车从北京跑了回来。当他手里捏着寒光凛凛的手术刀时，迷迷糊糊的我还能感觉到他急促的呼吸声。

而现在，我不得不跟宁蒙妥协："表舅没出差吧？"

他略带惊喜地看着我说："应该没有吧。"

"你给他打个电话，让野象接着上班吧。"

"没问题！"

我看着他走出病房去打电话。我们分居很久了。我曾仔细想过，乳房对于女人的意义，以及对男人的意义。想来想去也想不明白。后来我在医院的一本破杂志上偶然读到首诗，是个叫巴勃鲁·聂鲁达的智利人写的。他说：你的乳房仿佛洁白的巨大蜗牛/你的腹部睡着一只斑斓的蝴蝶/啊，你这个沉默的姑娘！于是我知道，我的乳房沉默了，我也沉默了。我也知道，对宁蒙来说，他不仅仅是失去了洁白的巨大蜗牛。

"我跟表舅说了，没问题。"宁蒙笑着说，"我们又能看到野象了。"

我们确实又能看到野象了。只不过她现在不敢收集空瓶了。打扫完卫生，她通常蹑手蹑脚地走进我们病房，靠着墙壁跟我们聊天。华妃还是喜欢逗她玩。

"这次真是有惊无险啊。"

"你说我怎么那么笨？专往枪口上撞。护士长前天就警告我，说这几天检查卫生。可我一看到垃圾桶里的瓶子，怎么都忍不住，就想把它捡出来。"

"沾了屎你也捡？"

"在你眼里有屎，在我眼里是钱。"

"你命好，命里有贵人相助。"

"真的吗？"野象讪讪地说，"吓死我了。你说我要真下岗了，到哪儿找份得心应手的工作？胖人没胖福的。"

"可不是嘛，"华妃摸摸假发髻上的银簪，"还不谢谢你的救命恩人？"

"救命恩人？"

"是大美女找人给你说情,你才没被开除。"

这样,野象第二次拥抱了我。我没有闪躲,而是任她近乎夸张地勒着我。她硕大的、柔软的乳房顶着我的胸脯,让我的眼眶不禁潮湿起来。

"你是个好人。"她在我耳畔嘀咕道,"哎,为什么好人总是多灾多难?"

从那以后,她到我们病房跑得更勤。当然,她很少空手来。我们很快吃到了野象腌制的萝卜条,爆炒的绝辣海螺丝,新煮的玉米洋芋,以及形形色色从来没有吃过的大餐。比如有次她端了个塑料盒,里面盛着奶嘴般的红色食物。我们的筷子在手里摆弄几个来回,谁都不敢第一个品尝。还是华妃忍不住问:"这是什么?"

野象得意地说:"保密。你们尝了就知道了。"

我们就更不敢吃了。野象用筷子夹了一块,强行塞进我嘴里:"吃吧。这是我从荷花坑早市买的猪乳头。老中医不是说过么,吃啥补啥。"

我们都沉默了。最后安姐说:"难得野象有这份心,你们还愣着干吗?哎哟,味道还真不赖,你们尝尝!尝尝!"华妃瞅我一眼,也夹了一箸子,吧唧吧唧地嚼。安姐说:"你慢点吃。还人民教师呢,坐没个坐相,吃没个吃相。"

我们都知道安姐最近心情不好。她儿子快两个月没来医院,电话也极少打。

她的头发也全掉光了。我们病房真成尼姑庵了。

五

安姐儿子终于来了。这是个安静的小伙，见人三分笑，个子纤细，有点驼背。医生来时他点头弯腰，说："您辛苦了，请多关照我妈妈。"护士来时他点头弯腰，说："您辛苦了，请多关照我妈妈。"野象来时他点头弯腰，说："您辛苦了，请多关照我妈妈。"野象就问："你谁啊？"他眯缝着眼说："您辛苦了，我是安长河。"

安长河手脚勤快，将安姐的桌子擦了，又将我们的桌子全擦了。我们不让他擦，他就尴尬地看着我们笑，我们只好让他用干净的白纱布来来回回蹭着脱皮的破桌面。当他干完这些，他瞅了眼安姐。安姐绷着脸没言语，他就开始擦玻璃窗。我怀疑那几扇玻璃从建院以来就没有擦过。他忙活个把小时，才将玻璃擦得晃人眼。他叉腰站在那里，望着窗外说："妈，我明天还要去深圳出差。上午十点的飞机。"

"你有事就回去吧，"安姐说，"千万别耽搁了工作。你现在还是部门副经理吗？"

他扭过头看着安姐，半晌没有说话。

下午他说出去买矿泉水，结果半天没回。安姐有些坐卧不安。华妃说，你呀，一辈子瞎操心，二十多的大小伙子，膀大腰圆，能出什么事？安姐说，你不知道，这孩子胆小如鼠，八岁了看到螳螂还吓得直哭，真随了他那没出息的爸。华妃说，再没出息，人家现在也是北京人，当了部门经理，出差都坐飞机，你还想怎样？安姐这才有点笑模样,说,他学习确实不错,当年可是咱们市的理科状元。

安长河回来了,窄仄的怀里搂着十来瓶矿泉水。瓶子像金字塔般搭垒得齐整稳当,最上面的瓶口紧紧抵住他的尖下巴。白色衬衣全湿透了,两根肩胛骨突兀地支出来。"我想买些冰镇水,可楼下没有,去了商店,竟比超市贵一毛钱。没想到超市那么远,"他羞怯地笑着,"幸亏我是飞毛腿。"说完他怎么就腾出只手去擦汗,结果在我们的"哎呀"声中,怀里的矿泉水噼里啪啦地全掉下来,有几瓶甚至滚到了门外。

"你个傻子!没出息的傻子!"安姐突然咆哮起来,"我怎么生了你这么个没用的东西!超市的水再便宜,总共便宜不了一块钱!你腿脚再快,有车快吗?你就不会打辆出租?!"

我们都愣住了。我们从来没见过安姐发脾气。她说话向来滴水不漏,做事总是先考虑别人。谁都没敢吭声,全直勾勾盯着安长河。多年后我还会记得当时的情形:安长河突然跪下了。他跪得那么突兀,似乎有双无形的手在他麻秆般的细腰上猛击了一拳。他跪着蹭到安姐床边,将头埋在安姐两腿中间抽泣着说:"妈!我没用!没让您过好日子,还天天惹您生气操心!"他狠狠扇了自己俩耳光,"我是个没用的东西!我是个没用的东西!"

"真是随了那个老不死的!哎,怪谁呢,蛤蟆的儿子不长毛。"

野象不晓得何时进的屋。她张着大嘴看看安姐,又看看安长河,这才迈着粗腿"咚咚咚咚"地挪过去,一只手揪住安长河的衣领,轻轻松松就将他拎起来,摸了摸他头发,盯着安姐说:"蛤蟆的儿子不长毛,怎么能怪孩子爸呢?"

"那怪谁呢?"

"怪你呗。"

"怎么就怪我了?我在地毯厂干了三十年,年年是先进工作者!还当过市里的劳动模范!"

野象淡淡地扫我们一眼说:"怎么不怪你?你摸摸自己的脑袋就知道了。"

安姐狐疑着摸了摸头,"扑哧"下笑出声。我们也都笑了。可不是,她头上可是一根发丝都没有。

"儿子大老远的来看你,摆着张臭脸给谁看?"野象嬉皮笑脸地说,"难道我们还不知道吗,你心里其实美滋滋的。"

安长河是晚上走的。走时他挨个向我们鞠躬,让我们多照顾安姐。那是个伤感的傍晚。窗外的晚霞余光斜射而进,让我们的脸颊都抹了层绯红的光晕。我紧紧攥着宁蒙的手。他粗大的骨节扎疼了我的掌心。

回家时,我让他从书房搬到卧室。那天晚上,我们做了很久。他没有像往常那样亲吻我的乳房,他的糙手只是犹豫着在那里碰了下就果断挪开。我为他的犹豫有点难过。

更让我难过的事,发生在几天后。

宁蒙请了几个哥们到家里吃饭。他和那个女人聊天的事,他们全知晓了,半荤半素地在我面前数落起宁蒙的不是。宁蒙垂着头,一副追悔莫及的神态。他总是忍不住将自己的糗事告诉朋友,仿佛只有如此,才能让他的心里干净。那帮酒鬼早早喝醉,不到八点就散了场。我带着儿子去街上溜达,宁蒙在家里洗碗。等回来时他正在上网,见到我时他的瞳孔忽就胀大了。我说你跟谁聊天呢?他说没什么,有个老顾客问我们还有没有剩货,想抽空挑件衣服。我二话没说将他从椅子上拽起来,"你陪儿子睡觉去吧,"我虎着脸说,"这里没你什么事了。"

他杵我身边,一动不动。

他果然是在跟老顾客聊天。这个顾客我认识,是政府公务员,以前来宁蒙店里买衣服时低眉苇眼的。她丈夫是我们这里最大建筑公司的董事长。他做梦都不会想到,娇小娴静的妻子是如何跟野男人调情的。

"多长时间了?看样子是老情人了。"

"你胡扯什么?人家可是良家妇女。"

"良家妇女?这样,我约她晚上过来。她要是来了,我就杀了你。"

他结巴着说:"我,我,我……"

我用宁蒙的口吻继续跟她聊天。我说,你嫂子还在医院化疗,晚上有空过来坐坐?我酱了牛肉,可以喝点日本清酒。女人很快回信,说等我半个小时,我先洗个澡。

我关了电脑。宁蒙坐在阳台上闷闷地吸烟。半个小时后门铃响了。你能想象到她看到我时的表情:嘴张得比河马的嘴还大。"嫂子回来了?我跟宁蒙约好挑几件衣裳,"她反应倒是很快,"你的病如何了?"

我笑着将她请到客厅,然后告诉她,约她出来的不是宁蒙,而是我。她的眼睛就直了，蜷坐在布沙发里，手神经质地揪着丝袜的一根跳线。我说，你没有必要解释什么，我都清楚。怪只怪我生了病，糟钱糟物，他心情不好是难免的。多谢你这段时间陪他说说体己话，让他缓解缓解压力。你看，我头发全掉光了，命不好，可我谁都不怪。

她哽咽着辩解说，他们什么都没有。虽然什么都没有，可还是为自己有过这样的想法感到羞愧。她以后不会再跟宁蒙联系了。她希望我不要将这件事告诉她的丈夫。最后她抱住我的肩头小声抽泣起来。

"不会的，"我递给她张湿纸巾，"擦擦眼泪吧。假睫毛都掉果盘里了。"

六

野象问："宁蒙怎么没陪你来？"

我说宁蒙的祖父生病了，他陪床呢。

野象说："你怎么又瘦了？小脸还没巴掌大。我可得给你好好滋补一下。"

安姐这次没来，据说病情有些恶化，转到北京的医院去了。我们打她的手机，七嘴八舌地抢着跟她讲话。她的声音跟平时一样，淡淡的，说那里环境不错，等出院了就来看我们。还特意叮嘱翠翠不要老欺负臭脚，叮嘱华妃不要总看电视。翠翠呢，照样整天腻着臭脚，如果说臭脚是匹瘦马，那么翠翠就是一只粘在马尾上的果蝇。

华妃的《甄嬛传》已经看到第五遍。她换了顶假发。这次假发上戴了朵粉色蔷薇。"漂亮不？"她细细捻着绢布花瓣，"皇后这个歹毒的女人，怎有我这般天香国色？"

宁蒙是两天后来的。我看都没看他一眼。他买了我最爱吃的猕猴桃，剥好小心翼翼地递给我，我没接。他低着头自己吃了。他沉默的样子让我心疼。午饭后他说出去趟，我没吭声。这时野象来了，她大概刚扫完厕所，满头是汗。我说，野象你有空吗？她瓮声瓮气地说，刚忙完，累劈了。

我从楼上俯瞰着野象穿过停车场，朝医院门口缓缓走过去。我知道她肯定不是个好侦探，对于她的新职业，她似乎也并不热衷，很快我看到她挺着乳房折返回来，在楼下弯弯腰，扭扭屁股，开始做起广播体操。她的广播体操很惹人眼：除了常规动作，她还将一些奇妙的动作糅合进来，比如高抬腿——如果你看过大象表演，那么我可以说，她的动作比大象还要缓慢优雅；比如龟步，肥胖的双手一前一后地机械戳探，脖颈一伸一缩，同时粗腿弯曲着迈着碎步。很快她身旁就聚了群病人指指点点。她这才整理整理衬衫，将露出的肚脐盖好，一点一点朝传达室方向蹭去。等见到她时，她神神秘秘地将我拽到墙角说：

"我跟他走了两条街。"

"他去干吗了？"

"这傻小子，买了火腿肠和啤酒，喝得有滋有味。"

我点点头。她又说："宁蒙这傻小子，你有什么不放心的？"

宁蒙是下午回来的。回来也没如何说话，分给臭脚一根香烟，两个人躲到阳台上去吸。

他们都睡着了,只有我睁着眼死盯着屋顶。房顶除了几条蜿蜒成玫瑰状的裂缝,什么都没有。我以前常常恍惚看到传说中的那个无所不能的人剪影般贴在上面,他蜷缩在玛利亚的怀里,嘴唇贪婪地伸向她的乳房。而现在我什么都看不到了。我瞅瞅睡在简易床上的宁蒙,他的呼吸均匀安稳。我蹑手蹑脚地将毯子盖在他身上,这时有人拍了拍我的肩膀。

是野象。她压着嗓门说:"跟我出来趟。"

我狐疑地跟她出了病房。深夜的楼道里一个人都没有,但是我知道,肯定有无数的幽灵在这里飘荡徘徊。他们都是不甘心的灵魂。在医办室的电子秤前,她停住了脚步。

"看好了,我到底有多沉,"她眨了眨厚眼皮悄悄地说,"我要表演魔术了。"

"我眼睛又不近视,"我撇着嘴说,"一百零五公斤。"

她说:"过两分钟后你再瞅瞅,我到底有多沉。"

值班的医生趴在桌上睡了,墙上的钟滴答滴答地挥着表针。她轻轻咳嗽了一声,我又瞅了瞅电子秤,说:"一百零二点五公斤。"我有点不相信似的看了看她,又看了看称,"你捣什么鬼?"

"我才没捣鬼。这是我的秘密。"她神秘兮兮地说,"小时候偶然发现的。"

我搀扶着她从电子秤上迈下来。她说:"你知道那五斤称的重量跑哪儿去了吗?"

我摇摇头。她说:"那五斤,就是魂儿的重量。"

我哑然失笑。她翕动着硕大的鼻孔说:"真的。我什么不都想的时候,就是魂灵出窍的时候,体重就减轻五斤。"

我说:"胡扯。电视上说,人的灵魂是二十一克。"

"不管是五斤还是二十一克,说明人除了这身肉,还有点别的。"

"那倒没错。"我恍惚地看着她。

"也许,那点别的更重要。这身肉死了,烧了,变灰了,可魂儿还在。也许它一直待在墓地里,也许它随着风到处乱飘。知道不?那些郁郁寡欢的人,就是死后魂儿也整天绷着脸,不受待见;那些快活的人,死了也是快活的,它跳来跳去,在电线杆上跟麻雀唠嗑,在野地里跟田鼠抢麦穗,在马背上跟跳蚤讨论下届的美国总统是谁。"

我只是傻笑。笼罩在光晕下的庞大躯体仿佛不再是那个为了空瓶锱铢必较的人,而是一位肃穆着布道的牧师。她的眼睛那么亮,仿佛有小小的火焰在瞳孔里燃烧。

她又说:"你不要整天攒着眉,人人欠了你五百吊似的。你运气够好了,虽然是乳腺癌,却是早期。安姐那样才闹心,本来是良性,没想到癌细胞转移了。"

我盯着她重又灰蒙蒙的眼珠,不晓得说什么好。我知道她这是逗我开心。可是我怎么开心得起来?"我没事,我挺好,"我垂着眼睑说,"也许是化疗后遗症,整天疑神疑鬼。"

"你明白就好,"她舔舔厚嘴唇,"不过我得纠正你,人的魂儿不是二十一克,而是五斤。"

"好吧,"我笑着说,"你体重比我沉,魂儿也比我沉。"

回到病房，宁蒙正轻声轻语地接电话。我说谁啊？这么晚了还骚扰别人。他怯怯地瞥我一眼连忙掐掉。我说，把手机拿过来给我看看。他犹豫了片刻。我走上前一把抢过手机。他愣了会儿，然后嘴里嘟囔着推了我一把。我根本没想到他会动手，踉跄着跌到床边。他慌里慌张地跨过酣睡的臭脚来搀我。我顺势从他手里抢过手机，狠狠朝墙上摔去。

手机破碎的声音在夜里那么响。华妃先醒了，她摸摸头上的蔷薇一惊一乍地问道："我的妈呀，氧气瓶爆炸了，还是地震了？"

宁蒙低头走出了病房。他没有再回来。如果他在街上冻死了，那么，就让他死吧。

七

"你们这些年轻人，总是为了屁大点的事动肝火。"第二天中午了，华妃还在唠叨我，"他容易吗？在家里哄孩子，在医院哄你。你就不能让他省点心？"

野象给我带了罐蒜末海带丝，她说滴了好些香油，最是下饭。然后试探着问："晚上……我请你看演出吧？"我问什么演出？她支支吾吾起来。我看着她扭捏的神态忍不住笑了。她两眼放着光问："你答应了？太好了！晚上七点半，我在医院门口等你。记得打扮得漂亮点。"

我没怎么打扮，精心打扮的是华妃。她穿了件华美的旗袍。旗袍有点皱，让她欻欻地站在秋风里时老忍不住用指甲蘸着唾沫抹一抹,再拽着布料抻一抻。我很好奇她的乳房为何那般高耸圆润,却没好意思问。"你说,她会不会请我们看歌剧?收音机里说,今晚燕山剧院有黑山歌剧团的《塞维利亚的理发师》。"但她马上把自己否定了,"野象那么小气,"她用唇膏狠狠地刮弄着嘴唇,"最大的可能就是请我们看场二人转。哎,她向来既俗气又没品,毕竟只是个清洁工"。

本来翠翠也要带臭脚来,后来华妃对她耳语一番,她才嘟囔着留在病房。见到华妃时,野象有点吃惊,不过也没多问。华妃倒是拉着长音说:"要是看二人转,我这旗袍就白穿了。"

野象闷头闷头地乜斜她一眼说:"穿着旗袍去泡迪厅,我还是头一次看到呢。"

说实话我没想到野象会带我们去迪厅。这辈子我去迪厅的次数屈指可数。估计华妃也是如此。在门口检包盖荧光印章时,华妃出了点意外。她死活不肯让保安保管那把陈旧的瑞士军刀。后来我和野象不得不将她揪到一旁。"这把瑞士军刀是我前夫送的,我一直带身边,要是保安弄丢了怎么办?"华妃噘着嘴说,"没准他们看着好,自己就私藏了。"我跟野象好说歹说,她才恋恋不舍地把军刀递给保安,又逼着人家打了一张欠条。

里面的人真多啊。野象给我跟华妃找了两个座位,又给我们点了饮料,然后悄悄离开了。华妃坐在高凳上,不时抻拽着旗袍袖口。谁也不会料到,我们是两个没有乳房的女人。

"太吵了,"华妃说,"简直比学生出操还吵。这些都是什么人呢。"

"像我们一样的人。"

"我就知道,这笨女人根本不会把我们带到什么好地方。"

"我挺喜欢这儿的。"

"喜欢个屁。一群乌合之众。"

野象很久没回来。我跟华妃就傻傻地盯着那群跳舞的男人和女人,以及分不清是男是女的人。"你想喝啤酒吗?"华妃问,"我以前一斤老白干不在话下。"我说这里的酒很贵。她不屑地瞥我一眼,"瞧你那小家子气。"

我们就喝起了啤酒。我很久没喝了。我记得以前没意思了,就跟宁蒙在家里喝酒。他喝不过我。想到宁蒙时,我的酒就喝不下去了。

"我的乳房漂亮吗?"华妃嬉笑着问,"是不是很性感?"

"我一直没好意思问,你戴了什么玩意?"

她说:"你不知道吗,医院食堂的白面馒头,蒸得又圆又大又软。哎,我真是皓腕高抬身宛转,销魂双乳耸罗衣啊。"

我们在那里有一搭没一搭地瞎聊着,场子的灯光忽暗下来,人群也静下,然后光柱尾随着音乐摇摆到一根钢管上。我们的下巴都快掉下来了。那根明晃晃的金属钢管旁,站着一位超级肥胖的女人。她有头蓬松的栗色头发,一张宽阔猩红的嘴巴以及两只大力水手才有的臂膀。她身上裹着件镶嵌着无数金属箔片的黑纱衣,站在那里,仿佛美艳的菲律宾女佣。

"她,她……是野……野象吗?"啤酒沫沿着华妃的嘴角喷出来,"她疯了吗?"

"是她。"我抚着胸口说,"我们最好先溜到那边,防止她从台上跌下来。"

可我们都没动。我们看着野象随着音乐开始扭动她肥硕的臀部,看着野象绕着明晃晃的钢管风姿绰约地抛媚眼、抖乳房,间或微微抬起她大象般的前腿。她或许以为她还是个七八岁的小姑娘,在平衡木上做狼跳或霍尔金娜后空翻?当我看着她双手艰难地握住钢管,左腿直立,右腿和左腿劈成九十度角时,我的心脏都要跳出来了。

"厉害啊,"华妃啶摸着嘴说,"我们给她加油吧!野象野象!宇宙最棒!"

我就跟她扯着嗓子喊起来。可我们的声音太小了,很快就被全场疯了般的口哨声、掌声和歇斯底里的尖叫声淹没。如果没记错,野象的最后一个动作是双手托住乳房,双腿来了一个一百八十度劈叉。我一直没想明白她为何不双手撑地,好让粗圆的膝关节有个更稳妥的支点。当她面色潮红地站起来时,我看到她的黑纱裙被撕扯开一角。她缓缓地从舞台上走下来时,有人伸手去摸裸露出的大腿。她浑不在乎,在明灭的霓虹灯下,穿过涌动的人群朝我和华妃一点一点挤蹭过来。

"一晚上四百块钱,"野象得意地喝着啤酒,"我可是这里最受欢迎的舞者。"

我跟华妃不约而同地点点头。

"开心吗,大美人?"她的鼻孔还剧烈喷着热气,"没想到妹妹有这一手吧?这个迪厅的老板邀请了我三次,我才赏脸光临呢。"

我敬了她一大杯喜力。我确实很开心,却也无比难过。我突然想起她说的那个灵魂,那个随着野风流浪,在马背上跟跳蚤聊天、或许重达五斤的灵魂。

八

对于那天晚上的迪厅之行,我跟华妃都保持了沉默。翠翠一个劲地盘问我们到底看了什么精彩演出,后来华妃撇着嘴说:"无聊得很,就是赵本山的徒子徒孙们演二人转。"

野象见到我时,杵着墩布羞涩地笑了。我朝她伸出大拇指,她咧着大嘴扒拉掉我的手,瓮声瓮气地说:"记得下次给小费哦。"

可是一个人时,仍然会想起宁蒙。我母亲打电话说,你怎么让宁蒙先回来了?一个人在医院能行吗?要不我下午就过去?我说不用了,这里有很多姐妹,还是让宁蒙在家好好照顾孩子吧。再说这是最后一次化疗,两天后就彻底出院了。母亲叹了口气,什么都没说。

医生说我恢复得很好,回家后静养就行,以后定期检查。华妃也要回县城了,那件旗袍她穿了好几天才肯脱下来。翠翠就更高兴,他们家的栗子今年收成不错,她还极力邀请我们明年春天去山上看栗子花,据说万里飘香。我们还约定,以后有空了互相串串门,毕竟住院住出来的好姊妹,是同患过难的。可我也清楚,只是说说而已。那天我看报纸,那个总是戴着墨镜的香港导演在接受记者采访时说:我们常遇到些人,他们在特定的时空出现在我们的生命里,让我们记忆深刻,然后他们就消失了,这辈子再也见不到。他说得没错。

出院的前一天晚上,野象说请我吃牛排。那家餐厅我知道,是快餐厅,以物美价廉著称。我在那里坐了良久,她才气喘吁吁地从门口进来。让我惊讶的是,除了她自己,还有个男孩。那个男孩坐在轮椅上,远远地就朝我招手。

"叫阿姨。"野象对孩子说,"阿姨是医院里的菩萨呢。"

男孩只歪着头笑,嘴角不时流出涎水。野象掏出手绢麻利地擦掉,这才跟我对面对坐下。

"这是谁家的孩子?"我忍不住悄声问,"他得的什么病?"

野象好像并没有听到,而是继续挺着腰板耸着巨乳有板有眼地点餐。等服务员离开,她才小声说道:"他生下来时难产,结果头部受损,得了脑瘫。除了不会走路,他什么都懂。乖乖,给阿姨背首唐诗。"

男孩抬起下颌,将小手老老实实地背到身后,开始有板有眼地背诵起《静夜思》。他大抵背过很多遍了。背完后他佝偻着掌心定定地瞅着我。野象赶紧往他手心里塞了粒奶糖。

"是你亲戚家的孩子吗?"

"不是,"她久久地盯着我,"他是我儿子。"

我一时不晓得说什么才好。据我所知她还没有结婚。我斟酌着问:"孩子的……父亲呢?"

她灰蒙蒙的眼珠更暗了,"他没有父亲。"她的牙齿咬噬着厚厚的嘴唇再次重复了一遍,"他没有父亲。"

她只是说了这么一句,就扭头去给孩子擦涎水。我思忖半晌方才嗫嚅着说:"认识你这么长时间,野象野象的叫你,也不知道你到底叫什么名字。"

她"嘿嘿"地笑着说,"我姓鲁,我叫鲁叶香。你叫我叶香就好了,"她有些羞涩地说,"我还没结婚,叫叶香小姐也成。"

孩子能自己吃牛排。他用刀叉有条不紊地切割着牛排,仿佛是个技艺精湛的厨师。"我常带他来,"野象目视着孩子说,"为了他,我什么苦都吃过⋯⋯"

那是顿难忘的晚餐,野象和她的儿子总共点了四盘七分熟的牛排、两份水果披萨和六个冰激凌。她本来还想点一瓶红酒,可是被我拒绝了。她也就没再坚持。她儿子饭量委实不小,她时不时地抚摸着他焦黄稀疏的头发,犹如一头疲惫的母象爱抚着一只羸弱的、永远只能坐卧的小象。他的眼睛和她一样大,只不过瞳孔亮晶晶的。

这是我最后一次见到野象。宁蒙早晨来医院接我时,野象还没有上班。已经是秋天了,我在家一心一意拆洗衣物棉被,然后将阳台晒得满满的,连阳光都射不进来。我曾经接过华妃的电话,她说她去上班了,如果再见不到那些可爱的孩子,她肯定会得抑郁症。快立冬时,我还接到了安长河的电话,他吞吞吐吐地说,安姐已经过世了,过世前她给我们病友每人留了份礼物,等有空了,他会专程开车送过来⋯⋯我握着手机,一个字都说不出来,只是眼泪流个不停。我已经很多年没流过眼泪了。

我跟宁蒙还是老样子,整天说不上句话。他开始接些活计,专门给人雕刻佛珠,或者将檀木手串卖给摩托车俱乐部的哥们。尽管报酬并不丰厚,总比游手好闲强些。有天晚上他的左手不慎被刻刀割破，血流满了手背，我慌忙着翻找云南白药和纱布，帮他细细包扎起来。当系好最后一个丝扣，他突然用右臂抱住我的腰，喘息着将我硬生生地按到沙发上。他的力气还是那么大，让我不禁眩晕起来……当他的嘴唇犹豫着亲吻上我扁平的胸部时，我只是漫不经心地摩挲着他短短的头发。灯还亮着，我茫然地盯着屋顶。屋顶上有条裂璺。我仿佛又看到那个无所不能的人。他还是个孩子的模样，蜷缩在玛利亚的怀里，满脸的焦灼不安。

等宁蒙睡下，我简单冲了个澡，坐在沙发上看电视。我很少看电视。可是那天我播到市台的广告频道时，再也没有换台。那是则不停滚动播放的痛风广告。一个花枝招展的胖女人对着镜头傻乎乎地说：

> 我得痛风三年了，双膝疼痛、僵硬、肿胀积水，蹲不下去，站不起来，上下楼还得斜着身子走，每个月要靠输液和吃药控制病情。由于病情恶化，医生建议我置换关节，在这焦急绝望之时，一次偶然的机会，丈夫在台湾的联谊会上通过战友知道了蚁王痛风舒胶囊……

接下去，无非是通过吃胶囊痛风得到根治。为了验证医疗效果，女人还扭起了东北大秧歌。她的四肢如是庞大笨重，舞动起来犹如一头灰扑扑的大象在音乐声中滑稽地起舞。舞着舞着她忍不住咧开大嘴笑了一下。

说实话，那是我漫长、卑微、琐碎的一生中看到过的最动人的笑容。

中年妇女恋爱史

一九九二年

无疑,茉莉是班上最细的女生,也是最白的女生。她从清河镇考到县城来的,可一点不像个乡下姑娘。冬天裹件细腰桃红假羊绒大衣,袖口磨起了球,在一群灰头土脸的学生当中晃着,像株没发育好的樱花树。

高宝宝对茉莉说,你有些驼背呢。茉莉哼了声,用手捂住他的嘴。他身上总有种雪花膏的味道,如果没猜错,大抵偷偷搽了他母亲的"郁美净"。

不过高宝宝委实长得好,桃花眼,希腊鼻,还是商品粮。他父亲在粮食局当主任,母亲是中医院的针灸师。茉莉倒也没想过太多,只觉得他漂亮,这就够了。茉莉喜欢一切漂亮的东西,比如家里那一大丛蔷薇,盛夏了铺天覆地,恨不得淹吞了整个庭院;比如邻家的那只鹿犬,吊眼细腰,看人时总晃着短尾;还比如村里张家的那个傻子,傻是傻,不言语时浓眉朗目,宛若戏台上的评剧小生。当然，她觉得自己也是美的，但美得不够，头小，比巴掌宽些，笑起来眼角附条细纹，另外，就是平胸。可在高宝宝眼里，大抵再无茉莉这么美的女孩。他每天清晨给她带只红富士苹果，晚上会趴在茉莉他们班的窗户不停招手。茉莉通常装作看不见。同桌甜甜用胳膊肘捅她，她也装作毫无知觉。直到高宝宝用手指急扣着玻璃窗，音儿脆脆的，她才朝那边不经意地瞅一瞅，顺势笑一笑。

能去哪里？冬天了，高宝宝只套条牛仔单裤，皮夹克里裹件跨栏背心。两个人只得沿着学校的那堵外墙往南走。高宝宝攥着她的手，直到手心沁汗。那时的冬天，通常下无数场雪。夜雪初霁，荞麦弥望，整个县城都没了响动，只间或一两声棉花枝被雪压折，断音从黑魆魆的田野深处传来，仿佛野魂灵的鼾声。那一次他们走得累，怎么就在墙根处喘息着搂抱一起。他踮着脚不停朝她耳朵吹气，茉莉咯咯地笑。高宝宝说，等她高中毕业了，他们就结婚。茉莉说，我比你大三岁呢，你父母会同意？高宝宝说，他们要是不同意，我们就离家出走，我有个表哥，在天津康师傅方便面厂当工头呢。茉莉说，你舍得？你是商品粮，我是农业粮。高宝宝说，这辈子我只爱你一个人，要是我骗你，就遭雷劈。茉莉忙堵住他的嘴，身上的毛孔仿佛都炸开了，玫瑰香气顺着毛孔延灌。她知道那不是风。她也知道，他的声音是真的，别的都是假的。

他毕竟只有十五岁。或许他还没有发育呢。他甚至还没来得及长胡须。

她跟高宝宝的事，甜甜、老甘和小五都知道。反对的只有甜甜。甜甜家是县城的，但也是农业粮。她个子比茉莉矮点，眼比茉莉大，有些漏神。平日里老喜欢从家里给茉莉带各种零嘴，凉糕啊，西瓜子啊，花生豆啊，芝麻糖啊，上课了才从兜里掏出来一把把塞给她，吃吧，吃吧，她总是喃喃着说，你那么瘦。多年后茉莉想起她，难免先想起那些食物的气味，譬如花生的黏香味儿，西瓜子略苦的涩味儿，或者芝麻糊香的甜味儿。当这些气味盘旋起时，甜甜的脸庞才慢慢从那虚无之境凸显出来。

她还记得，甜甜的声音很小，说话时总东瞅西瞅的，唯恐旁人偷得一字。她说，你傻呀，这么小的男生也信？她指了指茉莉的太阳穴说，动动猪脑子吧，哎。日后茉莉还常想起当时谈话的场景：她和她站在教室外的那棵白杨树下。冬天的白杨树像根水泥柱，冷，糙。茉莉靠着树，看着浅暗的阳光打着她的牙龈，忽而厌烦起来。或许她只是妒忌自己有了男朋友，条件又这么好。怎么从来没人追她？这么想时，茉莉拍了拍她脸颊，笑着说，姐，我是只母老虎，不会吃亏的。甜甜也笑了。甜甜知道自己有对尖虎牙。

一九九二年暮冬，茉莉她们忙得四脚着地。学校要组织迎新春联欢会，班长让她们代表文科班出个节目。老甘建议跳现代舞，她龇着牙说，冲吧，美少女们！身上披金挂银，霓虹闪闪烁烁，妈呀，光是想想就美抽巴了！

跳就跳吧，反正小五的姐姐在县文化馆，找个舞蹈老师不是难事。要紧的是不用上自习课，不用做数学题，更不用背《澶渊之盟》。舞蹈老师大抵有三十七八岁，短发，还吸烟。这是茉莉第一次见到吸烟的女人。女人说话的腔调，是完全把她们当成了幼儿园的孩子。茉莉想，这个岁数的女人，打心眼里怕是不稀罕她们吧？茉莉小腿格外长，她妈平日里常骂，你以为长了只仙鹤腿就能飞上天！女舞蹈老师对茉莉指点得要多些，胳膊没展成水平线，屈腿时略外八字，踢腿时脚尖没绷直，啰里啰唆，嘴里的烟味比蒜味还呛人。

待到演出那日，还是遇到了意外。先是音乐莫名卡带，她们刚好做霹雳舞动作，手臂机器人般弯曲，腿尚未来得及迈太空步，动也不是，不动也不是。舞台底下喧闹起来，男生吹口哨，浪叫，嘘嘘。这时音乐莫名响了，她们顺势动起来。或许因了刚才的停顿，接下去的动作倒显得吊诡流畅，尤其是白腿亮晃晃踢出时，台下瞬息变成了精神病院。那些满脸粉刺终日喝着烂白菜粉丝汤的男生何时见过如此阵仗？掌声伴着叫好声，简直要将餐厅屋顶掀开。茉莉的屁股就扭得更猛烈，连平日训练时常做错的动作都天衣无缝地衔下。正在此时，音乐声忽而又停，但见老男人蹿上来，攥着麦克风嚷道：下去！你们下去！成何体统！

是校长。他本就瘦矬，站在舞台中央仿若老农。他鞠了个躬，说，下面我给大家拉奏一曲二胡《奔马》。台下一阵嘘声，先是弱，后来就汇成巨大旋浪，要将人淹死似的。

那是她们最辉煌的演出吧？茉莉后来再也没有在那么长那么宽的舞台上跳过舞。舞台上还荡着蒸馒头的碱香。她们被校长赶下了舞台，可一点都不难过。她还记得老甘在后台叉着腰说，别理会那个老古董，什么玩意！明天我们去一中跳！他想一手遮天，门都没有！

老甘的父亲是局长，母亲也是局长，至于是什么局的局长，都是无所谓的。反正老甘说话嗓门总是很大。她声音粗，旁人听起来瓮声瓮气，往往忽略了说话的内容。平时都靠着墙角睡觉，睡醒了就唱歌。她最喜欢王杰。茉莉觉得，一个女孩喜欢王杰的歌，难免有些奇怪，女孩子应该喜欢林忆莲，应该喜欢梅艳芳，最次也得邝美云吧。老甘不管这些，她的 T 恤衫上印的王杰，作业本上抄的王杰歌词，好吧，连发型也像王杰。老甘跟小五同桌。小五不喜欢王杰，小五喜欢齐豫。她唱起歌来也是齐豫那种颤音，颤得人几乎要流出泪。那次，她们都没有反对老甘。老甘的初中同学是一中某班的文艺委员，还正式给她们发了邀请函。

县一中的学生看起来都傻，黑乎乎，男生女生似乎都不洗脸。当他们目瞪口呆地看着茉莉她们穿着健美裤蝙蝠衫跳完现代舞，似乎都有些羞赧，竟忘了鼓掌。只一个男生犹豫着站起，环顾下四周，啪啪地拍起手，掌心都要击破。茉莉瞥那人一眼，高，瘦，眼贼亮，脖子很干净。

那晚，茉莉、甜甜、老甘和小五在学校外的小吃部吃了顿牛肉大葱馅饺子。老甘还要了两瓶啤酒，牙齿都冰掉了。那是茉莉第一次喝酒。店里本就没什么人，开着台黑白电视，电视里正在播放新闻。她们将电视声音调小，叽叽喳喳，声响难免大些，空荡荡的，在油腻腻的房间里倒有些喜庆的意味。老甘说，等来年夏天，高三也不念了，去上班挣钱。反正也考不上大学，不如早到社会里闯荡闯荡。你跟我去开店吧，老甘搂着小五说，我肯定不能亏待你！小五只是笑。小五最喜欢笑。小五笑起来有梨涡。茉莉其实一直觉得，跟自己心最远的，就是小五。她不怎么说话，当然，说起来声音很甜，不是蜂蜜的甜，是大粒白糖的甜。小五有个男朋友，在县财政局当司机。但茉莉从没见过那个男人，据老甘说长得又黑又胖，大兴安岭的熊瞎子似的。

她们慢慢地吃着饺子，小口小口地抿着啤酒，后来又小声地哼唱着歌。烧着炉子，火旺，哔哔剥剥，渐渐就暖起来。茉莉盯着她们三个，似乎隔着雾气，眉眼俱疏离模糊。想，她们都在县城，只有自己是村里的，大学是考不上的。可她们都无所谓，都有父母帮衬，找个好工作，嫁个好男人，都不是难事。可有谁能帮自己？难道像姐姐那般早早嫁个木匠，生窝泥孩，整日泡屎尿堆里？难免鼻子酸涩，连眼眶也湿掉。甜甜不停拿胳膊肘捅她。捅就捅吧，八成是高宝宝来了，来就来了，又能指望上他什么？过完年才十六岁，连声音都是女孩般。

抬头去看她们，才发觉在老甘身后站着个男孩。有点面熟，想了想，就是在一中表演时击掌的那位。他怎么来了？只有老甘不意外，她拍着男孩的肩说，喏，这个帅哥是我初中同学，高一亮，篮球队的。

那个叫高一亮的，直勾勾看茉莉。茉莉有些慌，不禁去拉甜甜的手。甜甜挠了挠她的手心。再去看他，他已拽了板凳径自坐下，慢声慢语地说，咦，老甘，请人吃饭，就这么寒酸？师傅，再来盘熘肝尖。

一九九二年大事记

1月18日到2月21日，邓小平南下，沿路发表一系列有关改革开放的谈话，呼吁经济改革。邓小平指出："不坚持社会主义、不发展经济、不改善人民生活，只能是死路一条，基本路线要管一百年，动摇不得。只有坚持这条路线，人民才会相信你、拥护你。谁要改变三中全会以来的路线，老百姓不答应，谁就会被打倒。"

4月3日，中国全国人民代表大会通过兴建长江三峡工程的决议。

9月30日，美国将它在海外的最大军事基地——苏比克海军基地移交给菲律宾。

＊＊＊＊＊银河系科瑞娜星（距离地球120万光年）阿兹哥特人最伟大的诗人格伦所斯在朗读其新作《献给仲夏夜早晨我在腋窝里找到的一小坨绿色垢泥的颂歌》时，1321名听众死于脑颅出血。据悉此事件被认为是50年来银河系最惨烈的群体性死亡事件。

一九九七年

热死了，你在车里等着吧！茉莉对高一亮说，把吊纸给我。

来的人不多，巷口只停着几辆双排座。灵车还没到。断断续续听到哭声。茉莉知道甜甜夫家人不多，据说跟外界也并无往来。老甘和小五已经在巷口等她多时。老甘白她一眼说，你呀，真是肉死了，等半天了都！

这是茉莉第一次参加同学的葬礼，同学也不是别人，是甜甜。去年年初她结了婚，找的是港口的一个装卸工。婚后她急遽地肥胖起来。有天茉莉在斯大林街看到她，简直不敢认了。她套条孕妇穿的肥裙，笑眯眯的，虎牙又白又尖。那时她还没有怀孕。是从何时往来就寡淡了？一年也打不了几个照面，只过年时姐妹们吃顿饭，去卡拉OK厅唱歌。通常不到九点，装卸工就骑着摩托车来接她，也不上来，只在楼下拼命按着喇叭。听别人说，她今年春天生了个女孩，不过两个月就死了，医生诊断是先天性疾病。孩子死后她忽然走路老是摔跟头，那么胖的一个人，倒在地上都爬不起来。丈夫陪她去北京看病，住了半个月。昨天，丈夫抱着骨灰盒回来了。

茉莉盯着灵床上的那个骨灰盒和照片。照片是高二那年夏天照的。甜甜那时还很瘦，盯着茉莉。茉莉不禁打个寒噤。她恍惚闻到了五香花生米的味道。她跟着老甘和小五在厢房随了两百块钱的礼，从进屋到离开半句话都没说，只是嘴唇不停哆嗦。她听到老甘埋怨道，装卸工连哭都没哭，只是见谁就跟谁诉苦，说自己倒了八辈子霉，一年内死了孩子又死了老婆。小五轻声轻语地说，还有什么舌头可嚼的？人都没有了，说别的都是假的，说完小声抽泣起来。茉莉只是死死咬着嘴唇。如果不是老甘搀扶着她，她早晕倒在地上了。

那天他们一起吃的午饭。他们很久没有一起吃饭了。老甘开了家鞋店，每个礼拜要跑市里进货，大包小包的；小五呢，在一家美容院给人做护理，常常忙到夜里。反倒茉莉最清闲，在家里煮煮饭，到街上逛逛，再喂喂猫喂喂狗，一天也就没了。

七月一号跟高一亮完的婚，日子她选的。高三那年她最喜欢听艾敬的歌，脸面清白的女孩总是俏皮地唱着："让我去花花世界吧，给我盖上大红章。一九九七快些到吧，八佰伴究竟是什么样。一九九七快些到吧，我就可以去HONG KONG。一九九七快些到吧，让我站在红勘体育馆。一九九七快些到吧,和他去看午夜场……"那时候感觉香港很远,一九九七很远,可唱着唱着也就到了。高一亮没什么异议,大多时候,他仿佛是个哑巴。世界上怎么有这么不爱讲话的人?仿佛在那个寒冷的冬夜,小酒馆里,他把半生的话都讲尽了。

  娘家对这门亲事甚是满意,虽说高一亮在城乡接合部,也是农业粮,好歹说起来是县城的,人长得清俊,又在县轧钢厂上班。对于嫁妆,茉莉起初并未介意。按当地风俗,嫁女儿是要陪"五大件"的:冰箱彩电洗衣机,外加空调和摩托。茉莉跟旁人打听了下,大抵如此,不过转念一想,家里没多少压箱底的钱,可毕竟是嫁到了县城,千万可不能让婆家小瞧,就跟她母亲商量,除了"五大件",还想要一万块钱的陪嫁。母亲一愣,没说什么。茉莉晓得母亲定是为了难,可仍觉得委屈,晚上哭了半宿,嘤嘤嗡嗡,算是哭给母亲听的。翌日母亲出了门,说是去天津的姨妈家报喜信。茉莉更不遂心,眼看婚期到了,被褥虽缝制好,但杂七杂八的琐事也是一箩筐,还有闲心去姨妈家小住?想到不久前听小五计划的结婚仪式,要一水"桑塔纳",电器都是"海尔"的,自己呢,电视是"红梅"牌,冰箱是"新飞",婚车全是"夏利",这心里就猫爪挠心。

  不过三两日后,母亲从姨妈家归来,说结婚那天,姨妈家的哥哥姐姐都要来。茉莉想,那些满口天津话的连兄连姐能来,也算是给自己撑足了门面,又特意打电话问了问,是否能带些麻花和狗不理包子?虽说新亲们很少给男方带礼物,不过要是到时候狗不理包子上了宴席,那还真是够排场。姨妈很委婉地说,包子有什么好吃的，全是猪油，腻得慌。茉莉难免失望，觉得姨妈真是小气。临嫁前夜，她正坐在炕沿上看着嫁妆发呆，母亲蹑手蹑脚过来，塞她手里个红包。茉莉惶惑着打开，却是齐整整的一万块钱，新的，冒着油墨气。她想问些什么，却什么都没敢问，只摸了摸母亲手掌里的老茧花。

高一亮呢，对她也是真疼。本来在步行街那家李宁专卖店当收银员，好好的，被他硬是逼着辞了。他不善言谈，对她的好也都体现在床笫。毕竟是体育队练过篮球的，常常一闹就是整宿，仿佛那玩意是铁打的钢锤的，只会越使越光亮。她喜欢他宽阔的肩膀，可肩再宽，总不如钱袋子宽些心安。就对他说，钢铁厂累死累活不过一千多块钱。不如把工辞了，贷款买辆大货跑新疆吧。你没听说镇上跑大车的，每年挣个十来万都是毛毛雨？

高一亮没吭声，不过第二天就去找他父亲要钱了。他父亲就这么个儿子，骨髓都砸出来，又从银行贷了十五万，这才买了辆大货。茉莉又说，你一个人跑新疆，我也不放心，不如找个知心知底的哥们，换着开，按月给他开工资就好。高一亮想了想说，黎江。

这个叫黎江的跟高一亮是发小，一块穿开裆裤长大的。话比一亮多，个儿比一亮高，腰比一亮粗，眼也比一亮大。或者说，他就是大一号的高一亮。两人就联系了配货公司跑新疆，去时拉着土豆茄子和钢轨，回时拉着棉花哈密瓜葡萄和肉苁蓉，反正路不能白跑，油不能白烧，过路费不能白掏，一个来回要五天六夜，回来时眼白也是红的。多爱干净的人，现在浑身臭烘烘，脚也懒得洗，在茉莉身上动着动着就安生了。茉莉摸着他的腰身，刚想说说话，鼾声先就响起。想刚认识那些年，精瘦如狗，眼亮如贼，如今也是腰里赘肉一把。

　　这样跑了四个月，就年下。算了算，不到半年赚了五万块。茉莉跟高一亮说，不如来年我们换楼房吧。平房冬天烧炉子，又脏又不安全，你不在家，我中了煤气咋办？高一亮"嗯"了声。茉莉说，老甘买了条金项链，戴着人都发光。高一亮说，买。茉莉说，人家黎江跟你忙活了小半年，任劳任怨的，明天我炒俩小菜，你请他来家里喝两盅。高一亮哑摸着她乳头说，中。

　　翌日茉莉早早就去超市买菜，烹虾炖肉，弄了满桌子菜。黎江跟高一亮一人喝了一瓶白酒，喝着喝着黎江从裤兜里掏出个盒子，说，嫂子啊，这是我从乌鲁木齐大巴扎买的玉镯，人家说是和田玉，也不贵，该过年了，算是兄弟的一份心意。茉莉去瞅高一亮，高一亮笑了笑，茉莉遂接过，说，难得你有这份儿心，嫂子敬你喝盅。黎江用眼风去扫高一亮，高一亮笑着说，喝。两人就干了。茉莉从来没有喝过白酒，忍不住咳嗽。黎江慌忙着帮她捶背。他手很大，不过拍在背上，软酥得很。茉莉说，没事没事，真是让你见笑。顺手捏了镯子盘眼打量。玉镯在白炽灯下烁着青光，透明如膏，茉莉就意意思思戴上，抬起胳膊晃了晃，问高一亮道，你觉得咋样？是不是太贵了？又定定看着黎江说，不如，你还是送给弟妹吧？黎江比高一亮小，可结婚早，孩子都两岁了，老婆是县第一小学的老师。黎江忙荡开茉莉的手，嫂子啊，值不几个钱，况且我也给她买了。茉莉搓弄着镯子，有点凉，久了，就温了。黎江说，嫂子，你也别在家老闷着，会闷出闲病。等哪天让我哥带你去趟巴音布鲁克，那个美呀，说实话，一看到湖泊里的白天鹅啊，我就想到你。

年底前，小五结婚了。茉莉向来跟小五不亲。男方不是那个长得像熊瞎子的财政局司机，而是司法局的一名干部。小五只是高中文凭，也没什么正经职业，竟找了个国家干部，茉莉怎么琢磨怎么觉得哪里不对劲。小五是长得好，可跟自己比还要差上半截。自己只找了个城乡接合部的而已。不过，还是坐了公共汽车到市里的新华书店，挑了套齐豫的CD。又问老甘，小五结婚，你给多少钱？

老甘瞥她眼说，你真是贵人多忘事，你结婚我给了五百，她当然也五百。茉莉嘻嘻着掐了掐她耳朵说，我以为你跟她要好，礼钱会多些呢！老甘说，你这个人，心比比干还多一窍。你们俩，是我这辈子最好的姐们，秤砣哪儿能轻一个重一个？茉莉有些走神，说，也不知道甜甜在那边过得怎样。老甘想了想说，她那么乖巧懂事，大概在菩萨身边端茶倒水吧。再不济，托生个北京户口，住个四合院，将来嫁个部长啥的。

茉莉很郑重地给小五包了红包，里面裹了六百块钱。新郎长得比高一亮帅。

一九九七年大事记

2月22日，一群科学家在苏格兰宣布世界第一只克隆羊多莉已经在1996年诞生。

7月1日，中国政府对香港恢复行使主权。中国人民解放军进驻香港。

8月31日，法国时间凌晨4点，戴安娜王妃因车祸死于法国巴黎。

＊＊＊＊＊仙女座星系食双星（这对双星的地球人编号是M31VJ00443799＋4129236，两颗星分别是明亮且酷热的O型星和B型星）共有的行星索亚星球上的阿莫担人（他们的形状是类似地球动物黄鼬的八头生物，常年生活在水晶石山区）科学研究委员会，在经历了18万年的探索后，终于得出结论，数字7的后面是8。

二〇〇三年

你俩怎么这么磨蹭?！茉莉对着手机嚷，黎江欺负我，婊子欺负我，连你们也欺负我！

小五嗫嚅道，我跟老甘在斯大林街的劳保商店买线手套呢，马上就到。你别急，这种事着急顶用吗？

没错，着急有屁用。茉莉在停车场寻了个台阶坐下，越想越憋屈。她蹿起来，像专业运动员赛前热身般转腕、劈腿、捻脚，扭腰，最后屏住气，照着黎江的奔驰就是一脚。报警器刺耳地响，响得茉莉也心慌起来。她从花圃里捡了块石头，对着玻璃比划半晌。后来仔细盘算了下4S店的费用，石头又被她扔回花圃。花圃里缩着只瞎眼流浪狗，她就对它吼，滚！看什么看！流浪狗摇了摇尾巴，转眼窜入蓟草。

她决计没想到，黎江会搞自家饭店的小姐。不仅搞了，还搞得这么专一。

一晃跟黎江结婚也四年,女儿都会唱《Super Star》了。当年她跟黎江也算是县城里的新闻人物。茉莉从未料到,自个儿会以这样一种方式成为人们茶余饭后的谈资。有天深夜高一亮从库尔勒跑车回来,把她跟黎江堵在床上。反正传闻是这么说的。反正这么传了,人家也就信了。有人问老甘是咋回事,老甘说,能有屁事!黎江去茉莉家送东西,正赶上茉莉吃饭,就喝了两盅,嫂子跟小叔子喝酒还有毛病?喝多了就眯了会儿,有啥可嚼舌头的!有人问小五是咋回事。小五说,清官难断家务事,还是关心关心你老婆吧。还有种传闻说,每当黎江休假高一亮跑车,黎江都去睡茉莉。睡了也不是一年半载,堵床上是迟早的事。

那段时间茉莉很少出门。婚是离了,高一亮还算有良心,没让她净身出户,分了她二十万。她都住老甘家。老甘新买的房,眼看也要结婚了,对象是国税局的科员,人比老甘还漂亮,是从部队转业的,在部队是文艺骨干,会唱《康定情歌》,会跳蒙古舞。老甘对茉莉说,你愿意住多久就住多久,你是我妹子,住一辈子也没关系。茉莉抱了老甘哭,哭也哭不出来。反正这种事,任谁也扯不清,张口就是错。黎江找过她几次,说也离婚了,要是她同意,他们俩就去民政局办证。茉莉想了三天,三天后跟黎江说,嫁就嫁吧,不过,我要办一场豪华的婚礼。当"豪华"两个字吐出来时茉莉一愣。如何的婚礼才是豪华的婚礼?她也搞不清。黎江摸着她的肩胛骨说,茉莉,我听你的,我现在听你的,婚后也听你的。我一辈子都听你的。

那的确是场豪华的婚礼。黎江不晓得从哪里租用了架小型直升飞机,把茉莉从她清河镇的娘家空运到了洞房。据说没有得到航空管制机构批准,被罚了五万块钱。茉莉穿着婚纱打开飞机舱门缓缓走下来,脖颈细长,风吹着白纱,倒真像是巴音布鲁克湖泊里的天鹅。那段时间,他们的名字简直比县委书记的大名还火,就像半年后,高一亮跟黎江前妻的名字被人们的舌头和牙齿咀嚼般。高一亮竟然跟黎江前妻结婚了!听到这则消息时,茉莉的瞳孔都绿了。

婚后黎江又跑了一年大车,当然是跟别人跑。茉莉说,别跑了,在县城里干点啥吧。饭店这么火,你也开家。黎江算了算,大抵要投个七八十万。茉莉想了想说,我手里有三十万,你拿去用,钱在手里攥着,永远都是死的。黎江愣了半响后才说,他妈的,我能娶到你,真是祖上积了八辈子德!

茉莉只搂住他,一句话都没说。

如今茉莉也是一句话都说不出。初次听到黎江和小姐的传闻,她根本就没信。先是老甘说,茉莉啊,你长点心,我听人家说,黎江老带小姐去吃花酒,搂搂抱抱的。她只是笑了笑。男人风月场中事,向来做戏罢了,女人要认真,山西的醋厂也全都倒闭。后来小五也给她打电话,支支吾吾说,亲眼看到黎江跟女人去了宾馆,车就停在外面。茉莉这才觉得哪里委实不对,赶紧找了黎江的司机喝茶。

黎江的司机是茉莉亲戚,以前在县汽车站上班,后来下岗卖水果。饭店越开越火,黎江常常陪酒,茉莉不放心,就将亲戚找来开车。她瞅着亲戚,半响才说,我妈跟你妈,可是亲表姐亲表妹。亲戚什么都招了,又解释说,之所以没及时向茉莉汇报,是怕茉莉伤心。再说这种事,亲戚赔笑道,不像前几年见不得光,被人骂被人笑话,现在啊,是笑贫不笑娼呢。你呀,睁只眼闭只眼算了,男人嘛,裤腰带都松得很。茉莉说,我眼睛小,闭不得,日后有了风吹草动,要是你不告诉我……她用水果刀将火龙果的肉片片削下,红汁顺着指缝滴答,落在雪白纸巾上。亲戚的汗就流下来。

今天亲戚报信,中午一点半,黎江陪银行的客人喝完酒后,跟女人又去了酒店,不是快捷酒店,是四星级的。茉莉寻思半晌,将老甘和小五唤过来。老甘手劲大,腿粗,当年的舞蹈老师说的。小五嗓子尖,喊起来整栋楼都能听到。她还特意叮嘱她俩每人戴副线手套,这样打人,即便骨头折了筋断了,单从皮肉也辨不出,派出所的也瞧不出来。她自己呢,只带了把剪子。王麻子牌,有些钝,她特意让后厨的大师傅磨了磨。

老甘他们终于来了,身后还跟着个小伙。老甘得意地说,这是她堂弟,在县电视台上班,他有台小录像机,正好可以派上用场,将来也能当证据。茉莉点点头,亮了亮手里的房卡。

他们打开房门。一个男人正将头埋在女人两腿间不停拱着。那是茉莉再熟悉不过的身体,他总是自豪地说自己是公狗腰。男人和女人大抵太投入,竟没发觉房间里又多了几名看客。小五的脸先就红了,忍不住咳嗽了声。男人这才猛然扭过头。在昏黑的房间内,黎江的脸看上去油腻腻的。他盯着茉莉,良久才颤抖着问,你……咋来了?

……

你要是难过,就哭吧。小五抚着茉莉的手细声细气地说。茉莉不吭声，她只是将头斜靠在小五肩上。小五肩窄，有种薰衣草的香味。哭出来就好了，人就这样，泪干了，就想开了，想开了，也就无所谓怨恨。小五说，你呀……当务之急还是想想，日后怎么办吧。茉莉仍是不吭声。

这是年后第一次来 KTV。他们好久没唱过歌了。给我唱王杰的，茉莉说，老甘，给我唱王杰的。老甘就拿了麦克风在那里号，什么《一场游戏一场梦》，什么《红尘有你》，号完了盯着茉莉，不言语。这么多年了，她的声音还那么干，裂开了般，听上去像坏掉的音箱。

我操他叔的……他从来没有亲过我那儿……茉莉说，真的，他从来没有亲过我那儿。他说他受不了女人那个味儿……骗子……他从来没有亲过我那儿……我真该拿剪子把他剪了……没良心的王八羔子，他从来没有亲过我那儿……

这年春天，茉莉和黎江离了婚，老甘跟税务局的公务员结了婚。老甘的婚礼仪式有些简单。除了新郎新娘，几乎所有人都戴着白口罩。除了发喜糖，还给每位来宾发了十袋板蓝根冲剂。电视里说，这种叫 SARS 的严重急性呼吸综合征，光是在北京，就夺走了一百二十四条生命。广东人再也不敢吃果子狸了。

二〇〇三年大事记

3 月 20 日，伊拉克战争爆发。

4 月 1 日，香港乐坛天王张国荣因抑郁症复发于文华酒店坠楼，终年 46 岁。

10月15日,中国首次成功发射载人宇宙飞船神舟五号。

******银河系共瑞普星上的法瑞克人经过2^{18}次实验(他们的飞行器是一种类似英国伊丽莎白时期的银质圆盘),终于发现地球人的灵魂(生前身体质量——死亡后身体质量——其他不可控因素质量)是制造顶级香水的最优质原料。

二〇〇八年

清晨送女儿去学校,都能碰到那个姓姜的男人。应该是个公务员吧?穿着夹克皮鞋,人有点黑,黑枸杞的那种黑,不过眼亮,玻璃球的反光一般。女儿上小学二年级,男人的儿子也上小学二年级。有次男人拉住茉莉问,我儿子说昨晚没留英语作业,是真的吗?茉莉看了看女儿,女儿就说,你儿子是个小骗子。你儿子不光骗你,还骗我们老师。男人的脸有些红,问道,小美女,他怎么骗老师了啦?女儿嘟着嘴巴说,他跟老师说,他爸爸是县长。茉莉就捂了嘴笑,又去瞧男人。男人嘿嘿笑了两声,问女儿,你觉得我长得不像县长吗?女儿说,如果你是县长,我妈妈就是省长了。

男人看着茉莉,说,每天都是你来送,真够辛苦的。

茉莉望着路上来往的车辆,半晌才道,习惯了,也。

跟黎江离婚后,孩子判给了茉莉。带了半年就有些烦,干脆扔回清河镇,命她母亲看管。母亲能说什么,被人指着脊梁骨说三道四的日子也惯了,也不会在乎村里长舌妇围着外孙女再盘东问西。

女儿七岁了，才正式接到县城来。那几年茉莉没闲着，卖起了松花粉。松花粉是珍品，男人吃了肾好，女人吃了暖宫，她总是微笑着向顾客解释。顾客基本上都是熟人，或熟人的熟人，松花粉好不好也不打紧，反正吃了也不死人，倒是有个经常失眠的中年妇女，食后每日酣睡十多个小时，变得又胖又水灵。没事了就去老甘店里坐坐，老甘的店由一家开成了两家，由两家又开成了三家，税务局的丈夫也被她一咬牙换掉。按照她的说法，她实在受不了一个男人比她还温柔。第二任丈夫是县职教中心的体育老师，个子都快赶上姚明了，若不是大学时伤了脚踝，早进了国家队。茉莉觉得老甘老了，女人只有老了，才会变成话痨，才会拉着你的手不停絮叨着吃喝拉撒睡，公公婆婆小姑子。小五那边倒也安生，只不过听闻男人不让人省心，好赌，据说输了五六十万也有，已卖了处楼房还债。还有传闻说，男人停薪留职，去东莞当鸭子。小五从不说家里长短，也许会对老甘说吧。

汶川地震后，政府号召捐款。茉莉他们松花粉协会也筹了银钱，托茉莉捐到民政局。在民政局门口，便遇到了姜姓男子。男人见到茉莉，忙整了整衣领，又悄悄紧了紧裤带，这才笑问道，你来这里有何贵干？茉莉说，我们协会捐了些钱物，让我送过来。男人说，你呀，不晓得我在这里上班吗，打个电话过来，我开车去拿好了。茉莉说，这点小事哪儿敢劳烦您呢？再说了，我也没你的联系方式。男人忙不迭地将电话拨过来，又捋了捋额前头发，叮嘱道，快存上，以后这边有事，尽管吩咐我好了。

茉莉当然知道男人对她有心思。不过这几年，对她有心思的男人也多了。条件都差不离，不是离婚的就是丧偶的，年龄普遍比她大上四五岁。她最中意的是公安局刑侦队的一个副队长，见了三两次面，不过后来对方也不太热心，心想，肯定是听旁人说了什么闲言碎语，初次见面，是恨不得扑上来的。对于男人，茉莉自认为脉还摸得准，就像这个姜姓男人，那点小算盘在她眼前打起来委实可笑，又有些可爱。还好，长得算标致，没像这个年龄的男人，肚子驮着一袋米臀上驮着一袋面，况且皮鞋又总是擦得那么亮。

　　过不几天就有人来提亲，照片拿出来时茉莉歪嘴笑了。正是民政局的男人，原来叫姜德海。他老婆去年得癌症死了，自己拉扯着儿子。家原本是农村的，县城里也有房子。茉莉就跟老甘说了，老甘白了她一眼，说，都三十七八了还是个科员，能有什么发头？再说了，你愿意当后妈？后娘打孩子，那可是早一顿晚一顿。茉莉沉默了会儿说，他长得还不错。老甘冷笑一声，顶个屁用？你以前的男人，哪个丑？茉莉又去跟小五说。小五正在给客人文眉，她一直听茉莉在那里絮叨，后来她直起身去洗手。洗着洗着才骤然想起茉莉，恍惚着问道，姜德海赌钱吗？姜德海找小姐吗？茉莉摇摇头，小五说，只要男人不嫖不赌，嫁谁都是嫁。要是不想嫁，就找个相好的对劲的，暖不了心，暖暖脚也好。

　　就一来二往了。有时姜德海住在她这里，有时她住在姜德海那里。姜德海儿子是个鬼精灵，见了茉莉都是"妈呀妈呀"地叫着，叫得茉莉心里毛茸茸。女儿跟他也能玩到一起，极少拌嘴。那天在床上问姜德海，你存了多少钱？姜德海亲了她一口，说，孩子他妈活着时，是个过日子的人，这些年，也攒了小二十，抛掉看病的钱，手里还落个十三四万。茉莉没吭声,姜德海说,等我们结婚了,我会把钱如数都交给你,你呀,就是我家里面的局长。茉莉说,算了吧,我不要你一分钱,各花各的,大事小情了,你出。姜德海犹豫着说,一家人还用算这么细?茉莉轻轻攥住了他,说,今天是一家人,谁能保证明天呢?姜德海呼哧带喘翻身上来,你说得对,你说得对,他咬着她的脖子吮吸。茉莉说,我先把钥匙给你一把,你想过来了提前打个招呼。姜德海覆住她,喉头嗯嗯着。茉莉闻到了他口中一缕一缕酸腐的气味。

婚礼定在了九月初八。茉莉还是喜欢秋天。秋天的风不冷不热,花儿也开过,空气中都是炒栗子的煳味。庄稼也都收了,骡子马的啃着青草,一切都那么肃静。老甘对姜德海一直不太满意。你还想我找什么样的啊?茉莉对着镜子说,你看看,你看看,眼角都有皱纹了。老甘啐道,装什么啊装,你十八岁时皱纹就满天飞。茉莉就俯过身去拧她皮肉,老甘嘎嘎叫着闪躲,躲着躲着忽然说,茉莉,我前几天看到高宝宝了。茉莉一愣,许久才仿佛想起来一般,说,他呀,都十六年没见过了,现在哪里高就呢?老甘说,听说大学毕业后留在了北京,搞影视。茉莉不说话了。茉莉不说老甘说,他到现在也没结婚,没准心里还惦着你呢。茉莉呸了声,说,狗嘴不吐象牙,他——过得还行?老甘说,你要想见啊,我倒可以帮你约一约,你也知道,他跟我弟弟是同学。

还真就见了一面。人挺多,有老甘和茉莉,还有老甘弟弟及一众同学。酒也喝了不少。高宝宝几乎还是以前的样子,娃娃脸,漂亮得像瓷器,虽只比茉莉小三岁,仍是少年模样。他坐在茉莉身边,两个人不咸不淡地聊着。他好像对茉莉过去的事情一知半解，但又忍着没有盘问。他说，茉莉啊，你可把我害惨了，暗恋你这么多年，如今连个女朋友都找不到。老甘一旁说，你是明恋好不好，记得那时你俩呀，老是钻黑树林。高宝宝说，要是有黑树林就好了，我们都是在雪地里乱走一通，那个年代的雪，下得那叫一个大。那才是真正的雪呢。又扭头问茉莉，哎，我哪里比不上高一亮呢？茉莉这才挤出点笑，说，你哪里都比他好，我才觉得配不上你。高宝宝说，这就胡扯了，胡扯了，要不是我中途转学，一直跟你耗着，早住进精神病医院了。茉莉端了杯白酒说，宝宝啊，你注定不是池子里的鱼虾，你是大海里的鲸鱼，我们都留不住你的。高宝宝扑哧声笑了，说，没错，我就大海里的一条海带，批发价还不如大白菜。茉莉拍了拍他手背，没再言语。

酒喝到尽兴处，就乱了。酒桌上总会有那么个时候，冷静的人们倏尔疯狂，吆五喝六，猜拳划酒，再文静的人也会撸起袖子灌酒。高宝宝似乎也喝多了，他喋喋不休地讲着北京，讲着他拍的电影，讲着那些国际电影节。茉莉一部都没有看过。高宝宝也不介意，只是拉着她的手说，我们出去走走吧，热死了，我一点不喜欢夏天，夏天总是让我心烦意乱。

茉莉就拉了他偷偷离席。两个人先沿着斯大林路走了一圈。高宝宝提议去学校南墙那边走上一走，他说这辈子最难忘的事，就是在墙角跟她接吻。茉莉说，哪里有接过吻，你个子那么矮，只及我眉梢。高宝宝说，你呀，最是心狠，我也不怪你，漂亮女人都是毒品，碰不得。茉莉嗔怪道，我哪里有你狠心，我只是跟高一亮散了散步，你又是绝食又是割腕，我那么小，可真就吓坏了，更不敢见你。高宝宝沉默不语，茉莉他们就顺着马路走，走着走着就到了茉莉家。孩子去姥姥家了，屋里热得很，茉莉开了空调，打开电视。电视里正在直播奥运会开幕式。两个人就并排坐在沙发上。

看了会儿茉莉才恍然大悟道，今天是八月八号吗？高宝宝说，也许是吧，他妈的，一年年过得真快，竟然北京奥运会都开幕了，说着说着不禁去搂茉莉的腰，茉莉犹豫着掸开他的手，说，喝牛奶吗？冰镇的。高宝宝将她拽过，呢喃着说，喝什么牛奶，我想喝你的奶……说罢就将茉莉箍他怀里。茉莉有些发懵，有那么片刻，她觉得自己似乎又回到了若干年前，她跟他，在墙壁上慌乱地拥抱，高宝宝不停朝她耳朵吹气，又热又痒。她还猛然想起甜甜曾经跟她靠着冰冷的杨树说话，劝诫她跟宝宝分手。你们是没有结果的，甜甜说……在高宝宝粗重、携带着麦芽糖气味的喘息中，她看到对面镜子里的门被打开了。姜德海抱着个西瓜站在门口，愣愣地盯着沙发上的两个人。当西瓜掉到地上时，红艳的瓜瓤四处滚将开去，一朵一朵的，仿佛他们家暮春时，落在庭院里的单瓣蔷薇。

二〇〇八年大事记

5月12日14时28分，四川省汶川县（北纬31度，东经103.4度）发生8.0级地震。

9月11日，"三鹿奶粉事件"爆发。

11月4日，奥巴马当选美国第44任总统。

＊＊＊＊＊，天狼星系索尔贡星球的玛雅塔釜人（气态生物

国会经过100光年的起草、讨论、研究以及658512358次会议，终于做出裁决，非水质、蛋白质、脂肪和无机物生物，不可与非同类灵魂交媾并繁衍子嗣。此裁决被认为是120光年来天狼星系最耻辱的裁决。在索尔贡星球首都玛丽安爆发了建立帝国以来最大规模的示威游行，18名玛雅塔釜人聚集在国会外的蒙达利克峡谷，制造了直径19876公里的圆形云层，导致首相大人没能如愿观看1光年一遇的狮子座流星雨。著名歌星蒙妮在巨鳄蛋广场发表了名为"虽然我是一团雾但并不妨碍我跟金属男妓与有机男仆深夜畅谈维特根斯坦关于宇宙所有质数之和的猜想"的演讲（据传，内容实为蒙妮情夫、单句作家沈之连耶夫斯基代笔）。据悉，此演讲深受银河系总指挥部副指挥长激赏，并将演讲实况以电磁方式在986个恒星系统发行。此演讲极有可能获得该年度"博格利特英雄勋章"。

二〇一三年

许多年后茉莉还能想起那晚姜德海的样子：他躺在一堆西瓜瓤中不停打滚号哭。他的白衬衣立马就被汁水染红了，他并不在意。他可能只在意别人是否能听到他的哭声。他不光哭，嘴里还不停叨咕，他的哭泣声太过磅礴，茉莉听不清他在骂什么。她也没过去劝，反倒是高宝宝跟跄着过去，握着姜德海的手问，你怎么了，大叔？姜德海愣了愣，哭得就气力更大。高宝宝看着茉莉，茉莉说，你不用管他。姜德海听到茉莉这么说，从地上爬起来，还没站稳就摔倒了，高宝宝想去搀扶他，姜德海一把打掉他的手，慢慢地、慢慢地站立起来。后来他一步一滑地挪到窗户前，猛地一下拉开窗户，自己蹿到台上。茉莉喊道，你疯了吗，姜德海！快下来！姜德海喋喋怪笑两声，这才朝着天空喊，我老婆偷人了！我老婆偷人了！我老婆给我戴绿帽子了！我操他们妈的！茉莉将高宝宝拽到门口，说，你走吧。高宝宝说，这个人疯了，我怎么敢走？万一……这时姜德海扭过头对茉莉说，你想得美！我才不会跳楼呢！我马上要当副科长了，才不会为你送了前途！

每当老甘拿这件事开茉莉的玩笑，最后都会配上她的破锣嗓子喊句，我马上要当副科长了，才不会为你送了前途！茉莉也不恼，抹搭着眼将手中的牌稳稳抛出，不忘说句，胡了！

通常是礼拜五晚上，茉莉、老甘、小五和蔡伟，在茉莉的房子里打上整宿麻将。蔡伟是小五的表弟，麻将打得好，往往是赢家。不过即便赢了钱，也不会得意，只是叼着香烟说，在茉莉姐家，我是从来不会输的。老甘问为啥，蔡伟乜斜她一眼说，茉莉姐旺夫啊。茉莉就拍他一巴掌，说，小兔崽子，没学会拉屎先学会了占人便宜。老甘嘎嘎笑着说，可不是，茉莉可比你大一轮，再这么胡说，让茉莉真睡了你。蔡伟边点钱边说，这有啥不可以的呢，茉莉姐那么漂亮，这有啥不可以的呢。

这孩子是安监局的司机，女儿刚上幼儿园中班。眼白多，总是什么都不在乎似的。宽肩窄背，还有双桃花眼。一坐到他身边，茉莉的脊椎骨就像被谁抽了一鞭子。也不敢有什么想法，毕竟自己不惑之年了，即便闻着他的气味有星星点点地乱，还是能稳得住。蔡伟也没正经盯班，现在不许单独给领导配车，他闹个自在，间或单位晃上一晃，再正经忙自己的事情。他能搞什么？不过是放些高利贷，那次茉莉问小五时，小五眼也没抬地说，这个孩子，最大的优点就是不务正业，游手好闲，拈花惹草。你可小心了。

　　光小心是不行的。每次蔡伟来，茉莉都去买盒好烟，烟灰缸也洗得干净，摆他左手边。她倒喜欢他抽烟，跩跩的，随时起身去干大事的样子。那晚打到凌晨三点，都晕乎乎的，老甘和小五挤一个床，她自己一个床，蔡伟睡沙发。半夜起来如厕，见蔡伟只穿了内裤睡着，就拎了被单盖他小腹上。没承想他眼睛忽就睁开，在夜里也是两瓣桃花。他什么都没说，只是将她猛拽过去，裹在身下。未及挣扎，嘴唇早被他鳄鱼叼食般堵住。茉莉盯着老甘跟小五的房间，唯恐有什么动静，自己连大气都不敢出。她听到蔡伟嘴里念叨，真紧啊，然后是一阵紧锣密鼓又沉闷地撞击……她被他压着，被他勒着，被他挤着，是喊也不敢喊，动也不敢动。他的胳膊肘夹着她，时不时蹭到她晃动的乳房，她隐隐约约地，闻到他身上传来一脉一脉的松树油脂的香味。

　　翌日醒来，人全走了，她一声不吭地收拾着客厅，下身有些疼，想起他无耻勇猛的样子，脸一阵红一阵白。吃了片安定，才睡了会儿。

　　不承想那晚蔡伟打来电话，约她吃牛排。说是台湾人开的，味道跟别家的不同。她说晚上还有个饭局，脱不开身……没等她讲完，他有些不耐烦地说，快下来吧！我在楼下呢。扯什么扯！

　　等她洗完澡化好妆下楼，蔡伟只是从车窗里盯着她看。她知道他在看，捋了捋头发，又装作寻找车子，眯着眼东瞅瞅西瞅瞅。这时蔡伟打了个响亮的口哨，她才恍然发觉他般，羞怯地笑了笑，迈着碎步撑过去。蔡伟说，姐啊，你穿旗袍，真有民国范儿，特别像《花样年华》里的张曼玉。茉莉说，你这孩子，家里是开蜂蜜厂的吗？蔡伟盯着她看，上上下下，左左右右，嬉皮笑脸地说，姐的眼睛，真是勾人呢。茉莉说，去你的，小小年岁油腔滑调，长大了可怎么好。蔡伟说，操，我东西还小啊？

吃完牛排，蔡伟又非要送茉莉回家。茉莉说，今晚孩子要回来。蔡伟说，不是上私立初中吗？今天又不是礼拜五，骗我啊？茉莉就拧着他耳朵说，你个小家伙，什么都瞒不过你。蔡伟哎哟哎哟叫着，说，姐姐一碰我，我就酥掉了。茉莉咬着牙说，酥了才好。蔡伟说，你这么一讲，我又硬了。茉莉哎了声，不晓得如何接话了。

其实也觉得荒唐，她自己倒好，独身，孩子也懂事了，可他呢，也没听说家里如何如何，跟自己这么着，无非是图个新鲜罢了。男人是如何的德行，她一清二楚。久了，够了，腻烦了，拔腿就走。知道是这样的理儿，躺在他肉上，闻着毛孔里松脂的味道，还是难免有些沉醉。她晓得，这种事情，女人总是吃亏的，可是，倒也无所谓了。

那蔡伟倒来得勤。老甘他们四个打麻将，他仍是从前德行，旁人一点瞧不出他跟茉莉有何瓜葛。倒是茉莉看他时，难免有些慌。茉莉想压住，可越想压住，越显得拙，越觉得哪里露了破绽。茉莉知道早晚瞒不过老甘和小五，可也不愿捅破这层纸。纸在，多少自在心安些，真破了，保不齐被她们笑话上几年。以前给蔡伟买二十块钱的黄鹤楼，现在倒是四十五一包的苏烟了。

一个礼拜三四晚都住茉莉这里。茉莉喘息着问，你怎么跟老婆交代的？蔡伟说，你关心这些屁事干吗？我待你这里一天，就是真的一天对你好。茉莉说，我是真心盼着你走，你走了，我才省心。蔡伟只是将她腿脚扛到肩上，闷头干活，一句话也不愿多说。

那天要去老甘店里，车水箱坏了，蔡伟开去修了，还没好，干脆打了辆三轮车。上了车，司机戴着口罩，也没吱声，到了老甘店前，她给司机钱。司机沉着嗓子说，算了。她说，那怎么行呢，你们也不容易。司机又说，算了。茉莉这才听得真切，心里一惊，不是高一亮又能是谁？她老早就听说高一亮跑车赚了钱，又去市里开饭店，后来又投资钢锹厂，结果赔个底朝天，跟老婆也离了婚。倒真想不到他开三轮车。她想说点什么，可看着他黑色的眼袋，被烟熏得发黄的牙齿，还真是哑了。高一亮摆摆手，头也没回就走了。坐在老甘店里，茉莉想到那年去他们班里演出，他拼命鼓掌的样子，他贼亮贼亮的眼，就不好受。跟老甘说，给我拿个镜子。

每天都要照的。镜子里的女人无疑是中年妇女了，再如何打扮，用什么牌子的眼霜，都有些力不从心的疲态。又想到蔡伟，到底麻麻悠悠的。

蔡伟这几天来得寡淡些。问了问，却倒是催账去了，茉莉忍不住问了句，利息怎么样？能收回来吗？蔡伟说，是银行的五倍，你说高不高？黑社会的兜底，你说钱收回收不回？茉莉想了想，说，我那里倒有几个小钱，方便的话也帮我去放利息好了。蔡伟说，放高利贷是有风险的，都是非法手段，你不要掺和这些，不定哪天出了岔子。茉莉点点头。蔡伟说，不过还有更稳妥的法子，你知道县里的线厂吗？茉莉说当然知道，都是私营的，不过听说利润不好的厂子，一年也四五百万手里稳攥着。蔡伟说，我的意思是，我能把钱拿到线厂投资，利息是银行的三倍，比不上高利贷，好歹稳当些。

茉莉想了半晌说，我这里有八十万，你明天拿走吧。

蔡伟瞪着眼说，操，你攒得还真不少！

茉莉说，养老钱总是要备的吧。蔡伟就搂了她，亲她脖颈。她怎么就想起来，黎江说她像巴音布鲁克的天鹅。这么多年，她从来没去过那里。问蔡伟说，你喜欢新疆吗？喜欢的话我们去那里旅游。

蔡伟说，这样吧，我给你打个欠条。利息呢，每个月付一次，我让他们直接打到你银行卡上面。

茉莉柔声道，你要是有空，我先把机票订了啊。

蔡伟说，妈的，到哪里找这么好的小绵羊呢。

原来竟是那么远，先坐火车去北京，从北京坐飞机去乌鲁木齐，再从乌鲁木齐坐飞机到伊犁，最后还要报了团，坐了一天大巴。等他俩到达巴音布鲁克，都晚上六点了，导游先安排吃手抓羊肉和烤包子，又安排他们看土尔扈特回归歌剧。两个人都觉得冷，偷偷回了蒙古包，又是半宿未眠。凌晨起夜，茉莉盯着床上的蔡伟，不禁伸出手指摸他喉结，摸他胡须和眼窝。他哼哼两句翻身过去，她就从背后搂住他，摸他没有一丝赘肉的小腹，摸他宽阔光洁的脊背。她想，如果这样一辈子，她也愿意的。

翌日两人去了天鹅湖又去了九曲十八弯。天鹅湖里不光有天鹅，还有无数只白色水鸟，不远处的草原衬着更远处的雪山，让茉莉恍惚起来。在九曲十八弯两人骑了汗血宝马，回到住处，都有些精疲力尽。茉莉说我洗个澡，蔡伟说，正好，我接个电话。洗完澡出来，却不见了蔡伟，以为出去买香烟了，也未在意。不曾想半个时辰都没回来。打他手机，老是占线，天这么凉，只穿件单衣出去，别再冻个好歹，就披了绒衣出了毡房找寻，无果，又打电话，却关机了。这个小冤家，又玩什么把戏？嘟嘟囔囔回帐篷看电视，电视里演了什么是不知道的。思来想去难免心慌，联系了导游，导游也是跟着一通乱找，却连个人影都没有。到了凌晨三点，仍关机，人也未归。茉莉就赶紧联系小五。毕竟是他表姐，没准知晓些什么，也顾不上小五是如何度想了。小五呢，大概正睡得香，听茉莉在电话里一通乌拉乌拉，也没反应过来，半晌才闷闷地问道，你跟蔡伟，出去旅游了？你们怎么会在一起呢？

茉莉对着电话，不晓得从哪里说起。饮了口大麦茶，冰牙，颤颤巍巍地说，松花粉协会搞的活动，多个名额，蔡伟闲得很，就跟着一块来玩了。小五说了些什么，她没听清。窗外那么黑，只有不远处的雪山顶是白的，似乎伸手就能摸到。她忍不住打开窗户，风硬，吹得她晃了晃。

就这么失踪了。五天后小五陪着蔡伟的老婆去报了警。回来跟茉莉说，人不会有大事，他一个大老爷们，又比谁都精明，估计是生意上出了纰漏，跑路了。又说，你放心，你跟他的事，我不会跟任何人说。茉莉抱住了小五，浑身哆嗦。她从没觉得瘦小的小五，身子是这么暖和。又想到自己的那八十万块钱估计打了水漂，终于还是忍不住，没得声息哭了起来。小五说，有句话我不知当说不当说，你也老大不小了，别老挑三拣四，找个合适的结婚吧。我们隔壁老李，今年五十六岁，刚退休……

你他妈是咋的了？老甘看到茉莉头脸不梳不洗，整日里穿着件皱巴巴的睡衣在客厅里望着楼下，不禁骂道。骂也就骂了，茉莉也听不到。老甘说，不如我和老牛带你去市里逛逛？凤凰山上新修了座庙，不妨去烧烧香，驱驱晦气。人老了，最好信点什么才稳妥。

老牛是老甘的丈夫，上任体育老师也被老甘休掉了。据说性子暴，好动手动脚。这个老牛是镇上的主任，走起路来四平八稳，可靠得很，老婆抑郁症，去年跳河死了。茉莉呆呆地盯着老甘，觉得老牛该是她最后一任了。你有什么想不开的？老甘说，长得好，有房有车有女儿，男人也不缺，还想咋的？比我和小五的命好多了。小五呀，哎……茉莉挑起眼皮看了看老甘。老甘说，小五她男人，赌钱红了眼，挪用公款被查，跑路了。小五呀，还死撑着不离婚。这个傻女人，比驴都倔。听说前些日子，自己攒的私房钱，也都被蔡伟骗走了。哎，怎么会喜欢上这个渣男。

茉莉一愣，问道，啥？老甘讪讪地说，操，秃噜嘴了，哎，你也不是外人，说也没事，小五啊，跟蔡伟好了两年了。这事就你知我知，千万别跟别人讲。小五要是知道了，非把我剁成肉酱不可。茉莉说，你胡扯什么！蔡伟可是小五表弟。老甘瞥她一眼说，你激动个屁啊。表弟就不能跟表姐好？他们可都出五伏了。

茉莉浑身都起了鸡皮疙瘩，一个趔趄差点从高脚凳上跌落。老甘说，你们这些傻逼闺蜜啊，都不让我省心，我怎么命就这么苦。渴死我了，有水果没……茉莉就去厨房切西瓜，半晌才切好端出来，木木地递给老甘一块。老甘瞄她眼，想问什么，终是未问。两个人就面对面在客厅里啃起西瓜来，彼此能听到槽牙咀嚼瓜瓤的声响。

二〇一三年大事记

7月25日，薄熙来涉嫌受贿、贪污、滥用职权案提起公诉。

＊＊＊＊＊银河系共瑞普星上的法瑞克人决定于2138地球年进攻地球，殖民银河系最低等的单细胞动物，并将生产银河系和法塔索尔星系最昂贵的香水（据悉一瓶香水的价格将足以在宇宙尽头最奢华的觅她餐馆享受0.1光年的颞叶脑按摩）。

2017年8月25日于侨城

Part2

评论

张楚： 真正的文学议程

李敬泽

在张楚之前，我们已经走了很远。

我们的文学家——包括小说家和诗人，有一个牢不可破的信念，就是他们应该告诉大家什么是"正确"的生活。比如在20世纪50年代读小说，你就知道你必须去除你的私心，积极加入合作社；现在呢，文学不再有文件般的权威，但文学家依然热衷于给我们开会，他们注视着社会上的潮流变化，随时贯彻新的议程。20世纪80年代，据说那是文学的黄金时代，很多人至今想起来双目炯然，但我曾有机会重看了一遍那个时代的主要作品，基本感觉就是时光倒流，听一个关于如何活得合于形势的报告。

当然，文学在进步，我们对形势的理解越来越宽广，比如80年代末、90年代初，出来一个"新写实主义"，于是我们知道"历史"不重要了，"日常生活"最重要，过日子吧过日子，动员起来，把一切都变成过日子：历史、政治都成了过日子，历史小说、官场小说教你蝇营狗苟、克敌制胜，差不多就是"厚黑"秘籍；我们的生活当然本来就是过日子，是"活着"，是"欲望"，是酒吧和网络，是唱歌和桑拿，是下半身和口语，是失去工作和发了大财。

——文学从来没有像现在这样与我们亲密无间,就像酒肉朋友。它和我们一起醉了,一起发牢骚,一起盘算和期待明天的酒宴。

那些酒肉朋友,他们是我们生活中最轻松的部分,也是最虚妄的部分——我们沉溺于表象,因为表象给生活一种显而易见的形式感:时空倒错,把自己的背景弄成 30 年代的老上海是有意义的,今天在办公室施了一个小诡计也是有意义的。文学极力娇宠着我们,让我们觉得,一切都在"生活"或"时代"的名义下得到确认。

但是,在这种亲切的表情背后,文学的根本思维并未改变,一个要消灭私心的诗人和一个直指欲望的诗人并无根本不同,他们都认为这涉及如何"正确"生活的问题,都认为是在传达来自"时代"或"现实"的根本命令,在他们看来,人性和生活中没有什么真正持久的问题,有的只是不断兴替的观念、姿态、感觉和现象;他们的唯一的差别在于,前者有宏大的庄严,后者是极度的玩世不恭,但无论前者和后者,都相信一点:人是可以而且必须随时变成新人的,否则是可耻的。

于是,就有了现在这种文学:经验的表面差异具有至高无上的价值,任何一个 20 岁的作者都坚定地认为 30 岁的人不能理解他,一个自认为身在底层或高层的作者也以他的世界的封闭特性而自豪,这是一种狂热地追求差异而限于差异的文学。

而张楚,这个远在唐山的税务官,却远远地落在了后面,他信奉古老的信念:文学要向古人和今人、王子和乞丐提出同样的问题,尽管等来的是千差万别的答案。

2003 年,张楚发表了《曲别针》(《收获》第 4 期)和《草莓的冰山》(《人民文学》第 10 期)。当今很多金光闪闪的鸿篇巨制很值钱,但是没意义,而这两个短篇却是有意义的,它们为纷杂而贫乏的文学展示了一种朴素的可能性,那就是,在对差异的把握中严正追问什么是怜悯、什么是爱、什么是脆弱和忍耐、什么是罪什么是罚、什么是人之为人、什么是存在。

是的,都是老问题,是陈旧的眼光。我们乐于相信太阳底下每天都是新事,每天都得换一副眼光;但是,快速地变换眼光不过证明了我们的慌乱和轻浮,我们下意识地,甚至是处心积虑地回避真正的问题,有关人性、人的本质处境的问题。

张楚不回避,他勇敢地注视世界和人心,他没有那么幼稚浅薄,他不相信存在被先在地肯定或否定、先在地被赋予意义的生活,人的生活只能是自己的生活,也就是说,不要呼朋引类地给自己壮胆,人终归要独自面对天上的星空和地上的道德律。

于是,在《曲别针》里,一个男人在城市的雪夜中游荡,他既是商人又是艺术家,既是丈夫又是嫖客,既是慈爱的父亲又是残暴的凶手,他高贵而卑下,他在四分五裂的内在崩溃中挣扎;而《草莓的冰山》中有森冷的悲悯,这悲悯和无言、含混,和感受与表达的困难相伴而生。

这是复杂的,难以言喻,它带着血肉和呼吸扑向我们,让我们意识到在光滑而薄弱的表面下我们的内心生活多么不堪追问;这样的复杂由一个最简单的出发点获致,那就是毫不苟且地接近本质,张楚绝不会告诉你爱是没有的、仁慈是没有的、欲望是没有的、罪是没有的,他坚定地认为这一切都在,它们不是来自外面,它们就在我们的内部,来自人之为人这个坚硬的事实。我们已经不习惯如此直接地面对这个事实,我们制造大批廉价的伪意义和伪价值去偷换它或覆盖它,但张楚决心坚守在这里,从这里向生活提出自己的议程,展开他的观察、认识和想象。

——这是真正的文学议程,由此文学能够发出独特的、不可替代的声音,打动人,擦亮人的眼睛。

望远镜中的风景
——张楚小说论
李建周

张楚的小说,给人一种既熟悉又陌生的修辞可信感。这种修辞可信感并非来自故事的传奇性和事件的轰动性,而是来自作家对民众熟知生活的戏剧性处理,来自隐藏与作家内心深处的空洞感,以及这种空洞感带来的残酷的诗意。日常生活的戏剧化处理使得张楚的小说带有某种程度的先锋性。这也是很多人在私下里讨论张楚小说时经常谈到的。但是细究起来,在先锋写作已经成为文学史常识的今天,仅凭这个概念标签无法确切表述作家的真正创作内涵。那么,张楚的小说到底"先锋"在什么地方呢?在笔者看来,这个秘密隐藏在文本的结构张力和作家的情感张力之中。

一、作为"认识装置"的望远镜

初次在张楚的小说中读到望远镜,是在《七根孔雀羽毛》的开头。当"我"在阳台上向对面楼房窥探时,蓦然发现对面那个经常开着浴霸洗澡的女人,正在"裸着乳房架着一台望远镜四处鸟瞰"。这个"胖得像头刮了毛的荷兰猪"的窥视者,恰恰出现在"我"兴致勃勃的窥视中。如此精妙的一个看与被看的场景,自然让人联想到视觉文化中的权力关系。有经验的读者会不由自主猜想，这个场景很可能是作家在为之后不同寻常的情节做铺垫，可是张楚的兴奋点却很快发生了转移，这一看似别有用心的场景倏忽一闪而过，除了使"我"远离阳台之外，并没有暗藏更为隐秘的叙述动机。其实这种不经意间"浪费"的细节，在张楚的小说中还有很多，一方面可以看出作家在叙事策略上还有很大提升空间，另一方面也可看出作家捕捉日常生活细节的功力。

张楚对日常生活细节的异常敏感，很多时候不仅体现在编织故事上，而是体现在对物象的把捉上。对日常生活具体性的体悟，张楚有着诗人的敏感和精切。曲别针、长发、蜂房、孔雀羽毛、野薄荷等等，这些看起来毫不起眼的平常物象，经过作家的精心打磨，在文本中获得了自足的生命和自由的生长空间。它们或者是日常生活道具，负载着作家对个人经验的感性捕捉；或者是作为"物自体"出现在小说文本中，具有了自身的本体意义。而那些经过了作家类似现象学还原式处理的"事物"，成为文本的重要支撑点，与人物的命运发生隐秘的内在关联，同时负载了作家对自我意识的探究。进而，这些有着很真确的具体性的小道具有可能成为张楚小说的重要装置，起到关联文本结构层级的作用。在我看来，《夏朗的望远镜》中的"望远镜"，就具有这种结构性意义。对我而言，"望远镜"是进入张楚小说世界的一个重要通道。

作为《夏朗的望远镜》中的核心物象，望远镜在小说中具有某种支撑作用。小说很容易让人想到明代李渔的《夏宜楼》。我无法断定张楚是否读过《夏宜楼》，但可以肯定的是，望远镜在两部小说中同样具有支撑性作用。李渔把故事放在元朝末年，仅为极少数人所知的望远镜，在小说中成为超于世间的"神物"，在结构上成为故事发展的重要推手。偶得望远镜的书生瞿佶，跑到高山寺租下一间僧房，终日以读书登眺为名窥视大家院户，搜寻意中佳人。竟然真的在炎炎夏日发现乡绅詹笔峰的幼女娴娴的住处，并且看到众女伴趁主人午睡时一起裸身荷池戏水的香艳场景。等观察到娴娴不仅端庄貌美，而且对有伤风化的诸女教诲有方，瞿佶赶紧请媒婆说亲。因瞿佶屡次借助望远镜发现小姐的个人隐私，使得小姐惊为神仙，并坚信两人有夙世缘分，心中暗自决定非瞿佶不嫁。虽然詹父屡次推托阻拦，但终究败于望远镜的"神威"。在《夏朗的望远镜》中，先后出现三十多次的"望远镜"，不但是作品矛盾的纠结点，同样也是主人公夏朗精神生活的结穴点。

如果说李渔把望远镜的实用功能发挥到极致的话，那么张楚则把望远镜的非实用功能发挥到了极致。在西方各国用望远镜四处开拓殖民地的时候，书生瞿佶对它的中国式使用，读来不免让人唏嘘。在《夏朗的望远镜》中，那架更为高级的天文望远镜的意义，恰恰在于它的实用功能在夏朗现实生活中的"无用性"。这个关于日常生活微观政治的故事，并无大喜大悲的离奇情节，却让人看到隐藏在日常生活表象下的令人震惊的精神处境。夏朗与方雯是同一单位的公务员，一个老实厚道，一个通情达理。双方父母同样为子女辛勤操劳，算得上和谐；两家也都是县城里的"中产阶级"，算得上门当户对；两人恋爱既偶然又平常，算得上美满。但就是这样看似和谐幸福的家庭，却在上演着惊心动魄的日常生活微观权力的斗争。因方雯的父母买下的婚房，所以与小两口婚后同处一室。慢慢地，姑爷在方雯父母眼里由心头肉变成了眼中钉，于是他们对夏朗由嘘寒问暖变成处处刁难，由近乎谄媚的讨好变成满脸威严的训斥。一心想摆脱被方家控制的夏朗，想自己买房，结果还是不得不和岳父家买了对门。同时由于孩子的出生，夏朗也一直在方家"优雅的蔑视"中和岳父母居住在一起，由座上宾变成了一个真正的陌生人。"望远镜"这个在夏朗庸常生命中至关重要的精神性存在，在岳父方有礼眼里只不过是个让人"玩物丧志"的破玩具。它的"无用性"隐喻夏朗的精神追求在现实世界的无用性。这种精神生活的"无用性",正如艺术在现代社会实用意义上的"无用性"一样,成为反思现代性危机的重要切入点。

张楚在夏朗身上,设置了一个"出逃—返回"的结构,呈现出日常生活令人震惊的事实。夏朗种种抗争的失败,预示这是一个新时代"娜拉出走"的故事。夏朗这个新时代的"娜拉",终于没能逃脱家庭政治的笼罩,违心地过上了并不想过的小日子。这种妥协和无奈很像池莉《不谈爱情》中的庄建非。不过,张楚并不满足于此,于是在这个现实的逃亡结构之下,还设置了一个精神逃亡的结构。在精神压制和反抗的斗争中,那架看似无用的天文望远镜,让夏朗在几乎窒息的现实精神处境里找到了灵魂的出口。通过"望远镜"这一窗口,看到的是奇妙而又广袤的太空:一条条奇妙幽暗的星河,一片片美妙绝伦的星云,一个个色彩斑斓的星星。神奇的外太空又与一个神秘的"外星人"陈桂芬联系在一起。只有这个在"被劫持者论坛"的网友聚会中出现的神秘人物,才发现夏朗的眼睛"还是一条干净的河流,没有被酒色财气所熏染。而对于夏朗而言,陈桂芬的存在不过是一种近乎绝望的冲动。自己被日常生活团团包围,逐渐蚕食,逃无所逃,陈桂芬的存在只留下"空洞的、难言的哀伤"。

作为"窗口"的望远镜,让夏朗发现了生活的另一面。换句话说,望远镜在小说中是夏朗的"认识装置",通过它,一个高于刻板的现实生活的另一个生存空间的大幕徐徐拉开。在这个意义上,看似无用的望远镜和《夏宜楼》中的望远镜,甚至和艾特玛托夫《白轮船》、王小波《寻找无双》中的望远镜,就有了本质上的区别。这里的望远镜不单单是小说的道具,而且是启开文本深层结构的一个开关。通过这样一个"认识装置",呈现一个如梦境般虚假和飘忽的世界,从而为千疮百孔的日常生活找到一个对称域,在既承受又抗辩的结构中呈现了欣悦与酸楚的内心张力。

如果说《夏朗的望远镜》中的"望远镜"具有结构意义的话，那么在他的其他多数作品中存在同样的结构。在隐喻的意义上，张楚小说中呈现的日常生活，正像是"望远镜"中变形的"风景"。作家借助自己的"认识装置"提炼"风景"时，将日常生活进行了变焦。正如张枣《望远镜》一诗所呈现的那样，在作家的主观视距中，世界有可能缩小了，但生命景观却更为浩大。张楚在聚焦日常生活时，以极大的耐心发现时代生活的另一面，在文本结构上增加了崭新的一层。这一层是其他社会科学研究无法进入的，只能由艺术家发现和命名。这样，在叙述日常生活故事时，扩展了文本的审美空间，呈现一种更为审慎的结构和情感的张力关系。

二、结构张力："细菌"与"羽毛"

借助"望远镜"式的认识装置，张楚笔下的日常生活发生了耐人寻味的变形。这种变形在当代文学谱系中的意义是显豁的。作家将目光聚焦日常生活的具体性，曾经是80年代后期的一种小说写作策略。这一文学策略集中体现在新写实小说家身上。从文化政治的角度来看，有对抗意识形态的操控和升华的隐秘动机。问题是这一叙述指向在新写实作家那里并不是自明的。当他们将自己的笔触转向具体生活时，和内心的理想主义气质形成一种尖锐的冲突，所以流水账式的生活背后流露的是作家对自己所写生活的抵制和抗拒。在之后大量的仿写者那里，这种具体性的叙述策略滑向了简单的经验主义，甚至连基本的个人审美乌托邦都被扫除一空。在当下，面对爆炸式网络信息的现场感和时效性，日常经验书写的有效性显得十分可疑。在此背景下，张楚的探索显现出了不寻常的意义。

张楚小说呈现的日常具体性严谨精准，掺杂着细微的社会观察，以及阶层的分化而滋生的复杂心态。作家并没有仅仅满足于对日常生活细节的还原，而是对这种具体性有着某种程度的反拨与抗衡，形成一种隐秘的内在张力。小说试图呈现一种基质性的情境，将琐屑、矫饰与残酷、忧郁的东西放在一起，使得日常琐事与内心的绝望相结合，通过并置构成小说的戏剧性。借助此，张楚一方面在经验描述上精准地放大细部，显示出日常生活令人惊心动魄的一面；另一方面在不同的结构层面努力发掘探究精神救赎的可能。

张楚小说到处有令人震惊的"细部"，这些地方真实可感、精确鲜明，让人念念不忘。《七根孔雀羽毛》中李浩宇对宗建明讲的"玩具上的细菌"非常典型：

> 有谁会跟玩具过不去呢？我们这些人，不过是依附在玩具上的细菌。或者说连细菌都不如，只是一个个原子那么大的物质。外星人肯定也不是以我们通常认为的方式存在，他们可能是气体，也可能是液体，更有可能是透明的非物质。他们干吗非得以人类肉体的方式存在呢？

这个被宗建明认为是基督徒或者疯子的李浩宇，本来有着显赫的家庭背景，父亲是远近闻名的大款丁胜，自己在县城当公务员，无论是物质生活还是社会地位都有明显的优越性，但是富二代的身份并没有给他带来内心的幸福安乐。相反，精神上不断积累的伤痕使他极力渴望摆脱污浊的现实，而宁愿把心灵寄托在遥远的外太空。"宇宙恐惧症"表明其内心深深渴望心灵的依靠。他的"细菌理论"不仅是对自己生活基本状况的描述，更是对当下现实生活真相的洞察，甚至是中国走向现代过程中启蒙现代性和审美现代性自我纠缠的显影化和具象化。

在我看来，李浩宇的存在对于小说来说是非常重要的。他的"细菌理论"令人痛心地反拨了经济指标堆砌的幸福幻象。他是高歌猛进的现实逻辑的一个反面例子。他的个人经验与宏伟的现代化预设机制毫不相干。90年代以降特别是新世纪以来,幸福常常被定义为最大限度地满足人们的消费需求,然而商品对人的压抑出现了严重的社会后果,虚无主义在人们的精神世界快速蔓延。现代科技允诺的进步神话无法被具体生活中的个人有效吸收内化,反而在内心积累了大量无意义的废品,心灵深处的精神危机屡屡浮现。李浩宇的清醒显得那么触目,在人们眼里他成了异类,成了一个徘徊在时代边缘的孤独者。面对现实无法承受的压抑的苦痛,李浩宇发出了自己的追问:"细菌没了道德底线,细菌的儿子为什么还要有道德底线?"这一追问,再次印证了他有着自己"细菌的道德底线",只不过对这一底线的坚守似乎也成了无地的彷徨,让人感到其心灵体验的无告悲悯。

如果说"细菌"印证了人们在残酷的现代化进程中的无助与伤怀,那么"孔雀羽毛"则是对个人审美空间的诗意挽留。如同李浩宇的"细菌"一样,宗建明对羽毛的珍爱同样让人感到不可思议。宗建明十分小心地把那七根孔雀羽毛放在已经破了口子的、上大学时买的棕色皮箱内。与之相伴的是开胶的乒乓球球拍,散发着霉味的奖状,干掉的野花。这些物象构成一种挽歌式的回忆:"我已经忘记了这是我多少次打开它,在冬日昏暗的光线里欣赏这些羽毛了。屋子里没有开灯。羽毛色泽黯淡,密集的绒毛上长着一只沉郁的蓝眼睛。"这种个人回忆与80年代的理性主义氛围是相互交融的。张楚的作品中时不时出现对80年代的眷恋与怅惘,但是历史已经将两个时代拦腰斩断。在伯林看来,"对过去岁月的浪漫渴望,实质上是一种取消事件'无情的'逻辑性的欲望"[1]。现实的逻辑是无情的,如同被人抛弃的理想主义一样,这些宗建明个人记忆中的神圣之物,

---

[1] [英]以赛亚·伯林:《现实感:观念及其历史研究》,潘荣荣、林茂译,南京:译林出版社,2011年,第5页。

在他的同居情人李红看来不过是毫无用处的"破羽毛"。也只有在丁丁这样不懂事的小孩子眼里，羽毛才莫名其妙具有了非要得到的重要意义。而那些"懂事"的大人，已经无法看到羽毛的诗意光泽。小说中七根孔雀羽毛"无意义"的意义，一如艺术作品之于物质现实。

"细菌"同"羽毛"在小说结构上是对称的，就像李浩宇和宗建明是对称的一样。宗建明的坚守和李浩宇的彷徨形成一种对应，共同拓展了文本的精神空间。或者说，这两个人和周围的人形成一种对峙与张力，提示着小说中另一审美空间的存在。从这两个人来看，他们有着不同的生活经验，在叙述进程中又各自走向自己的反面，在文本结构上形成一种反向呼应。这种呼应的背后体现的是作家的一种询唤，对日常生活逻辑"另一面"的询唤。它不是意识形态抗辩似的"旷野呼告"，却是一种更为内在的忍耐与坚守，虽然这种坚守在遭遇冰冷的现实时往往是失败的，但是小说人物的失败恰恰促成了艺术上的成功，一种在高速飞驰的时代列车上产生的眩晕感和揪心感油然而生。

现实的残酷与内心的诗意如果纠结于一个人身上，会让人骨子里感到黑暗的虚无，这样的时代紧张感简直是难以承受的。《曲别针》中的志国，一个现实生活逻辑中司空见惯的成功者。他适应现代生活，不择手段赚钱，因欲望膨胀与妻子感情淡漠，和妓女纠缠不清。不过这个兼具商人、嫖客和杀人犯多重身份的人，却曾经是个爱写诗的文艺青年。虽然诗意的梦想逐渐被现实生活碾碎，但是他并没有完全被强大的现实逻辑所淹没。为了缓解内心的紧张和焦虑，他迷上了路易斯·裘德的曲别针艺术。由于和妓女的纠缠，他没能接到病中的女儿打来的电话。当妓女想抢走女儿送给他的水晶手链作为报酬时，对妓女的愤怒和对女儿的愧疚终于在一瞬间爆发了。掐死人后的志国，接到女儿再次打来的电话后却一句话没说，内心的紧张和纠葛也达到了可以忍受的边界。曲别针这一封闭的回环式几何图形，与志国内心的纠缠互为印证。生存困境、心灵扭曲、道德危机、良心发现等等多重时代意涵共存于一身。沉浸于欲望洪流中的志国，在心灵不堪重负的折磨下付出了死亡的代价。尽管小说的结局略显简单，但人物的内心紧张感却清晰可见。

如果没有志国的悲剧，这个厂长嫖娼的故事很可能成为一种生活轻喜剧，成为人们茶余饭后的谈资。张楚极力渲染志国嚼曲别针自杀的悲剧场景，试图寻找一种隐在的救赎的可能性。在社会矛盾激化、生存环境恶化、人欲肆虐的当下，这种审美乌托邦显示出自身可贵的一面。作家对人物命运的悲剧性处理，背后隐含的是当下人和自己的物质世界之间的矛盾。在当代工业社会对人的控制和高压之下，探索个人在审美方面消除压抑的自由空间的可能性成为现代艺术应有之义。个人审美乌托邦不是以构想美好的社会理想为特征，而是从个人理想出发，试图维护人的自然属性和拯救人性。它可以冷静测量理想与现实的距离，也可以自由拉近幻想世界与现实世界的距离。虽然张楚并没有刻意强调个人审美乌托邦，但文本结构上有意进行了探索，试图在乌托邦和反乌托邦之间建构某种张力的平衡。在乌托邦审美救赎被无限推延的时代，这一做法显得尤为可贵。

文学解决现实的能力是有限的，让文学回到文学，这其实也是当代作家的一个隐秘的叙事传统。对于小说艺术来说，试图以喧闹吼叫凸现自身价值仅仅是自欺欺人的艺术幻觉而已。对于时代夹缝中溢出的"不可推脱的恐惧"，文学的精神意义恰恰在于对恐惧的反驳和拒斥。比起精神的超脱和升华，张楚更愿意直面那些直逼现实的精神困境，挽留住生活的尴尬和问题，而不肯轻飘飘地滑过去。张楚有意将生存场景与背后的多重精神幕布进行深层勾连，在沉静下来的情感模糊地带勘探真正的精神密码，因为精神变得过分清晰的时候，恰恰是精确的算计取代了复杂的情感。

三、"风景"的冷与热

"望远镜"中变形的"风景"是有温度的，这一温度负载着作家的自我意识及其美学评判。张楚小说呈现的日常生活"风景"，多是处于乡村和都市两个极端之间的小城镇，这里几乎集中了当代中国的社会综合症。作家描摹"风景"时，不经意间会透露出民众秘而不宣的内心风景。当张楚以一种波澜不惊、从容不迫的语调叙述时，还是能让人很容易感到"风景"背后作家温暖隐痛的内心情感。读者在"风景"中蓦然发现作家的心灵投影，在严峻的生活背后感到一种忧伤的抚慰。风景之冷和内心之暖的对比，预示着作家强烈的内心挣扎。隐藏在"风景"背后的作家自我意识的纠缠给文本带来令人震惊的戏剧性。

在张楚的小说中，文本表面呈现的是一幅幅"冷风景"。在阴霾笼罩的华北平原，在处于乡村和城市之间的小城镇上，从街头到家庭，从工地到工厂，从酒吧到网吧，只要深入人物内心，就会发现一种沉浸在时代喧嚣背后的不安和焦虑。这从普通民众时时显露出来的戾气中可见一斑。冰冷的现实以及人们各自的生命轨迹交错混杂。底层民众的内心生活与精神疑难，被各种形形色色的叙事不断删改和编纂，每一种叙事背后都是一种或宏大或微观的权力关系。只要稍微留意从各种叙事的缝隙流露出来的真实的侧影，就会发现当下生存境遇的严峻和精神的大面积溃败。这一斑驳的现实图景在《地下室》中以一个梦境的形式出现：

> 梦里有个肮脏的地下室，几条鱼穿着蓝色竖条西装，正襟危坐在豪华的餐桌前，手里拿着银制刀叉，有板有眼地吃餐具里的水草、莲花、浮萍、盖子虫、水蚊、蝌蚪、蜉蝣或者水蛭。它们吃得香甜沉迷。后来水草吃完了，莲花吃完了，盖子虫也

吃完了，它们就把镶着蓝色花纹的光洁盘子塞进嘴里，同时发出牙齿咀嚼瓷器的"嘎嘣嘎嘣"的脆响。

在这样一个画面感十足的装饰性场景中，张楚为自己笔下的"冷风景"画了一幅肖像，成为一个时代的缩影和寓言。阴暗的地下室里，既堆砌着大白菜、红薯、破鞋烂碗、老鼠药等等杂物，同时也是欲望与偷情、悲愤与忏悔轮番上演的场所。在全亚洲最大的钢锹生产基地寰村，虽然家家户户都开奔驰，但人们的生活境遇却并没有因为财富的积累而有所改观，依旧是低矮的平房，泥泞的乡土路，被浓烟熏染的天空。更可怕的是小镇人内心的龌龊与焦躁，贫瘠和悲凉。北京人小柔以一个外来人的眼光，看到了平静生活外表下的破旧与丑陋，看到了表面上的欣欣向荣和内里的破败不堪。小说借叙述人之口写到："一个人在一个地方待得太久，会一点点腐烂，即便不腐烂，身上也会长满绿色的老苔藓。"小镇上的人无法像小柔那样可以随便离开，只能在掺杂着恐惧和噩梦的"冷风景"中无望地生活，默默地承受。

这样的"冷风景"几乎贯穿张楚大多数小说。经济的飞速发展，现实的快速变化，似乎与这些人的关系并不太大。《长发》中的国有手套厂的女工王晓丽，四个月领不到工资却坚持每天骑十里路自行车上班，坚持在午夜的车间里嚼搪瓷缸里的剩咸菜和凉馒头。这种坚韧丝毫不能改变她的境遇，当她因想要孩子与结婚六年性无能的丈夫离婚后，发现自己一无所有。为了给即将结婚的男友买一辆二手摩托车，她不惜卖掉自己唯一值得骄傲的长发，又遭遇买发南方人的强暴。她唯一可以托付的男友小孟，却和前妻保持着不正当关系。更加令人痛心的是她的精神困境，在几乎陷入了绝境的时候，却发现根本没有一个人能给自己安稳，无论是两个姐姐、患脑溢血瘫痪的父亲，还是前夫、男友小孟。外甥女的一句"一个和我说话的人都没了"，恰恰道出了王小丽的伤痛之深。《刹那记》中的樱桃，一个只有三个手指的丑姑娘，在母亲的情感阴影中顽强地活着，唯一的女友刘若英不断奚落和利用她，唯一惦念的男友罗小军一直追打和羞辱她。被强奸却连真相都没有人可以诉说。即使九十多岁的老人，也无法逃脱步步紧逼的"冷风景"："苏玉美缓缓坐进铲车里。她那么小，那么瘦，坐在里面，就像是铲车随便从哪里铲出一个衰老皮肤皲裂的塑料娃娃。这个老塑料娃娃望了望众人，然后，将老虎鞋放到离眼睛不到一寸远的地方，舔了舔食指上亮闪闪的顶针，一针针、一针针地绣起来。"这是《老娘子》中出现的令人震惊的场景，坚持要给曾孙做虎头鞋的老太太，面对拆迁的铲车却稳如泰山，不动声色抗衡拆迁者的蛮横和霸道。张楚小说中像羔羊一样忍受煎熬的底层民众，一直默默地咬牙在夹缝中生存。这些"冷风景"是普通民众真实的生活境遇的历史见证，同时也是他们心灵伤痛的无望呼告。

在一路高歌猛进的现代化高速公路上，很容易忽视道路两旁那些灰烬般的底层人群。他们常常要面对的精神的溃败与物质的匮乏，他们想尽办法逃离却一次次陷入困境，他们有的用谎言来与现实困境抗衡，他们有的苦中作乐以期谋求一点点生存空间。对于关注底层生活景况的人来说，这样的现实图景并不陌生。值得注意的是，这些地下室式的"冷风景"，在张楚小说中并不是用来展示的，这使得张楚的小说和底层叙事区分了开来。张楚虽然写到底层，但是并不愿意刻意展示底层的伤口，也无心像经典现实主义作家那样，为时代提供历史精确性的模拟图景。作家意识到历史的精确或准确并不能保证小说的品质，艺术真实有着更高的要求，所以试图把小说的真实提升到生存的普遍性的层面，并与具体个人的个性生活融为一体。与模仿或复制现实相比，张楚的小说更像一个象征世界，通过对日常生活忧郁感伤的体验，深入到多重人性的暗道，为人们提供思考当下精神处境的契机。

同样是地下室式的"冷风景",安德烈耶夫的《在地下室里》探讨了救赎的可能。一无所有的希日尼亚科夫生活于令人毛骨悚然的死神的注视中,荒诞可怕的恶梦和强烈的内心痛苦交织在一起。娜塔丽雅,一个没有出嫁的姑娘手里抱着出生才六天的婴儿,独自行走在刮着彻骨寒风的冰天雪地里,却不知道自己唯一可去投靠的妓女姐姐卡佳刚刚去世。然而正是在这样绝望的令人窒息的场景中,女房东玛特莲娜老太太接下了娜塔丽雅的孩子,给婴儿洗澡时孩子的哭声使得整个世界都变了。无论是小偷、妓女,还是孤独者、垂死者全都伸长脖子,脸上焕发出惊讶、幸福、灿烂的笑容。这个脆弱的小生命像草原上的一星火光,逐渐照亮了人们内心仅存的希望,就连垂死的希日尼亚科夫也获得了新生,"破碎的胸膛里滚起热泪的新浪花"。这并不是作家的天真烂漫,也不是简单的理想主义,而是文学中发生的"事实"。在有着浓郁宗教背景的俄罗斯,故事中的婴儿恰如隐身的上帝,负载着救赎的希望和信仰的力量。

在没有严格宗教背景的当下中国,张楚不会像安德烈耶夫那样处理作品。尽管张楚对自己笔下的"冷风景"有着不满,但却并没有直截了当给人救赎的力量。在书写自己并不愿意看到的"冷风景"的时候,与之对话和抗争就成为张楚的必然选择。张楚的对话姿态不是横眉冷对,有时候更像一个天真的大孩子,让"冷风景"发出淡淡的诗意的光泽。看似"弱"的回应,却显示了更为内在的坚忍和耐心。张楚当然知道这样处理是"弱"的,但是正如上帝之爱的"弱"一样,尽管是微茫的,但却是作为时代良心的作家不得不真正面对的。于是,就有了《大象》中温暖的双线结构:孙志刚夫妇寻找救助过患病养女孙明净的恩人,病友劳晨刚帮助孙明净寻找生父母,就有了《刹那记》结尾的七星瓢虫,《地下室》中突然出现的凤尾蝶,《细嗓门》中不断闪现的粉红色乌鸦,《七根孔雀羽毛》中反复渲染的长着眼睛的"羽毛"。这种诗意的光泽渐渐开始照亮地下室式的"冷风景"。或者说,它们和地下室式的"冷风景"构成一种结构上的对话。

在柄谷行人看来,作品中的风景是和作家孤独的内心状态紧密联系在一起的。可见,风景不是自在的,对风景的发现和描摹与作家的对内心的强烈关注是同时发生的,所以内心生活越是繁复和纠结,越有可能发现别人不能发现的风景。这样,风景也就成了现实的一部分:"我们称之为'现实'者,已经成了内在化的风景,也即是'自我意识'。"在这个意义上,张楚小说中有两个风景:外在的"冷风景"和内在的"热风景"。而"风景"的冷热正是张楚自我意识的两面。尽管希望是微茫的,但是作家并没有放弃在内心深处以审美之热抗衡现实之冷。

张楚观察世界的眼光和情绪,决定了小说如话家常式的叙述语调。和先锋小说非人格化的叙述语调相比,张楚的小说对读者没有强烈的压迫感,作者与读者的情感交流是充分的和内在的。这种忧郁唯美、敏感羞涩的内敛气质被张楚自谓"傻乎乎的抒情性"。这与作家身处中间状态的小城可能有一定关系。或者说张楚为小城书写找到了与自己精神状态对称的恰当语调。在先锋作家笔下,非理性行为在人物面临绝境时经常会被放纵,进行充满恐惧感和荒诞感的实验,这种实验在当下的现实情境中,很容易演变成新的苦难奇观和酷烈表演。同时,日常琐碎生活书写中世俗形象持续发酵,小说中人物成为欲望的符号和化身。作家往往仅仅拘泥于现实经验或感官感受,对之进行直接的演绎书写,将深层的心灵悸动悬置。这两种叙事策略在张楚身上,开始保持一种微妙的平衡。

在这个不断被物化的社会,人对自我的认识在不断丧失。张楚小说对新的生存情境和情感状态的描绘显得十分可贵。小说中屡屡出现的对于看似"无用"事物的热爱,其神秘性意味着拒绝理性逻辑的解释。在放慢了文本实验的同时,张楚有意对生活保持了恰当的克制与忍耐,并试图寻找冷酷后面的悲悯,阴影背后的温暖。自我意识中暖色调的存在,使得张楚的小说有着内在的理想主义气质,但这种理想建基于对当下生存"冷风景"的洞察之上,并且在"冷"与"热"的强烈对比中,呈现一种忧伤的紧张感。

以文学的方式看世界
——读张楚《野象小姐》

贺绍俊

为张楚的小说写评论总让我犹疑不决,因为要找到评说的路径是比较困难的。这并不是我一个人的看法。李敬泽在讨论河北的四位作家时就说道:"他(张楚)的小说,很多人看出了好。但十几年来,他从未被充分地评说和阐释。""当我们还没有一套体贴细致地分析人的内心生活和复杂经验的批评话语时,张楚的小说就只能是被感知,然后被搁置。"我不敢说我已经有了一套阐释张楚小说的批评话语,但我不愿掩饰我对张楚小说的欣赏,而且尤其欣赏张楚的特别之处,因为他的特别,你很难把他的小说与各种类型的小说对应起来。也许正是这种特别之处,确定了张楚小说的价值。那么,即使我们觉得还没有一套合适的批评话语,也不妨碍我们先把他的特别之处指出来。我甚至认为,从特别之处入手,恐怕就会寻找到与他的小说相匹配的批评话语。

张楚的小说多半是写他生活的小城镇,因此也有人称他的小说是小镇小说。小城镇的确给张楚带来了幸运的东西,这种幸运倒不是小镇的生活和小镇的人物,而是小镇的文化语境。我们处在一个全球化的时代,城乡冲突成为社会普遍的矛盾,城市和乡村作为两极,都处在现代性大潮的风口浪尖。而小城镇就像是一个中间地带,张楚处在这样的中间地带,便可以使自己更加冷静,不至于被时尚所缠绕,也不至于为功利而焦躁。当然,并不是凡生活在小镇上的作家都能保持这种心态,一个作家如果很在意时尚和功利的话,即使是生活在世外桃源,也会感到焦躁不安的。张楚却能够保持冷静的姿态,从而可以充分利用起中间地带的优越性,这多少还与他至今仍是一名业余作家而且他满足于业余作家的状态是有关系的。要知道,张楚是一名普通的公务员,也许最初是爱好文学,便在业余时间尝试着写小说,如今他写小说有了影响,但他仍是一名公务员。要知道,中国有一个强大的文学体制,大多数很有前景的业余作家都被吸纳到了这个体制内,成为了专业或准专业的作家。一般来说,作家们希望自己成为专业作家,可以把全部心思都放在文学上,但专业作家难免受到体制思维的影响,无形中改变了自己的文学追求。一个专业作家,会把文学当成一种事业;而一个业余作家,更会把文学当成自己的生活方式以及精神存在的方式。张楚就是这样一位业余作家。也就是说,他从公务员的生活中并不能获得精神的满足,于是他给自己开辟了一个文学的天地。他在一篇小说中写到一名公务员,这个公务员有着别样的精神生活,他形容这是一名"有个性的公务员"。我觉得"有个性的公务员"完全是张楚的自我画像。他的个性体现在他的精神与他的生活并不重叠,他的精神寄寓在文学里面,这必然带来他的孤独感。我从他的小说中能够感受到这种孤独,这是一种高贵的孤独。这不禁使我想起了卡夫卡,卡夫卡不也是一名小小的公务员吗?卡夫卡当然也是一名业余作家,而且卡夫卡未尝不是因为孤独而写作的。或许张楚的写作与卡夫卡有某种相似之处,但两位业余作家的孤独感所生成的文学却不一样。卡夫卡的孤独感带来的是一种绝望,而张楚的孤独感带来的是超脱、澄澈和纯净。这显然与两位作家对世界的看法不一样有关。说到底,小说其实是作家表达他对世界的看法的方式。

我非常欣赏张楚的短篇小说，就因为他在创作中努力寻找到了自己的文学方式，坚持以文学的方式看世界。他曾说过他是把文学作为宗教来对待的，因此他的文学方式更倾向于纯粹性。张楚的写作让我想起一个争论不休的话题：纯文学。有人极力鼓吹纯文学，有人驳斥说从来没有纯文学，因为文学的内容总是关乎社会、关乎人性的。我认为纯文学应该有，但纯文学不是沙龙中的咖啡和鸡尾酒。张楚的小说绝对不是咖啡和鸡尾酒，他写的是底层生活，写的是小人物。然而张楚是以纯粹的文学方式去处理底层生活和小人物的，因此，他的小说就有了纯文学的品质。有人在评论张楚的小说时感到难以归类，他的小说分明是写底层生活，却明显不同于所谓的底层写作；分明写了小人物的苦难生活，却明显不同于苦难书写。这就在于，他是以文学的方式去书写底层生活，去体验小人物的。如果以张楚的小说为例，来回答什么是纯文学，那么就可以说，纯文学就是日常生活中的一支曲别针，是阳台上可以看见星空的天文望远镜，也是嚼碎后可以止疼的出租房院子里自然生长的野薄荷。《曲别针》和《夏朗的望远镜》都是张楚的代表作，曲别针和天文望远镜在这两篇小说里作为一种文学意象，起到了一种提纯的作用。《野薄荷》(《江南》2013年第1期) 中的野薄荷同样如此。《野薄荷》写了一个误入歧途的女孩苏芸，她在步行街上站柜台，因为心肠热，成为步行街上最有人缘的一个人。她的人缘后来却被男人利用，她变成了一个拉皮条的人，终于她伤害到了她的好朋友丽梅。她以为躲避几天就能解决问题，最终她遭到了丽梅的报复，丽梅找人在她的额头上纹了一只母鸡。作者的叙述既不是道德化的，也不是社会性的。他写了人与人之间的纠葛，最后让野薄荷的意象覆盖一切，侉子老婆将薄荷叶嚼碎涂抹在苏芸的额头上，她似乎就不那么痛了——是的，一个好的文学意象也是能够止疼的。

《野象小姐》典型地体现了张楚小说的纯文学品质。小说发表在2014年第1期的《人民文学》上。这篇小说写的自然也是小镇上的生活和人物。小说的场景是医院的一个病房。病房里住着几位患有乳腺癌的病人，她们一起接受治疗，也成了朋友。但她们还不是小说的主角，主角是医院里的一名清洁工，她"走起路来仿佛一头杂技团的慵懒大象"，因此她们都叫她野象。野象努力讨这个病房里的女人们喜欢，这是她讨生活的重要方式。她想尽可能多挣几个钱，比如她借清洁工的方便到处搜集矿泉水瓶。野象是一个很有个性的文学形象，张楚在他的调色板上调配出最丰富的色彩，要把这个形象描绘得无比生动。她爽朗、乐观，有些粗野，却不乏女性的心细；她的嘴很甜，却不让人生厌；她显得俗气，却在该文艺的时候也文艺，该浪漫的时候也浪漫；她很现实，但她内心同样藏着梦想，更重要的是，她的经历也许就是一本书，有悲伤，有痛苦，有激情，有辛酸，但张楚并没有把这一切呈现出来，他只是掀开一个角，让我们发现里面藏着这么多的东西。张楚是在野象小姐请"我"吃牛排的时候掀开这个角的，这时候我们才发现野象小姐还有一个坐在轮椅上的傻儿子，野象只说了两句话，一句是"他没有父亲"，一句是"为了他，我什么苦都吃过"。这两句话就把一切都概括进来了。毫无疑问，野象小姐这个人物的丰富性是足够作家来挖掘的，可以从伦理道德的角度，也可以从社会批判的角度。但张楚忽略了这个人物的道德内涵和社会内涵，他看到的是这个人物的性格组合的丰富性，这种丰富性显示了生命的无限可能性。或许张楚的灵感就是从"野象小姐"这个意象触发的。野象给人们的印象是一个庞然大物，是粗壮的、野蛮的；小姐给人们的印象则恰恰相反，应该是纤弱的、乖巧的。将二者组合起来竟成了一个奇异的文学意象。这个文学意象还衍化出人物上的对比性设计：野象小姐耸着巨乳，而她清洁的病房里都是被割掉乳房的女人。乳房对于女人来说其重要性不言而喻，这样的对比性设计可以引发读者很多遐想。因为野象小姐虽然耸着巨乳，她的生活却失去了女性的色彩；病房里的女人们失去了最具女人味的乳房，仍摆脱不了女性的生活烦恼。这里面包含着多少社会问题、道德问题，但张楚只是点到为此，他给读者留下想象的空间。这便是文学的方式。在张楚看来，社会问题也好，道德问题也好，都比不上一个生动的文学形象更重要。张楚喜爱野象小姐这个人物，他要把他的喜爱传达给我们，这就是他写这篇小说的理由。我们从小说中获得一个非常可爱的人物有什么作用呢？张楚在小说的结尾告诉了人们。结尾是"我"在电视上看到了野象小姐在做痛风广告，"一个花枝招展的胖女人""犹如一头灰扑扑的大象在音乐声中滑稽地起舞，舞着舞着她忍不住咧开大嘴笑了一下"。然后，小说主人公很郑重地说："那是我漫长、卑微、琐碎的一生中看到过的最动人的笑容。"这句话翻译过来应该是：每一个成功的文学人物形象，都是我们在凡俗生活里遭遇不到的"最动人的笑容"。

张楚的轻与重
——从《七根孔雀羽毛》谈起

刘 涛

若循名责实,张楚合该是位楚楚动人的江南美女,不料他却是一个身高近八尺的燕赵壮汉。好在张楚的声音确实温柔,常常挂在嘴边的是一句"某某可好了","可"字发得悠扬而婉转,还有些楚楚可怜之意,与名字尚能配上。这些年,张楚尽管小说写得不多,但也一直不断,每有新作皆让人惊喜不已。迄今,张楚已然成为70后作家中的翘楚。

张楚的小说轻与重之间搭配得近乎完美,他不是一味地轻,轻到虚空之中,也不是纯粹地重,重得让人艰于呼吸。张楚的小说读来很重,压抑而又沉痛,仿佛有千钧之力压在心头;但是又很轻,他的小说飞扬,飞扬,引领人上升。张楚能做到举重若轻,他四两拨千斤,以轻柔表演着沉重,以沉重衬托着轻柔。生命不能承受太轻,人毕竟有向上的一面("孔雀羽毛"的一面);但也不能承受太重,因为人也有向下的一面("地下室"的一面)。太轻,人就飘忽了,也就失去了根基;太重,人难以负担,很容易就被压垮掉了。合理地安排轻与重,合理地安排"孔雀羽毛"一面与"地下室"一面,人的轻与重、身体与灵魂、神性与兽性才能各得其所,如此小说也就能沉郁但不失轻灵。

小说一度被弄得很重,"小"说遽然变成了庞然大物,梁启超的《新中国未来记》真是大而无当了,首先就写了一个万国来朝的大场面,叹未曾有。从此,"街谈巷语"的小说就担当了"新民"大任,成为了时代的公共体裁,流风余韵一直延续到今天,还是让部分国人心醉不已。自此之后,小说与政治紧密地、直接地捆绑在一起,一度甚至沦为政治的注脚,政治每有新动向,小说往往最先做出反应,迅速跟上。80年代末、90年代初兴起的新写实小说,似乎是掀翻重来,不再触及重与大的题材,只写日常生活,只触及鸡毛蒜皮,小说真是变轻变小了。其实,这也是针对政治做出的反应,因为自此之后,中国的日常生活全面去政治化,于是诸多小说家闻风而动,蜂拥而上,吃喝拉撒睡逐渐成了新的"重大题材"。美学界也难耐诱惑,于是"日常生活审美化"也轰轰烈烈地讨论了很久。

张楚的小说不同于梁启超的"大说",但并不因此显得轻;张楚的小说也不同于新写实之轻,但也不因此就显得笨重。张楚的轻与重与此不同,他从不引"重大体裁"以为重或者轻。对于轻与重,张楚有自己独特的理解,他在这个轻而又轻的时代追问着重;对于如何表达轻与重,他也匠心独运,以反为正,轻也可以重,重也可以轻。

《七根孔雀羽毛》是典型的"张楚体",这篇小说发表于2011年《收获》第1期,小说一出就好评如潮,亦被许多选刊转载。其实,在此之前张楚曾写过另外一篇小说《地下室》,发表于2008年《山花》14期,两篇小说存在着很多相似,甚至相同之处。只是《七根孔雀羽毛》视角一变,情节也与《地下室》不尽相同。张楚自述道:"可能觉得宗建明这个人没写透,没写活,还有话说,于是两年后有了这篇《七根孔雀羽毛》。"由此可见,写完《地下室》张楚意犹未尽,于是接着那些情节和人物,又写了《七根孔雀羽毛》。对张楚而言,这也有先例,他写完《樱桃记》之后尚有余力,于是又接着写了《刹那记》。这两个系列不同之处在于:《刹那记》之于《樱桃记》

是接着写,《刹那记》可谓《樱桃记》之续篇,两篇小说前后有承接关系,因此两者可合二为一,构成一篇更长的小说;《七根孔雀羽毛》之于《地下室》尽管也是接着写,写了宗建明离婚之后所发生的事,但很多情节都已经改写,甚至近乎重写,人物亦或进或退,不尽相同。通观这两篇小说,除视角、人物与情节的差别之外,关键之处在于:二者基调亦不同,《地下室》往下走,偏于阴,而且阴气过重;《七根孔雀羽毛》往上走,阴中有阳,阴阳平衡。《地下室》太重,一派肃杀之气;《七根孔雀羽毛》则举重若轻,虽然寒冷却时时透露出春光。

"地下室"这个意象天然就与阴沉、阴森、阴暗、阴郁、不光彩、见不得人等意象相关。不独张楚如此,很多作家都写过"地下"这个意象,基本上都保持了这样的基调。阎连科的《坚硬如水》,也写"地下","地下"属阴,高爱军和夏红梅在地上"革命",在地下做爱,且似乎做爱是革命的基础,阎连科就写了这样一个故事,以"地下"解构地上,以欲望解构"革命",以阴解构阳。刘亮程的《凿空》大体也是如此,只是刘亮程的"地下"主要指人的经济欲望,人在资本的驱使下将大地"凿空"。《地下室》讲的那个故事本身就很沉重,过于阴郁,近乎暗无天日;《地下室》中的主要人物皆如同"地下室"一般阴沉、阴暗,他们唯有身体,没有灵魂。一言以蔽之,《地下室》这篇小说密不透风,其中几乎没有光,太过于压抑。

《地下室》充满了纠结与矛盾,矛盾不得化解,人物郁郁不得舒展。《地下室》以"我"(马文)为视角,主要写宗建明与曹书娟之间的恩怨与纠葛,次一级则写了宗建明与殷小柔之间,曹书娟与郭六之间,马文与宗建明和殷小柔之间的纠葛,真是一团乱麻,剪不断,理还乱。宗建明与曹书娟从高中就恋爱,之后顺理成章地结婚,两人经历了诸多危机、苦难,一步步走过来,经济条件逐渐转好之时，感情却出现了危机，曹书娟傍上了大款郭六。《地下室》中几乎没有正常的人，主要人物都被其阴暗面统治着，活在欲望和身体之中。殷小柔神经兮兮，卖掉自己的咖啡馆，从北京跑到这个小镇上，并且莫名其妙地喜欢上宗建明，并拐走其女儿；"我"则无事忙，颓丧、消极，对于生活和工作皆无热情。《地下室》中的疙瘩一直没有解开，因果非但没有化解，反而错上加错，因此矛盾在最后都诉诸更黑暗的手段。小说结尾一幕极其恐怖，曹书娟被宗建明囚禁在地下室，小说这样写道："她披头散发，嘴里塞团脏兮兮的棉布，双臂反绑，两腿蜷缩，套着棉袜子的脚踝不时抽搐两下。她显然是在熟睡，而且在睡梦中噩梦连连。"

这就是张楚之"重"，尽管他写的都是小人物和日常生活，但是他有大的关怀。张楚写出了现代人生活之轻，唯有欲望和身体，没有灵魂和精神。经济发展了，但世界变得荒谬了，人也可能因此就堕落了。幸福与经济发展未必成正比，幸福除了欲望之外，还要关乎灵魂，可是现代人丢失了灵魂。于此，张楚痛心疾首，随之，他以沉重之笔写出了现代人"地下室"一般的生活状况，只是张楚的《地下室》以沉重写沉重。

《七根孔雀羽毛》叙述视角一变，宗建明直接出场，成为叙述者且身兼主要人物；《地下室》中的叙述者马文退场，他仅在开篇一闪，然后迅速地消失；另外一个人物康捷出场，成为贯穿全文并疏通关节的重要人物。《地下室》写了宗建明与曹书娟离婚之前的故事，《七根孔雀羽毛》则写了他们离婚之后的故事。离婚之后，宗建明不务正业，日夜豪赌，财产荡然无存。其间，宗建明几经更换情人，戒赌之后，则开始与李红同居。《七根孔雀羽毛》一如《地下室》，还是充满了纠结与疙瘩。宗建明与曹书娟之间因为儿子小虎重新挑起了矛盾，由此牵一发而动全身，于是又有了宗建明与李红之间，宗建明与丁盛之间的矛盾。除此之外，小说还穿插了丁盛和其儿子李浩宇之间的矛盾，作者巧于构思，通过康捷，将这两个本来互不相干的矛盾交织在了一起，宗建明参与了杀害丁盛一案。如此一来，整篇小说情节更为紧凑，故事的悬疑之色也增添不少。文中的主要人物依然都有问题，老人物依旧如此，新出场的人物，诸如康捷、李浩宇、丁丁也都各有问题。康捷，一个小老板，日夜为钱财奔波；李浩宇，一个基督徒，但是信仰亦不能解决他的问题，终于做了"突破道德底线"之事；丁丁，一个小孩子，但却患了自闭症。他们都被阴郁主宰了命运，过着"地下室"一般的生活。

从《地下室》到《七根孔雀羽毛》，小说的主题基本未变。关于这篇小说，张楚有一句话说得极好，这句话也能见出其创作小说的用心——"他们如此热爱物质、热爱机械、热爱权色，他们从来不会停下脚步，等一等自己的灵魂……"这就是张楚小说之重，他要在轻的生活中寻找重，要在人的肉体之外呼唤灵魂。

《地下室》到《七根孔雀羽毛》尽管主题几乎未变，但基调一变，小说的主要意象从"地下室"变为"孔雀羽毛"，两部小说相应就呈现出极为不同的风貌。"地下室"这个意象就为《地下室》这篇小说奠定了基调；"七根孔雀羽毛"这个意象则为《七根孔雀羽毛》定了基调。"七根孔雀羽毛"在小说中出现次数不多，于情节和故事似乎也无足轻重，但"七根孔雀羽毛"却如同宗建明的命根子，他从大学珍藏至今，也一直不舍得送给丁丁。仿佛张楚也只是随手那么一提，但这近似闲笔的"七根孔雀羽毛"却是神来之笔，有无这"七根孔雀羽毛"对于这篇小说而言至关重要。"七根"云云，可以配上七日来复，事情尽管已经糟糕得一塌糊涂，但在"复"中转机与生机已经隐约可见；"孔雀羽毛"则是上升之物，"羽毛"与上出、上进、进步、飞翔有关，这关乎灵魂，所以《庄子》以《逍遥游》为始，《逍遥游》以大鹏高飞为始。肉体则与"地下室"

有关,没有灵魂的肉体就会下降、沉沦、堕落。有了这"七根孔雀羽毛",黑暗的世界就透露出光明,死气沉沉中也焕发出生机,兽性之中就隐约跳动着神性;就小说技巧而言,有了这七根孔雀羽毛,张楚就能举重若轻,其重就以轻的方式表达了出来。"七根孔雀羽毛"也如同一缕阳光,照破了"地下室"的黑暗,小说尽管写了丁盛被谋害,宗建明被捕入狱(监狱也可谓"地下室"这个意象之变),似乎情况已经坏到了极点,但是小说结尾却已是大放光明——"中午的阳光透过铁栏杆射进来,在肮脏的地板上打着形状不一的亮格子,不计其数的灰尘在光柱里安静地跳舞。那一刻,我谁都没想,我谁都想不起来了。我只知道,阳光躺在眼皮上,太他妈舒服了。"

张楚懂得这些,他也一直这么在写,只是意象会随着具体的小说有所变化而已,由此他也找到了自己的写作道路,形成了自己独特的小说风格。"七根孔雀羽毛"如同"曲别针""U形公路""蜂房""长发"等意象,都是举重若轻,将重如泰山的问题随手化掉,这是典型的张楚小说。在这些小说当中,主人公都各有问题,都不幸福,都在矛盾中挣扎,都被"地下室"主宰,但那些"孔雀羽毛"和"曲别针"们却闪烁着光芒和希望,引人上升。比如《曲别针》,这篇小说就是将这两种矛盾巧妙地体现于一个人身上,诚如李敬泽所总结的——"在《曲别针》里,一个男人在城市的雪夜中游荡,他既是商人又是艺术家,既是丈夫又是嫖客,既是慈爱的父亲又是残暴的凶手,他高贵而卑下,他在四分五裂的内在崩溃中挣扎。"艺术家、丈夫、慈爱的父亲这一面与"曲别针"有关,"曲别针"尽管迂回曲折,但尚可重塑,志国曾经的理想、高贵、上进都凝聚于曲别针之中。张楚在追问:艺术家怎么就变成了商人,丈夫如何变成了嫖客,慈爱的父亲为何变成了残暴的凶手,高贵的人为什么变得如此卑下?这就是张楚之重,但是他将这些都浓缩进了"曲别针"

这么一个轻柔的意象之中。

  张楚说，他这是"一个人杞人忧天"，这很好。小说家要有"忧天"的气魄，否则只写具体人物和小场景终是显得小气，"忧天"云云就是要对时代的根本问题常怀忧虑。张楚看出一个时代的问题，他忧心忡忡，以小说呐喊，这就是其重；他或许恐怕我们不能承受如此之重，于是化重为轻，以"七根孔雀羽毛""曲别针"这些轻柔的、上升的意象来表达重。如此，在张楚的小说中，轻与重，阴与阳达到了完美的结合与平衡。

小说的"宇宙"：地方风景与认识装置
——论张楚小说的叙事美学

林培源

进入中国当代文坛之前，张楚是个文学的局外人（河北滦南县的一名税务员），近年来他调至作协系统成为专业作家，又在中国人民大学接受"创造性写作"训练，毕业的同一年推出小说集《中年妇女恋爱史》，目前针对张楚的研究和批评已有不少，但正如有论者所言，张楚笔下的人物"不是中层也不是高层，他写的不是未来也不是过去；但是，在平原尽头的城市中，那些孤独的男女，他们在人世间的爱欲、苦痛和软弱，似乎真是放不进关于底层或现实的通行批评话语里"。"通行的批评话语"指向当代文学中的底层叙事和现实主义的传统，而近年有关张楚小说的综合性研究，基本上围绕以下几个维度展开：作家个人与 70 后整体关系的研究、小说与当代社会的关系、现实与虚构的"轻重"关系、小说的结构张力与情感张力、创作谱系的变化、生命伦理的叙事等。[①] 但鲜有人关注张楚小

[①] 按发表的先后顺序，关于张楚小说的较有代表性的综合论述包括：张学昕、李壮飞：《张楚创作论》，《辽宁师范大学学报（社会科学版）》2015 年第 3 期；李建周：《张楚小说论》，《小说评论》2016 年第 5 期；程德培：《要对夜晚充满激情——张楚小说创作二十年论》，《上海文化》2017 年第 3 期；郭君臣：《张楚的小城和宇宙》，《上海文化》2017 年第 3 期；宋夜雨："轻之沉重"与"沉重之轻"，《新文学评论》2017 年第 3 期；荀羽琨、周国栋：《生命残缺处的美学建构——张楚小说创作论》，《小说评论》2019 年第 1 期；张翼：《"大时代"的同路人与独行者——张楚创作论》，《小说评论》2019 年第 1 期等。

说的"世界文学"色彩,张楚尤其钟爱约翰·契弗(John Cheever)、理查德·福特(Richard Ford)、雷蒙德·卡佛(Raymond Carver)、蒂姆·高特罗(Tim Gautreaux)等美国当代小说家——其中前三位系"肮脏现实主义"[①]的代表,他们书写日常生活的庸常一面,塑造了大批美国当代社会的边缘群体和失落男女,张楚曾在随笔中对这些作家做出独到的分析。[②] 当然,张楚绝非"肮脏现实主义"的忠实信徒,他更多迷恋和效仿的是这批作家对细节的把握、对"非正常状态"的精神世界的捕捉。这点在其新作《中年妇女恋爱史》中体现得尤为鲜明。本文拟从张楚创作谱系的旧质与新胎入手,以《中年妇女恋爱史》作为主要观察坐标,借"地方风景"与"认识装置"两个概念,来把握张楚所创造小说"宇宙"的叙事美学。这一小说宇宙容纳理想与现实、地方与世界、爱欲与疯癫等丰富元素,为当代小说增添了新的向度。

一、小说"宇宙"的诞生

《中年妇女恋爱史》和张楚的《樱桃记》《夜是怎样黑下来的》《七根孔雀羽毛》《野象小姐》《梵高的火柴》等小说集一并,绘制了一幅璀璨的文学图谱。这一次,张楚在深入日常生活的肌理时,也将小说技艺打磨到了新的高度。从 1990 年代中期创作至今,二十年间,张楚一直秉持着小说家特有的熨帖和温润,他的作品散发着日常生活的余温,也揭示出普通人内心的贫瘠和丰裕;他善于捕捉人

[①] "肮脏现实主义"指的是 1960 年代以降美国的一个文学运动,正如其提倡者比尔·布福德(Bill Buford)所言:"肮脏现实主义是新一代美国作家的小说,他们描写当代生活的方方面面——被遗弃的丈夫、未婚的母亲、偷车贼、扒手、吸毒者——但他们写出了一种令人不安的疏离感,有时接近喜剧。这些故事隐晦、讽刺,时而野蛮,但始终富于同情心,在小说中构成了新的声音。"

[②] 张楚:《短篇小说到底有多美》,《秘密呼喊自己的名字》,当代中国出版社 2015 年版,第 102—110 页;张楚:《弟弟的十四次告别——闲读约翰·契弗的短篇小说》,《野草》2015 年第 2 期。

的孤独和逃离的欲望，也描绘着县城的活色生香和乡村的尘土飞扬。

借助文本细读，我们可以发现，天文学知识的介入一直是张楚小说鲜明的叙事特征。在《七根孔雀羽毛》中，天文学术语和知识俯拾皆是，小说里的天文爱好者和基督徒李浩宇，对主人公宗建明侃侃而谈其丰富的天文知识，并得出结论："我们这些人，不过是依附在玩具上的细菌。或者说连细菌都不如，只是一个个原子那么大的物质"，他甚至得了一种"宇宙恐惧症"；《刹那记》中，女孩樱桃在冬夜里惨遭陌生醉汉强奸后，"凝视着夜空。星星多得很，银白银白的，并不如何耀眼。有那么片刻她甚至怀疑是夏天到了，自己正躺在干草堆里，观望着打灯笼的萤火虫。及至后来，下身的刺痛和冰冷方才慢慢浮腾上来"；《夏朗的望远镜》的主人公夏朗也是个天文爱好者，他在自家阳台上摆了一台天文望远镜，"喜欢一个人伏在望远镜上，静观那些旁人看来司空见惯的星云"，小说里甚至安排夏朗和一位自称"被外星人劫持过"的陌生女人相识的情节。这几篇作品中的人物，都有精神重负，在生活沉痛的现实中伤痕累累。只有通过对星河宇宙的遥想和观望，他们才能摆脱庸常世俗的羁绊。到了《中年妇女恋爱史》这部小说集，张楚小说中那位叙述者的形象逐渐明朗起来：他热爱书写，对天文学（宇宙、星河）与科幻有着超乎寻常的执迷。《朝阳公园》中三十多年后的"我"回忆1983年和几个"病孩子"住院的遭遇。彼时9岁的"我"喜欢记日记："他们知道我每天必须写日记，随时随地地写，他们也知道我为何如此勤奋。住院之前我写了一篇作文，被语文老师当成范文在全班朗读，并且说，如果张楚同学每天记日记，每天摘录好词好句，长大后就会成为一名作家"，叙述人、作者和小说人物，在这篇小说中是统一的。时间的流逝使记忆荒疏，但在文字中，童年时的这段遭遇却散发着苦涩、迷离的光；《直到宇宙尽头》中的姜欣从小喜欢科普读物，小学时写过一篇关于时空隧道的科幻小说并获了奖，高中时她读了《时间简史》(霍金)、《通向实在的路》(彭罗斯)以及《暗淡蓝点》(卡尔萨根)。对姜欣而言,科普读物和科幻小说,是她暂时卸下生活沉担,短暂喘息的载体,同时也让她时刻意识到生而为人的渺小和谦卑。姜欣的这一形象让人想起《夏朗的望远镜》中的李浩宇。姜欣的这一喜好延续至成年,在破碎的婚姻(前夫包养情人,并有了私生子)和世俗生活(5 岁的孩子患了自闭症)中,她时不时会仰望星空,心游物外,甚至在做爱时,眼前也会幻化出宇宙和星系。作为对前夫和庸俗生活的反抗,她和王小塔的三个铁哥"偷情",在偷情时,她反复追问的是"你知道宇宙有多大吗?"追问并没有答案,而姜欣一再想起的是少女时期的一段奇遇:她在夜晚撞见了不明飞行物。这一亦真亦幻的记忆在作者笔下熠熠生辉。过去/现在的落差,对应的是高贵与贫瘠、星空和尘世的迥异:"她渴望头顶上神秘高贵的星空,而事实是,她的双脚只能陷进牲畜的排泄物里……"《直到宇宙尽头》为读者勾勒出生存的真相和悖论:"宇宙的尽头,就是时间的尽头",而"时间没有尽头,所以,宇宙也没有尽头"。可以说,毛姆的《月亮与六便士》,在这篇故事中泛起了回响。

同名中篇《中年妇女恋爱史》更是将这一对科幻、宇宙和星系的痴迷展现得淋漓尽致。小说以每五年(或六年)作为一个时间单元,以"编年体"叙述了主人公茉莉从少女到中年的"恋爱史"。每段故事的间隔处,又插入融合真实和幻想的"大事记":1992 年(邓小平南方谈话)、1997 年(香港回归)、2003 年(非典)、2008 年(汶川地震)、2013 年(薄熙来案)。和这些真实社会事件并置的,是作者虚构的外星文明事件。在描写"中年妇女"的心态、县城的生活以及男女关系上,小说家张楚的笔力透纸背,入木三分。这些文本上的巧妙设置看似毫不相关的,但对作者而言,"每章后面的大事记,我也写了点外星球的轶事,它们与茉莉无关,与爱无关,与衰老也无关，遗憾的是，它们跟时间有关"（《跋·虚无与沉默》，《中年妇女恋爱史》）茉莉人生的起伏，婚姻的失败与反复，占满了小说的字里行间，但在宇宙的长河中，又显得如此微茫，像一朵朵扑腾的浪花。

我们不妨将这些涉及宇宙、星河、天文知识的小说视为张楚作品中一个隐秘的系列。围绕对"宇宙"的痴迷，一个繁复迷人的小说"宇宙"诞生了。这一小说宇宙，既跟人物和故事有关，又是作者小说观的隐秘投射。张楚擅用第一人称叙事，《七根孔雀羽毛》《在云落》等都是第一人称叙事的典型文本。在《朝阳公园》中，这一叙事的习惯又有新拓展：小说中的那位叙述人"张楚"叠合了成年和孩童视角，五个病孩子（老白、泥鳅、"我"、苹果、小猪）的集体出逃和春游，呈现的是成长中的"断裂"，外部世界带给"我"的恐惧（苹果被一个男孩霸凌，小猪则溺水失踪），在"我"成年后依旧像一道阴影挥之不去——这种成长的书写在《樱桃记》也有所呈现；《直到宇宙尽头》的姜欣在神秘、高贵的星空和庸俗琐碎的人间烟火中摆荡并撕裂，这篇小说主人公所面临的婚姻和精神危机，和《夏朗的望远镜》有着隐在的关联；到了《中年妇女恋爱史》，为我们呈现这一小说"宇宙"全貌的，则是一位隐而不露的叙述人。他们像细胞分裂，带着作者独一无二的基因，游走在浩瀚的宇宙和卑微的人世之间。小说的光束打下来，那些互为镜像的人物碎片便反照出夺目的光芒，生出一种"日常生活的诗性"，成为小说家张楚的"美妙仙境"。

二、"风景"： 历史记忆与志异传奇

在构成小说家鲜明叙事形象和小说"宇宙"的一系列作品之外，张楚的小说兼具某种"地方风景"，张楚鲜少在小说的行文中使用方言土语、俚语等，也很少对风俗民俗做细描，所谓的"风景"更多

体现为一种"文学地理学"。张楚的小说往往将故事发生地设置在有着复杂社会关系网络的县城(桃源县)和乡镇(夏庄)。这是作者观察当代中国社会的样本,在全球资本主义时代,县城和乡镇是连接国家与世界的不二"中介"。以《七根孔雀羽毛》为例,在写到商人郭六(他是主人公宗建明前妻曹书娟的情人)时,作者对郭六所在的农村做了这样的介绍:"他居住的那个村子比较奇特,家家户户都在大规模地生产钢锹、铁锄、斧头、镰刀之类与农活有关的器具,他们将这些农具抛光上油,再卖到缅甸、埃塞俄比亚、厄瓜多尔、哥伦比亚这样喜欢种植罂粟和马铃薯的国家。他们的村子据说是全亚洲最大的钢锹生产基地,也是整个县城包二奶包得最疯、最明目张胆的地方。"小说因此展现了一个由商人(郭六)、富豪、房地产开发商(丁盛)、建筑公司老板(康捷)、税务事务所员工(宗建明)、富二代(李浩宇)等不同阶层人物组成的复杂社会关系网:这是一处欲望横飞,充满凶杀、情爱纠葛的灰色地带。"风景"还体现为《刹那记》《夏朗的望远镜》《在云落》《大象》等小说中有关1976年唐山大地震的记忆书写。如《刹那记》借樱桃的视角写道:"一九七六年地震,整座城市死了二十四万人,据说当时天崩地裂鬼哭狼嚎。有时候樱桃会胡乱地想,这座城市是个栖息着诸多幽灵的城市,那些魂灵并未抛弃苟活下来的亲人,他们在黑夜里孑孑徘徊,在风里睡眠在麦田里散步,同时嘴唇里发出虚无的、忧伤的叹息";《夏朗的望远镜》中夏朗和妻子在一处"幽灵遍布"的地震遗址约会;《大象》中也谈到了这场"二十世纪全球最惨烈的地震";《在云落》中,苏恪以和他的女友,以及诊所老板苏医生都是地震孤儿,它像幽灵般潜伏于文本的深处,虽不是小说的核心,却总成为人与人相遇、相知的共同记忆与背景,是张楚反复挖掘的历史命题。

除了落实到在县城的世俗羁绊、复杂人情之外,"风景"还体现在与河流有关的传奇和志异之中。倘若小说"宇宙"的诞生与"时间"有关（时间是流动的、永无止尽或往复循环的），那么《盛夏夜，或盛夏夜忆旧》《水仙》《听他说》《金风玉露》与《伊丽莎白的礼帽》，则和一条名为"涞河"的河流有关。这条河流经小说中的桃源县，也流淌在现实的大地之上。张楚的小说"宇宙"朝向的是遥远的星河和外太空（同时勾画尘世中人的灵魂），与其相对应的，则是现实和沉痛的历史记忆。借助这几篇小说，作者潜伏到了历史的地貌之下。此处的河流，流淌着历史的无名尸体、沉渣和残酷真相。关于创作的起源，作者在《中年妇女恋爱史》这部小说集的"跋"（《虚无与沉默》）中谈道："2015 年，初冬，从宜昌上船，开始了为期四天的三峡之游。在行将抵达重庆的晚宴上，勒·克莱齐奥倡议在座的中国作家每人写篇关于'水'的小说。我恍惚想起故乡的那条河流，那条差点在夏天干涸的河流。在水中生活了数千载的神，如果河流消失，他们何去何从？是在等待中消亡还是迁徙至水草丰美之地？在众神衰落的时代，在神话消解的时代，人类的贪婪为何仍得到造物之神的青睐？水的死亡比人的死亡更让人沉思。我陆续写下了《盛夏夜，或盛夏夜忆旧》《水仙》《听他说》。当然，《金风玉露》与《伊丽莎白的礼帽》里也有那条叫做'涞河'的河流。"

如作者所言，"在众神衰落的时代，在神话消解的时代，人类的贪婪为何仍得到造物之神的青睐？水的死亡比人的死亡更让人沉思。"《盛夏夜，或盛夏夜忆旧》所思考的问题，即是这样一种"水的死亡"。小说中的"我"（一名中年房地产开发商、失眠症患者）在酒店偶遇一名乡村老妪，他们在盛夏雨夜交谈，在针锋相对的问答中，老妪向"我"剖出了桃源县的陈年往事，一步步逼向了"我"的内心。小说带着些志异的意味，又将历史变迁和资本对普通人日常生活的倾轧（房地产开发、拆迁、水源污染等）揭示出来。这里显示出作家对社会现实的体察，对弱者的体恤和对无情的权力资本的批判。更难能可贵的是，小说通过老妪对"我"家族史的追溯，从侧面进入到了共和国历史的腹部，完成了一次过去/现在的叙事对接；接下来的《水仙》和《听他说》，延续了"河流"的主题，它们构成了硬币的正反两面。《水仙》讲述的故事发生在 60 年代，"大跃进"之后的"四清"运动时期，女主人公和神秘的白衬衫男子之间，产生了暧昧而又混沌的情感，这一情感，迥异于她和青年干部之间充满浓郁政治意味的关系。小说对女性心理的描摹如此细腻，浓烈的抒情笔调，渗透了浪漫主义的气息。某种程度上，它对火热的革命年代和政治运动构成了幽微的嘲讽。到了《听他说》中，志异、传说和现实进一步融合。河神和他的副手沈玉（专事收集溺水亡灵）幻化成人，他们在图书馆谈论哲学和书籍，谈论人间的种种遭遇。在河神的叙述中，《水仙》的情节得以重演。这个故事以倒置的方式，为读者揭开了《水仙》中那位在月夜起舞，化身大白鲢的白衣男子的神秘面纱——他竟是假扮河神，潜入秘境来到人间的沈玉！"情不知所起，一往而深"，古代传说中的"人鬼恋"在这里被作者置换了性别。

这种透着神秘色彩的书写在《在云落》这篇中也早有体现，小说写到了精神失常者的内心世界：苏恪以寻找失踪的女友未果，时常向"我"描述她是一个长着翅膀的天使，有可能逃遁到了一个"平行宇宙"。可以说，这些篇什都体现了作者在叙事探索上的独具匠心。在如何书写历史的问题上，它们也为作者提供了恰如其分的叙述方式，而这种方式在作者此前的小说中较少体现。以志异传奇来书写当代中国，使得这批作品透露出一种颇有批判力度的叙事效果。我们不妨将其视作张楚这一小说"宇宙"的内面，它同时富有风景和传奇志异的叙事特征，呈现的是人在特定时代中的疯狂、欲念和无止尽的贪婪，其叙事形态，更接近中国古典的叙事传统，也将张楚小说提升至新的美学高度。

三、认识装置:"向下看"和"向上看"的目光

当然,尽管有"风景"所带来小说叙事的异质性和陌生化,小说家张楚最擅长的,还是那些描写人间烟火的"世情小说"。忧伤的、温情的现实主义,一直是他的小说调色盘中挥之不去的底色。这方面,以"对话体"推动情节的《人人都应该有一口漂亮的牙齿》,讲述年轻人相亲、一夜情和孤独问题的《风中事》和《金风玉露》,以及聚焦于老年人忏悔"文革"的《伊丽莎白的礼帽》,都堪称代表。其中最打动人心的,莫过于《风中事》一篇,小说中那位相亲无数次,又无数次以失败告终的小警察关鹏,热爱动漫模型,对感情有着宗教般的洁癖。在县城的逼仄和复杂的人际关系中,他身处体制和家庭的夹缝,犹如风中尘埃一样难以自主。小说写了关鹏几段无疾而终的感情,其中那位令他魂牵梦绕的神秘女子段锦,最后因非法代孕而死去,小说的情节并不复杂,但对世道人心的描摹深刻而圆熟。这篇小说涉及的"情事",和《在云落》一样有着打动人心的情感力量。

《金风玉露》中的北漂女子美兰,和前来相亲的男子小潘原在两年前的圣诞节有过一夜情,此番重逢,小潘假借相亲名义,将美兰骗去酒店并再次发生了关系。小说最后,留给美兰的除了怅惘和绝望,别无其他。小说的故事虽然充满了戏剧性,但在细节刻画和人物心理的描摹上,作者就像手持精密仪器的外科医生,层层解剖,既精准,又残酷。美兰就像无根的浮萍,在北京和县城里飘摇着,游荡着,无所归依。一如作者所写:"一切都在生成,一切都在衰亡,一切都在死神的爱抚中周而复始。"《金风玉露》将古典叙事中的浪漫("金风玉露一相逢,便胜却人间无数")做了倒置,深刻地道出了现代人情感的虚无和存在的虚妄,与此相类似,《人人都应该有一口漂亮的牙齿》,以牙齿为线索,串联起的三个故事,也事关现代城市中的情感牢笼。饶有意味的是,两篇小说都写到了青年人的孤独

和"抑郁症"。不消说,这是另一种无意识的"疾病的隐喻"——类似的有关"疾病的隐喻"在张楚其他小说中也有所体现,张楚喜欢塑造患有抑郁症和精神疾病的人物,也书写了许多与此相关的死亡事件:上述的《金风玉露》中患抑郁症的女主人公、《梵高的火柴盒》中经历丧子之痛的妇女以及患"再障性贫血"的女孩(《大象》和《在云落》)等都是其中优秀的叙事范本。《伊丽莎白的礼帽》从"我"的视角出发,叙述了姨妈的老年生活,她练习书法,跳广场舞,又制作礼帽,并将它们兜售出去。小说的笔调带着些欢脱和幽默,但内在裹着的,却是一个沉痛的主题。姨妈看似风光的老年生活背后,是某种精神的衰落。因此,她需要不断地培养"爱好"来填充自己。小说最精彩的一笔,是"我"跟踪姨妈,目睹了姨妈的一次忏悔:"文革"中,姨妈作为革命小将,给童年玩伴徐正国的母亲剃了阴阳头,对她的精神造成了致命的打击。小说的最后,姨妈将精心缝制的礼帽送给了这位受难的母亲,而她忏悔的话,如礼帽上的翎毛,飘在空中。

  细数张楚的小说,我们可以发现一个明显的特征,他喜欢借助某个具体而微的"物件"来勾勒情节、串联故事:曲别针(《曲别针》)、羽毛(《七根孔雀羽毛》)、毛绒玩具(《大象》)、天文望远镜(《夏朗的望远镜》)、牙齿(《人人都应该有一口漂亮的牙齿》)、礼帽(《伊丽莎白的礼帽》)……"这些看起来毫不起眼的平常物象,经过了作家的精心打磨,在文本中获得了自足的生命和自由的生长空间。那些经过了作家类似现象学还原式处理的'事物',成为文本的重要支撑点,与人物的命运发生隐秘的内在关联,同时负载了作家对自我意识的探究。"[①] 可以说,这些"事物"构成了张楚小说中非常重要的"认识装置",以《夏朗的望远镜》为例,小说中的夏朗痴迷于

[①] 李建周:《张楚小说论》,《小说评论》2016年第5期。

仰望星河，对宇宙中的种种天文迹象都充满了好奇，可是结婚之后，生活的琐碎，妻子与丈人、丈母娘一家人对他生活空间、志趣的步步挤压让他一步步陷于庸常之中。而只有拾起这一"望远镜"，夏朗才能将视线脱离日常生活的臃肿、沉痛，进入到精神辽阔的宇宙中。这一望远镜，已经不单单是人物观照世界和人心的器物，而成为张楚小说中借以透视现实和虚构、历史与当下的"认识装置"。从1990年代中期开始写作至今，张楚的目光总是向下看，他站在那些草莽底层和无名之辈的中央，用慈悲的目光注视着，用敏锐的双耳倾听着，用小说家温润的笔触抒写着。到了《中年妇女恋爱史》，张楚的目光又往上抬起，伫立于喧闹的人世间仰望星空，洞察人心。

　　对一个成熟的小说家而言，如何借虚构叙事这个载体，书写人心，甚至将其对宇宙、灵魂和历史的思考倾注于故事中，始终是充满诱惑和巨大吸引力的挑战。回到小说的"宇宙"这一话题，我们似乎可以说，张楚至少在三个维度上展示小说家的训练有素和老到经验，他的触角涉及宇宙/星系、现实社会和历史传说，这一小说宇宙，在空间上含纳了当代中国的乡村、县城和城市的地方风景，又以具体而微、充满象征意味的"物件"作为认识装置。如批评家程德培在为张楚所写的长篇评论中所言："他瞄准人的生存状态不放，把时间交给四处流窜的情绪，把空间抵押给无法摆脱的孤独。"[①] 那些为生活所累，寻求精神通道的人物在张楚的小说舞台上登台和谢幕，又在缥缈无垠的宇宙中，自由而畅快地呼吸。

---

① 程德培：《要对夜晚充满激情——张楚小说创作二十年论》，《上海文化》2017年第3期。

Part3

创
作
谈

孤独及其所创造的

我曾无数次回想起过满月的情形。这段记忆被我在家庭餐桌上无数次提及，一开始是小心翼翼的，多说了几次，就肆无忌惮起来。然而都被母亲微笑着否认了。她说，怎么可能呢？出生三十天的孩子是没有记忆的。可我的语气如此确凿，表情如此肃穆，有时竟让她不由自主地狐疑起来。我说，我躺在一间光线昏黄的矮屋中，身体被棉被盖得密不透风。很多人围圈过来张看，嘴唇不停翕动。他们肯定是在赞美这个肥胖白皙的男婴。在乡村，这是种必要且真诚的美德。还有位穿对襟棉袄的老太太把一顶项圈套在我脖颈上，唠唠叨叨。她脸如满月，喜乐慈悲。母亲这时通常会插嘴道：这倒没错，你过满月时，你外婆（母亲的干妈）的确送了你银项圈。可是——她犹豫着说，你那时除了哭啼就是吃奶，跟别的孩子也没什么两样啊。

这时我通常保持沉默。下面的细节我从来没敢告诉她：那些亲朋邻里犹如水底游鱼不断在我身边穿梭，我倏尔迷茫起来：我在哪里？我是谁？当他们在光线萎暗的房间里窃窃私语时，我觉得无比委屈，甚至是心有不甘。于是我号啕大哭起来。身处如此陌生之境，谁都不识，空气里满是杨花凉薄冷清的气味，我甚至不清楚为何要躺在这样一张绵软的被褥上，动也不能动，犹如刚由花蕾结成的果实掩映在月光下：光滑孱弱，困惑自知，却没法站在枝头大胆窥视枝条以外的世界……

母亲常常将此事当作笑话讲与旁人听。他们初闻时也觉得不可思议。他们不停争辩着，讨论着，最后得出貌似真理的论断：我所言及的或许只是段梦境，然而我却将这段梦境当作事实记录下来。当然他们的理由也颇为充分：出生三十天的孩子对物件是没有概念的，所以我不可能知道什么是银项圈；出生三十天的孩子对气味也没有经验，所以我更不可能分辨出杨花的香味……

当他们颇为得意地将这结论讲出来时，通常会长吁口气，仿佛一块在空中飘移了多日的陨石终于落入河流。巨石沉潜水底，没伤得顽童牲畜，没砸得谷物野花，该是幸事。而我只能悻悻地望着他们哂笑，同时内心荡起一股从未有过的滋味。当我日后无数次地品尝到那种无以言说的滋味时，我晓得它有个略显矫情造作的名字：孤独。

是的，孤独。孤独而已。

我八岁时仍住在华北平原上的一个乡村。父亲在北京当兵。母亲拉扯着我和弟弟，种着田里的几亩麦子和花生。我那时最怕的是夜晚。那个年代，大陆的乡村还没有通电，母亲通常会点盏煤油灯，在灯下纳鞋底。我不晓得为何如此害怕夜晚，害怕它一口一口将光亮吞掉，最后将整个村庄囫囵着吞咽到它的肺腑中。我记得当时让我的祖父做了把红缨枪，枪杆是槐树的枝丫，枪头用斧头砍得尖利无比。为了美观，我还在枪头周围绑了圈柔软的玉米穗。它是我依仗的武器，是大卫王的利剑。当弟弟熟睡，母亲仍在纳鞋底时，我会蹑手蹑脚地从炕上爬起，手里攥着红缨枪闪到过堂屋，扒着门闩窥视着黑魆魆的庭院。庭院里什么都没有，只是墨汁般的黑，偶有野鸟怪叫。当母亲轻声地唤我时我才转身溜进屋,跟她解释说撒尿去了。每晚都要如是反复几次。

母亲后来有些担忧。我偷偷听她对姑妈说:这孩子啊,可能患了尿频尿急的病症,是否要去看医生呢……我忘记了当时姑妈如何安慰她,但那时,我内心委实涌起一种莫名的自豪。母亲永远不会晓得,我在用红缨枪保护着她和弟弟,保护他们免受夜晚的侵袭。可我永远不会把我的想法告诉她。当我意识到这一点时,那种无以言说的滋味又在我矮小的身躯里荡漾开去。我当时当然不晓得它的名字。

十岁时我随父母去了大同。父亲是通讯兵,猫在山沟,由于没有小学三年级,我被寄养到市里的老乡家。上了半年学得了过敏性紫癜,住进了医院。多年后的梦境里,那所医院、那间病房以及死亡或活下来的孩子们依然会出现。在我印象里,那间病房是童话里肮脏的城堡,护士们戴着白帽子给我们打针,逼迫我们吃药。她们面相甜美,唯有面相甜美,才能做童话里的白雪公主。而病友们全是脏兮兮的孩子,由于吃激素,一个比一个白皙肥胖,仿佛娇嫩的蛆虫。我们在城堡里下棋、读书、打牌、洗澡、被抽脊髓和血液化验,一个孩子出院,马上会有另外一个孩子住进来,似乎童话的城堡里,总是要保持相同的人数。我中间逃离过一次医院。那天窗外的天是血红的,我听医生们私下里说,可能要地震了。我哀伤地意识到,如果葬身在这间弥漫着酒精、饭味和尿臊味的病房里,我就再也没有机会见到亲爱的父母和瘦弟弟了。于是我从一条地下通道里逃跑了。那条通道如此黑暗、漫长,当我用手电筒照到某个房间的门时,上面写着三个字:"太平间"。我撒腿就跑。多年后我尚记得自己是如何在那条光柱的牵引下伴随着恐惧抵达出口的:浑身如被大雨浇透,在推开大门的瞬息,浑浊的光线刺痛了我的眼睛。我如癞皮狗般伸着舌苔大口喘息,同时目光焦灼地注视着依然如血的低矮天空。后来我扔掉手电筒开始往家奔跑。那时我们家已搬到了市里的军区大院,医院和军区大院的距离在我看来简直就是火星到地球的距离。当我敲开房门见到母亲时,我气定神闲地说:医生知道我想你了,让我在家里住一宿……母亲什么都没问,给我热了牛奶面包,然后看着我狼吞虎咽。

翌日父亲将我送到医院时,我被那个木乃伊般的老女人(儿科主任)批评半天,并让我写了封检讨书。那是我这辈子的第一封检讨书。海明威说:作家最大的不幸,是童年的幸福。莎士比亚也曾抚摸着丧失双亲的孩子的头颅说:多么幸运的孩子啊,你拥有了不幸。

我想说,宁愿不当作家,也要当母亲怀里的小绵羊。

等读了大学,学财会专业的我最喜好的是泡图书馆读小说。大量阅读的后果就是,我觉得我也可以写他们写的那种小说。这是种隐秘膨胀的窃喜。我常常晚上躲在教室,在日记本上虚构着我臆想出来的故事。这和我上班之后的情形如出一辙。1997 年大学毕业后,我被分配到一个乡村税务所,管理着十来家死死灭灭的工厂。由于单身,我经常替同事值班。那是如何的夜?我曾在随笔《野草在歌唱》中如是描述:

> 无数个值班的夜晚,我光着膀子开着电风扇,一写就写到天亮。我那个精通奇门遁甲的老同事说,我们税务所的院子里住着三位仙家:狐仙、白仙(刺猬仙)和柳仙(蛇仙),她们已在此处深居修炼多年,道行高深莫测。在那些不眠之夜,我多希望她们在我写得疲乏无聊之时,现身陪我说说话,抽根烟,或者喝口廉价的本地啤酒。可她们从没出现过,哪怕是在黑沉沉的梦中。我只听到风从檐角下急走,只听到旁边小卖部里男人响亮的鼾声,只听到野猫交媾时淫荡的叫声和夜行人匆忙的脚步声。也许她们认为,我写得太烂了。她们只喜欢貌若潘安、

脸颊从不生青春痘的文弱书生。而我，太像一个粗蠢的举重运动员了。

结婚后也是如此，只有当暗夜降临，我才拥有了纯粹的自由和创造新世界的魔法——我必须承认，那是种冒充上帝的虚伪快慰：在一张张白纸上，写下一行又一行齐整密集的汉字。那些汉字瘦小孤寒，或许没有任何实质意义，然于我而言，却是抵御无时无刻不存在着的孤独感与幻灭感的利器——犹如少年时那柄散发着树木清香的红缨枪。从本质上来讲，我可能仍是那个被褪裸围圈在土炕上的婴孩，仍是那个在乡村的夜里惶恐孤单妄图用树枝保护亲人的少年。而纵观我的小说创作，我方才发觉，那些主人公或多或少都有着这样的特质：惧怕孤独、沉溺孤独或者，虚无地、无望地抵御着孤独。

在小说《广场》里，我让两个小镇青年、曾经的高中同学酒后跑到市里，漫无边际地游荡。他们并不是很熟悉，甚至彼此有些隔阂，在偌大的广场上，他们经历了一系列没有实际威胁的冒险，最后在台阶上，他们回忆曾经的青春。这是两个孤单的、散发着野姜花气味的男子。在很长一段时间内，我都在描写我寡淡无味的青春期，在《郭靖和浅水湾有个约会》里，一群县城里的"守望者"相互取暖相互伤害。我并没有刻意去模仿塞林格，我只是倔强地认为，这些现实生活中并不存在的同类，正是我灵魂里依恋的人。在那篇修改了无数遍的《一条鱼的欢乐颂》里，我对词汇和结构的迷恋印证了我曾经是个技术主义者。印象深刻的还有一篇没有写完的小说，名字已然忘却，但是里面的气味我至今还能闻到：曾经的革命者、行将腐烂的老太太被空心菜上的腻虫折磨得神经衰弱；往昔的"红卫兵"小将、如今的下岗女工在偶然中干起了卖淫的勾当；而主人公，那个身手敏捷的锅炉工兼小偷，最喜欢一本叫《了不起的盖茨比》的书……以上这些作品从来都没有发表过，有的仍锁在抽屉里，有的手稿已遗失,可它们的确是我对虚无城邦的最初构建。它们激情四射荷尔蒙汁液乱溅,淹没了无数个没有名字的黑夜。我无比怀念那段时光。在我看来,它是写作者由自发写作阶段向自觉写作阶段的过渡期。那时最迷恋的是词汇和语感、结构和平衡,完全不管不顾地将自己沉浸在语言的河流中,舍不得抬头看看头顶上更广袤深邃的星空。

2001年到2004年,我写了《旅行》《曲别针》《安葬蔷薇》《关于雪的部分说法》《穿睡衣跑步的女人》。我至今也不明白为何自己一下就逃离了青春期写作,而将狐疑的目光投向庸常生活。也许跟我失去了第一个女儿有关?冥冥中我似乎懂得了如何写生活中最疼痛的细节、懂得了如何让事件在意象中凸显最本质的意义。当然,在构思和书写的过程中我感受到了作为上帝的痛苦:你让子民们拥有了土地、河流、山峦、居所、牲畜、树木、芳香与阳光,也让他们拥有了无以逃避的幻灭感。如果说这是不道德的,那么,这种不道德也是一种变异的美德。唯有如此,只能如此。或者说,这种不道德是让小说成立的必然条件,如同在大洪水时,必然有那么一艘诺亚方舟。

在相当长的时间里,作为散漫的写作者,我感到窒息。这和生活有关,和工作有关,更与无时无刻蔓延的孤独感有关。我常骑着辆破自行车穿行在大街小巷,目光游离,脊背佝偻,仿佛春天的病人。没有人和你谈论任何关于文学的话题,没有人赞美你写下的汉字,没有人在暴雨将至之时借你屋檐避雨。我的诗人朋友活着时曾说:当我行走在人群中,意识到自己是位诗人时,常常泪流满面。我对他的矫情在小说《我们去看李红旗吧》中进行过善意的嘲讽——其实,这何尝不是对自我的一种嘲讽?我耳畔时常响着西蒙娜·薇依的那句话:"神圣在尘世中应是隐蔽的。"我知道,在这个娱乐至死的时代,文学的声音如此微弱,有时甚至是卑微的。我在默默行走中除了自我疗伤，更要提防他人好奇的目光。作为一个从来都没有自信过的写作者，我总是将自己隐身到一个自认为最隐蔽最安全的地方。多年后回想，这是多么可笑。如果真的把文学当成一种信仰，那么他最应该做的，就是在大庭广众之下，用平常的语速和日常的表情和朋友谈论着他的信仰。不卑微、不造作、不矫情、不伤怀。我很庆幸我现在做到了这点。对我来讲，这是多么缓慢的进化过程。

当你时常走出小镇，走到你从没去过的地方，看到了从没看到过的人，你的世界会豁然开朗。我感谢后来认识的那些师友和同行，他们是我生命中的光、我生命中的火焰。我不想历数罗列他们的名字。对我而言，他们的名字同那些圣人一样不可触摸侵犯。我只想说，当沉默的我不再沉默、哀伤的我不再哀伤时，我感觉到了孤独在渐渐地离我而去。这不能说是一件好事，但肯定不是件坏事。对于生性懦弱、彷徨苦闷的写作者而言，即便同行者一个善意的眼神，也足以温暖平原上的一个冬季。

当然，我仍然生活在平原上的县城里。只不过，这个县城已经不是以前的县城。县城发生变化是近十年的事。之所以变化，是因为这里开了几家私营钢厂。每个钢厂都很大，都有很多工人，闹哄哄的，热腾腾的，空气里的粉煤灰落在他们脸上，让他们的神情显得既骄傲又落寞。慢慢地高楼越来越多，而且前年，县城终于出现了超过20层的高楼。这在以前是可不想象的，因为我们这里还经常地震，人们都怕住高楼。而现在，人们似乎什么都不怕了，不但不怕了，有了点钱还专门买好车。我很多小时候留级的同学，现在都是这个公司的老板那个公司的董事，坐在几百万的车里朝你亲切地打招呼。犹如《百年孤独》的马孔多小镇一样，这个县城越来越光怪陆离越来越饕餮好食，空气中的味道也发生了变化：以前虽灰扑扑、干燥，但骨子里有种干净的明亮，我相信那不是气候的缘由，而是人心的缘由。如今，小镇上虽有了肯德基，有了各样专卖店，有了各种轿车，可人却越来越物质化和机械化，谈起话来，每个成年人的口头都离不开房子、金钱、女人和权力，似乎只有谈论这些，才能让他们身上的光芒更亮些。我想，或许不单单是这个县城如此，中国的每个县城都如此吧？这个步履匆忙、满面红光的县城，无非是当下中国最普通也最具有典型性的县城。在这样的县城里，每月都会出现些新鲜事，当然，所谓新鲜事，总是和偷情、毒杀、政治阴谋、腐败连接在一起，归结到底，是和俗世的欲望连接在一起。由于这欲望如此明目张胆又如此司空见惯，我总是忍不住去窥探。《七根孔雀羽毛》，就是在某条县城新闻启发下写的。这个小说和我以前的小说不太一样。我漫不经心地写了小县城精神上的异化，以及道德底线被撕扯后的痛楚。《地下室》也如此。我一直在想，人，到底真正需要什么，其实人人心里有谱，珍惜何物，舍弃何物，全乎一念之间。这一念，就是我们一辈子的执念。对我而言，我希望自己的眼神是清澈的，自己的思想也是清澈的。看到了暖，写了暖，看到了悲凉，也写了暖，只不过这暖，是悲凉后的暖。

一晃写了将近二十年。除了日渐衰老，我似乎没有什么收获。我想，我可能是个真正的悲观主义者，一个虚无的、孤独的、可耻的完美主义者。对于自我，从来都是厌弃，很少自珍。对于年复一年的写作，我感觉到了疲惫。为何总要写悲伤的故事？为何总要让自己不快也让主人公郁郁寡欢？每念及此，眼前都会出现动画片《海绵宝宝》里章鱼哥冷漠绝望的眼神。我想我可能就是那条对世间万事万物都不抱期许的章鱼。为何不能随心所欲地写，没有章法地写？不做章鱼哥，而是做没心没肺的派大星（一只智商情商都不高的海星）？或因此，我才写了《艳歌》，写了《简买丽决定要疯掉》，写了《梵高的火柴》，写了《略知她一二》，写了《履历》，写了《莱昂的火车》。在我的小说写作中，这些作品是异类，是不着调的变音,是对庄重肃穆的一种反讽。可是当我写完,当我日后重读时,我发觉这些作品,骨子里其实仍无大的变化:那些主人公,依然活在生活不完美的褶皱里,依然在探寻不可能的道路和光明。当发觉这一点时,我反而有种莫名的窃喜:我还是那个我厌弃的我,我还是那个善良的悲观主义者。这很好。如果这不好,那么,我可能会喜欢上我。如果一个人喜欢上自己,该是多大的笑话。

如此看来,无论有多老,我依旧是孤独的,小说里的那些人依旧是孤独的,无论他们生了怎样的面孔:《曲别针》里的志国,有情有义之父,儒雅毒辣之商,在下雪的夜晚去嫖妓,而手里的曲别针,总是弯成女儿的肖像剪影;《七根孔雀羽毛》里的宗建明,存活的唯一目标就是把儿子从离婚后的老婆那里抢夺过来,为了这卑微渺小的奢望,他付出了高昂代价;《细嗓门》里的林红,杀夫后跑到山西,为的是帮助少女时代的闺蜜重获家庭;《梁夏》里的梁夏,就更为萧瑟孤单——一个男人如何才能证明一个女人想强奸自己?《长发》的王晓丽就更不消说,为了和喜欢的男人结婚,即便被商贩强奸,只要手里的钱币没有丢失,心里也是暖暖的。那么《在云落》里的苏恪以呢?那个孤魂般的男人,他不停地找寻着昔日恋人,难道不是因为害怕与生俱来的孤独吗?

所以,我是在回溯时光时发觉了人孤独的本质。多么愚钝。多年后读到三岛由纪夫的《假面自白》时曾哑然失笑。三岛由纪夫比我更荒诞,他竟然记得自己出生时的情形。他说,出生时洗澡用的澡盆是崭新的光亮的树皮盆,他甚至还记得,从内侧看到的盆边射出的微微亮光……

所以,我也在是回溯时光时,发觉了自己小说的特质:那群内敛的人,始终是群孤寒的边缘者,他们孑然地走在微暗夜色中,连梦俱为黑沉。只有在黑暗中,他们才能各得其所。这是件真正细思恐极之事。我一直以为自己的小说看似冷清,骨子里实则喧闹世俗,而实际情况可能是,我的小说骨子里仍冷清晦涩,缺匮适度的光亮暖意。

可是,真的如此吗?我又狐疑了。不过,想想也释然。无论如何,一个小说家对自己的小说无以判断,该是件值得庆幸的事。

2015 年 4 月 5 日于侉城

惟有在此，一切才有了意义

这么多年来，我一直居住在一个叫俿城的县城。我在这里上班、接孩子、买菜、看电影、参加婚宴或丧礼，跟狐朋狗友喝酒或者骑自行车漫游。我时常觉得自己仿若一枚细菌，在某个细胞核内漫无目的地走动。作为一个游手好闲的写作者，我必须承认自己的写作是从县城的时空和想象开始的：从我居住了三十多年的县城出发，在我的小说中以沉默的姿态行色可疑地结束。从我小学四年级到达这座县城，多年之内，作为空间和时间见证者的它，并没有显著变化。即便参加陌生的饭局，看到那些应是陌生的人，你也会觉得他们那么眼熟——这些年，没准你就在什么地方碰到过他或她。另外一群人，则是时刻与你朝夕相处的人，他们是你的朋友，你的亲人，你的同事……可以这么说，他们早在属于你的时空里投下了暗物质。大多数情况下，这些人沉默着，只有在特定时刻，他们身上才散发出耀眼的光芒。同时，作为小镇上的居民，他们都保留着"复制人"的美好品德——你无法在他们身上刻意挖掘出更多的情感类型和不安因子，你只能依赖自己的想象和略显粗糙的技法，将降临到你身上的灵感战战兢兢地转化为人们称之为"小说"的东西。

我曾经想，对我这样一位写作者而言，身边这些有个性或者没有个性的人，在他们身上显露或隐藏的事件，以及这些事件背后不为人知的缘由，可能才是最真实的中国人的故事，才是有个性的，独立的，甚至是永恒的故事。他们貌似波澜不惊，其实真相早与假象融为一体，你无法用更多的技法和力量去做更多的阐释与勾芡。在我的小说中，时间的概念似乎有些模糊，但是我力图在狭窄的空间内，将建立在这些人之上的文学想象，赋予我自己对人性、对人心的理解。可以说，他们是我热爱小说，从事小说创作的最重要的理由，他们是我文学想象的起点。

可是真的如此吗？过去二十年的时光里，我一直执拗地、骄傲地写着关于他们的故事。有时我在小说里伤害了他们，有时他们在生活中伤害了我。这种双重伤害会让我察觉到书写的苍白和无意义。曾经自问：这种基于小县城的叙事是否因为它的狭隘和封闭限制了文学意义的表达？或者说，当他们被我无数次书写之后，一个纸上的王国虽然诞生，但它是否能经得住时光的暴晒？当然，我也曾经用约克纳帕塔法世系来说服自己：狭隘的空间表达并不妨碍人性表达的深度。可是，谁能有福克纳那样的才华？所有的自我说服都不过是自欺欺人罢了，它不能从本质上解答对写作意义的拷问。如果硬说有意义，也无非是针对自我的救赎和祈祷。"救赎和祈祷"，当这样想时，问题似乎就不是问题了，它最终变成了一种自问自答式的解脱之道：我只管写我的就好，如果我没有能力让文字抵抗时光的侵蚀，那么就让那些文字在灰尘中自生自灭。

对于写作，我还能做些什么？除了上面谈到的自我安慰，我也曾想象离开故土，离开那些熟得不能再熟的人与事，到一个复杂含糊、荒唐迷失的空间，写更宏大、更多棱、更具有金属质感、更具有历史意识和哲学思辨的人与事……说实话，当这个念头浮升之时，我忽然觉得甚是恐惧。人到中年，对已知世界的迷恋和沉溺注定了这种恐惧会像病菌般繁殖分裂，最后将那不安的念头彻底吞噬。

于是，我想，就这样吧。这个现实世界里的县城，这个在我小说里充斥着悲观主义气味的县城，可能真如我壮年时所想，它就是我的仙境，它就是我的福祉。唯有在此，一切才是安稳，一切才有了意义。它即便不能让我更幸福，肯定也不会让我更消沉。

Part4

访

谈

生活深处的残酷与温暖
——金赫楠、张楚对谈

金赫楠：为什么写作呢？

张楚：我的写作受到很多前辈作家的影响。我喜欢的作家非常多。我觉得一个写作者在青春期的时候一定要大量阅读，找到契合自己气质的作家，然后和这个作家的所有作品谈恋爱，感受这个作家的气息、温情、胸襟。那是种很幸福的事情。我大学时特别喜欢卡夫卡和余华、苏童、格非。

金赫楠：我猜到你是喜欢苏童的，那种绵软的坚硬，精致，隐秘和华丽。

张楚：大学时我买了苏童几乎所有的作品，那个时候，觉得他的文字异常华美。而华美的文字对文学青年来讲，杀伤力很大的。

金赫楠：阅读者，选择自己喜欢的作家与作品，其实往往就是那种与自己内心气质契合的东西。我也曾经喜欢阅读苏童的小说，我以为，这一类风格的作品，那种对于微妙的情感与心理的探究，其实就内含着一种对于生命的悲悯和尊重。

张楚：是的。就我自己来说，无论阅读或者写作，我都喜欢探究微妙的情感和心理，在探求的过程中，痛苦和欢欣并存，那是一种奇特的感受。我那时还非常喜欢三岛由纪夫，把《春雪》里喜欢的段落大段大段地抄到笔记本上。抄写那些文字的时候，感觉是非常奇妙的。对了，还喜欢过张爱玲，不过，她的文字里那种尖酸刻薄，我不是很喜欢，也许这就是男人和女人的区别。

金赫楠： 你看得很准。女性作家文字的精巧和细微，往往都隐藏着一些阅世的苍凉感和刻毒。你的文字，内含一种感伤和悲悯。

张楚： 谢谢你的感受和理解，确实是那样。很多朋友和老师说过，我的小说偏于忧郁感伤。我有时候也很警惕这一点。不过，我生活中遇到的人，大都是生活在最底层的人，我在小说里描摹的他们的生活片段，其实不是他们最灰暗的片段。

金赫楠： 一个作家，是否具有悲悯之心，非常重要。你选择的角度，在我读来，更多是关注小人物在现实世界中的精神困境。

张楚： 的确，我很关注人物在现实世界中精神困境。我觉得盲点和困境是人类普遍存在的。我之所以写小人物的故事，是因为我就是小镇上的小人物，我的同类也都是小人物。但是我晓得他们的困苦和顽疾不单单是因为物质的匮乏，有时候，面对这个混沌的世界已然建立的精神秩序和道德制约，人会觉得非常渺小和困苦。

金赫楠： 比如《曲别针》，初读我是惊讶的。虽然也有不满，但我还是惊讶于一个陌生作者在写作上表现出来成熟与老练——于小说技术上的、于世情人心把握上的。主人公刘志国，他所面临的难题，我理解是一种撕裂感，他是内心很分裂的一个人。小说里头时不时地在他似乎堕落的、物质的当下生活里头插入曾经的理想、追求，曾经的诗情画意，这使得人物有一种幻灭感。如果稍微粗标一些的话，刘志国的那些悲伤，似乎都可以不成立。他的困顿，更多不是来自外部世界的挤压，而是内心深处的逼仄。展示给我们看的，不是现实的艰辛，而是灵魂的灾难。

张楚： 在写《曲别针》之前，我已经写了几十万字，但是鲜有发表。也许可以说，在这个小说发表之前，我已经很自觉地进行了十多年的文字训练。里面的故事是我根据现实生活中的故事嫁接的。一个人之所以痛苦，除了外界的压榨，更多的是这个人在反抗压榨后发觉自己无能为力，这种徒劳会使人产生空虚感和幻灭感。

金赫楠：我在你的小说中，读到灵魂的灾难。在那一系列小说中，有两个关键词贯穿始终：一是困境，一是挣扎。我们可以看到，《曲别针》中的商人刘志国困于灵与肉分裂的痛苦焦灼之中，《草莓冰山》中的拐男人、《长发》中的王晓丽困于底层社会精神与物质的双重缺失之中，《樱桃记》中的樱桃困于逃跑与追逐焦虑里的艰难成长之中，《火车的掌纹》中的丁天和他的同学们困于未来无所着落的漂泊感之中，《关于雪的部分说法》中的颜路，困于身体麻木地穿梭于庸常的生活而内心却又游荡于幻想的矛盾之中，等等。这些身陷不同困境中的人们，却都做苦苦的挣扎：有的人用谎言来同苍白的现实困境较量，企图靠语言来堆积成理想的生活状况；有的人尖叫着使劲跳跃，想要逃离困境；还有的人在重压之下俯下身去，向尘埃谋求着最后一点苟活的空间。

张楚：其实在我的理解中，人的幸福感和人的幻灭感总是相辅相成的。因为人就是矛盾的动物。当然，一个人的内心世界越丰富，他的幸福感和幻灭感就越强烈。有时候我想，文学其实不是用来描写日常人物的日常生活的，而是描写日常人物的非正常状态的，用你的话来说，就是用来描写日常人的灵魂灾难的。那些伟大的经典小说，无论是《包法利夫人》还是《复活》，无论是《药》还是《金锁记》，他们描述的都是那种人类灵魂的挣扎、反抗和反思，当然，这些伟大作家总是把他们对人性和人生的疑虑带上自己的哲学思考，从而获得更广泛也更普世的价值。我觉得如果纯文学还有出路，那就是要继承古典文学、现代文学的那些优点，写出人的复杂性，而不是单纯的人的境遇。我的小说《草莓冰山》《长发》等作品，写的都是底层人物，但是我并没有单纯地把他们的艰辛生活做简单的描摹，在我看来，写出他们的灵魂世界，写出他们灵魂世界的灾难，远比讲一个催人泪下的故事更为重要，也更为真实。要知道，大部分人总是向尘埃谋求着最后一点苟活的空间。

金赫楠：卢梭说过，人生来是自由的，却无往不在枷锁之中。从某种意义上说，每个人其实都挣扎在自己的困境当中，这和生活方式无关，也并不取决于身份的高低与财富的多少。作家就是要有这种敏锐，观察到当下人们普遍存在的生存困境，并通过展示不同阶层、不同性格的人的生存状态，发出了自己对于存在的某些真相的追问与思考。

张楚：我读《追忆似水年华》的时候，跟你有同感。那些法国贵族，过着优雅的、有品位的生活，但是他们似乎都不幸福。每个人都有自己的困境，都挣扎在自己的困境当中，就像投入罗网的蜜蜂，越挣扎痛苦就来得越强烈。主人公总是为自己心上人而焦灼，那个老公爵总是为自己追求不到那些俊美男人而焦灼，贵夫人们总是为自己的沙龙是否办得成功与否而焦灼，如你所言，这些都与人的身份高低和财富多少无关。作家就是要写人的生存状态的，并就这种状态发出自己的声音和思考。

金赫楠：你是一个喜欢不断发问的小说家，但是却不急着宣布标准答案。我在你的小说中，常常是感受疑问，却看不到答案。看完张楚的小说之后，我也没能知道，《憫事记》中的凶手究竟是谁，《火车的掌纹》中的中年男女是不是夫妻。没有答案，只是观察和发现。

张楚：确实，我不太喜欢宣布标准答案，而只是客观地发问，有时候甚至连发问都没有。写《憫事记》的时候，我的脑中总是出现那个跟我祖母一起打牌、有五个儿子却没有人赡养、只好自己抚养脑瘫儿子的可怜老寡妇；写《火车的掌纹》的时候，我脑中出现的是在火车上碰到的那对中年男女，我无从得知他们的关系：是情人还是亲人，但是我知道，他们之间肯定有很多不能为外人所知的故事……如果我把答案写出来了，那么小说就失却了它应有的意义。你说呢？

金赫楠：没错。我甚至认为，好的作家，好的小说，其实与题材没有太大关系。写作，就是要穿过表象，深入内里，就是要摒弃那些想当然的评判与认知，去挖掘那些隐秘的、微妙的真相。

张楚：好的小说确实与题材没有简单的对应关系，而是与挖掘人性的深度有关系。文学为什么存在呢？现在网络和电视那么发达，而且这些媒介拥有更锐利的武器：精美的画面，资讯传达的及时性、娱乐性……但是文学跟这些更现代的媒介相比较，却拥有自己的美学价值和现实价值：那就是写出人的复杂性和多面性，用优美准确的文字表达出更深刻的况味，如果文学失却了思考和优美，失却了悲悯心和怜疼，那么文学还有什么意义呢？

金赫楠：我曾经在一个评论里面这样表述：张楚善于发现那些平静外表下的暗潮涌动，以及不动声色背后的万马奔腾。

张楚：这两句话我喜欢，夸到我心里去了，呵呵。其实，这也正是我小说写作期冀达到的高度。我有一个问题，我的小说，你最喜欢哪篇？呵呵，我有些好奇。

金赫楠：我喜欢《刹那记》。喜欢《刹那记》的原因，一是因为已经很长一段时间厌倦了小说中的阴晦，很期待温暖。更是因为，《刹那记》的叙事本身很吸引我，那是一种很有耐心的娓娓道来，舒缓却有力量，行文比较圆润，也自然。让我感觉，不经意间，人物形象、故事情节、表达的主题渐渐清晰起来，小说的温度也慢慢升腾起来。不是那种突兀的、有伪造嫌疑的人为的高温。

张楚：一个作家内心的成长可能和自己的经历也有关系，比如做父亲。当了父亲的男人，感觉肯定和独身时不一样，他内心里的那种善、暖、静,可能会被一个肉乎乎的孩子唤醒并且放大。写《刹那记》的时候。我的头脑里一直有种油画的感觉。一个有点笨、有点残疾的女孩,在黑夜里行走,那种幻象,让我有种欲哭的感觉。如何在繁琐的、鸡毛蒜皮的生活中捕捉到让我们心灵悸动的细节?就像是在海底寻找珍珠一样。等我有精力了,我想把这个《刹那记》和《樱桃记》放在一起,拍个小成本的文艺片,你觉得如何?

金赫楠: 好主意。你的小说有一个特点,就是往往喜欢将支离破碎、片段性的原生态生活碎片,以自己的方式粘贴成一个又一个景象。时间和空间在作者的笔下或长或短地缩短或者延伸,生活碎片被巧妙地依照叙事的逻辑需要拼接成事件的前因后果,拼接成人们在困境中陷入和挣扎的种种景象,并在景象中呈现出自己对于生活与心灵的发现。这种拼接,显示了作者成熟的小说写作功夫,更构成了小说的精致、细腻的风格。你的短篇小说,故事不明了,情节也不曲折紧凑,而细节繁复而精致。你习惯使用细节来塑造人物。我以为,品质好的短篇小说是都是难以被复述的。

张楚: 我喜欢片段性的生活碎片可能和我喜欢电影有关系。上大学时,除了读小说就是泡东北财经大学的"镭射电影厅"。1994到1997那几年,我几乎每周都看三场电影,而且都是最新的片子,比如《肖申克的救赎》《情欲空间》《人生交叉点》《野兰花》《美国往事》《黑色小说》《十三猴子》《费城故事》什么的。尤其是《美国往事》,我看了有四五遍。我觉得我的小说注重细节,可能与电影有关。电影的特写镜头不就是小说里的细节描写吗?在我看来,一部电影只要有五个美好的镜头,就是一部好电影;一篇小说如果有两个动人的细节,那么它就是一篇好小说。前天碰到作家程青,她还记得《曲别针》这个小说名字,但是内容忘记了,她说她只记得一个男人总是不自觉地摆动着曲别针。

金赫楠: 一路写来,直到现在,你觉得自己的写作现在面临的最大困境是什么？

张楚：最大的困难就是在写作过程中，突然自卑起来，觉得写得很烂，没有必要继续。这是很让人头疼的事啊，很多小说写一半就扔掉了。我不知道别的作家是否也有这样的想法。

金赫楠：我好像听很多作家表达过类似的焦虑。有人说，现在是最好的时代，也是最坏的时代。这样的时代，原本是最能成就文学的。因为它足够磅礴，也足够庞杂，很多元，但也因此似乎更难以把握。面对这样的外部世界，以及随之愈加复杂的内部世界，作家的确容易兴奋，也容易迷失。曾经有一个作家和我说，最怕逛书店，因为看到书架上太多的作品，所以就会怀疑，这个时代，这些读者，在这么多的书籍面前，是否还需要自己的那一本书。

张楚：但是从没有作家能写出这个时代真正的精神境遇。其实每个人都很困惑，只不过有的人不去多想。

金赫楠：其实，每一个时代的作家，在面对当下的时候，都容易眩晕。沉淀和过滤，是需要心境的沉潜和时间的行经才能很好完成的。阅读也是。很长一段时间里，我喜欢华美的悲伤。所以，我喜欢阅读文本华美的悲剧。内容是悲伤甚至惨烈的，生离死别，欲罢不能，而形式却是华美的、精巧的。于是二者之间纠葛着、拧巴着，释放出一种独特的韵味。我的这种偏好里头，自己理解除了审美上的习惯等，也掺杂了很多为赋新词强说愁的少年心绪，呵呵。不过这一两年来，我开始渐渐感受到平实里头所蕴含的更大的力量和瑰丽。很有意思的是，你的小说写作，似乎也正沿着这样的轨迹显出变化来。

张楚：我现在比较喜欢平实的小说，那种形式上的探索很少有了。我觉得一个作家的写作经历其实就是他自身生活经历的复写。二十多岁的时候，我也喜欢写那种惨烈的、疼痛的东西，那个时候的感觉就是，要把体内的荷尔蒙转化为文字里的汁水。《曲别针》

《长发》《U型公路》就是那个时候写出来的,现在看来,里面弥漫着某种体液的味道——不知道这么说准确不准确。到了结婚生子后,心境似乎就慢慢发生了转变,看待世事的角度更趋近于平角,而不是锐角,写小说的心态更趋近于平和,而不是暴戾。我不知道这是好的一面,还是坏的一面。从《大象》《刹那记》《小情事》开始,我的写作更趋近于"旧常生活中的诗性",也就是说,在繁琐的、卑微的、丑陋的甚至让人绝望的目测中,提炼出让你心中陡生暖意的那部分,当然,不夸大暖意,而是让暖意重现它本来的样子。

张楚创作年表

2001 年

短篇小说 | 《火车的掌纹》 | 《山花》 | 2001 年第 7 期

2002 年

中篇小说 | 《U 型公路》 | 《莽原》 | 2002 年第 2 期

短篇小说 | 《旅行》 | 《长江文艺》 | 2002 年第 7 期

随笔 | 《质疑、恍惚和叹息》 | 《长江文艺》 | 2002 年第 8 期

短篇小说 | 《一棵独立行走的草》 | 《青春》 2002 年第 10 期

短篇小说 | 《关于雪的部分说法》 | 《今天》 | 2002 年冬季号

2003 年

短篇小说 | 《曲别针》 | 《收获》 | 2003 年第 4 期

短篇小说 | 《草莓冰山》 | 《人民文学》 2003 年第 10 期

2004 年

短篇小说 | 《长发》 | 《人民文学》 | 2004 年第 5 期

短篇小说 | 《樱桃记》 | 《中国作家》 2004 年第 5 期

短篇小说 ｜ 《蜂房》｜ 《收获》｜ 2004 年第 4 期

短篇小说 ｜ 《穿睡衣跑步的女人》｜ 《安葬蔷薇》｜ 《长城》｜ 2004 年第 6 期

2005 年

中篇小说 ｜ 《疼》｜ 《人民文学》｜ 2005 年第 3 期

短篇小说 ｜ 《声声慢》｜ 《青年文学》｜ 2005 年第 4 期

短篇小说 ｜ 《人人都说我爱你》｜ 《当代》｜ 2005 年第 3 期

短篇小说 ｜ 《惘事记》｜ 《上海文学》｜ 2005 年第 11 期

2006 年

小说集 ｜ 《樱桃记》｜ 作家出版社 ｜ 2006 年 1 月

短篇小说 ｜ 《关于雪的部分说法》｜ 《文学界》｜ 2006 年第 4 期

短篇小说 ｜ 《苹果的香味》｜ 《人民文学》｜ 2006 年第 5 期

短篇小说 ｜ 《你喜欢夏威夷吗》｜ 《中国作家》｜ 2006 年第 7 期

短篇小说 ｜ 《赵素娥》｜ 《文学界》｜ 2006 年第 9 期

短篇小说 ｜ 《我们去看李红旗吧》｜ 《芙蓉》｜ 2005 年第 6 期

2007 年

中篇小说 ｜ 《细嗓门》｜ 《人民文学》｜ 2007 年第 7 期

短篇小说 ｜ 《水之底》｜ 《山花》｜ 2007 年第 10 期

2008 年

中篇小说 ｜ 《多米诺男孩》｜ 《大家》｜ 2008 年第 2 期

短篇小说 ｜《大象》｜《人民文学》2008 年第 7 期

短篇小说 ｜《地下室》｜《山花》｜ 2008 年第 14 期

中篇小说 ｜《刹那记》｜《收获》2008 年第 4 期

短篇小说 ｜《被儿子燃烧》｜《天涯》｜ 2008 年第 6 期

2009 年

短篇小说 ｜《雨天书》｜《中国作家》｜ 2009 年第 9 期

作品 ｜《冰碎片》（短篇小说）｜《风行水上》（随笔）｜《文学界（专辑版）》｜ 2009 年第 9 期

2010 年

短篇小说 ｜《梁夏》｜《中国作家》｜ 2010 年第 3 期

2011 年

中篇小说 ｜《夏朗的望远镜》｜《上海文学》｜ 2011 年第 5 期

随笔 ｜《那个姓付的女子（印象记）》｜《红豆》｜ 2011 年第 5 期

随笔 ｜《琼瑶、三毛和卡夫卡》｜《山花》｜ 2011 年第 12 期

短篇小说 ｜《献给安达的吻》｜《百花洲》｜ 2011 年第 4 期

短篇小说 ｜《光明情史》｜《青岛文学》｜ 2011 年第 12 期

2012 年

随笔 ｜《好人徐则臣》｜《创作与评论》｜ 2012 年第 1 期

随笔 ｜《邱涛二》｜《芒种》｜ 2012 年第 3 期

随笔 | 《女人哀歌》 | 《名作欣赏》 | 2012 年第 10 期

小说集 | 《七根孔雀羽毛》 | 上海文艺出版社 | 2012 年 6 月

短篇小说 | 《七根孔雀羽毛》 | 《小说界》 | 2012 年第 4 期

短篇小说 | 《芳心似火》 | 《文学界（专辑版）》 | 2012 年第 8 期

短篇小说 | 《良宵》 | 《天涯》 | 2012 年第 6 期

2013 年

短篇小说 | 《野薄荷》 | 《江南》 | 2013 年第 1 期

随笔 | 《关于我朋友们的一切》 | 《作品》 | 2013 年第 5 期

随笔 | 《一只珍稀动物的奇妙呓语》 | 《西湖》 | 2013 年第 8 期

短篇小说 | 《在云落》 | 《收获》 | 2013 年第 5 期

随笔 | 《一个"沉默"的理想主义者》 | 《创作与评论》 | 2013 年第 10 期

短篇小说 | 《因恶之名》 | 《十月》 | 2013 年第 6 期

2014 年

短篇小说 | 《野象小姐》 | 《人民文学》 | 2014 年第 1 期

小说集 | 《夜是怎样黑下来的》 | 花山文艺出版社 | 2014 年 1 月

随笔 | 《我对城市文学的一点思考》 | 《当代作家评论》 | 2014 年第 3 期

小说集 | 《野象小姐》 | 山东文艺出版社 | 2012 年 6 月

短篇小说 | 《伊丽莎白的礼帽》 | 《青年文学》 | 2014 年第 7 期

短篇小说 | 《简买丽决定要疯掉（上）》 | 《新民周刊》 | 2014 年第 31 期

短篇小说 | 《简买丽决定要疯掉（下）》 | 《新民周刊》 | 2014 年第 32 期

作品 | 《直到宇宙尽头》（短篇小说） | 《在县城》（创作谈） | 《作家》 |

2014 年第 9 期

随笔 ｜ 《莫迪亚诺：那个想成为骑士格里厄的人》 ｜ 《中国故事（专栏版）》 ｜ 2014 年第 11 期

非虚构作品 ｜ 《野草在歌唱——县城里的写作者》 ｜ 《文学港》 ｜ 2014 年第 12 期

2015 年

短篇小说 ｜ 《略知她一二》 ｜ 《江南》 ｜ 2015 年第 1 期

随笔 ｜ 《是什么让他们的心如此勇敢又如此懦弱？》 ｜ 《野草》 ｜ 2015 年第 1 期

散文集 ｜ 《秘密呼喊自己的名字》 ｜ 当代中国出版社 ｜ 2015 年 1 月

随笔 ｜ 《弟弟的十四次告别——闲谈约翰·契弗的短篇小说》 ｜ 《野草》 ｜ 2015 年第 2 期

随笔 ｜ 《匆匆》 ｜ 《青年文学》 ｜ 2015 年第 3 期

随笔 ｜ 《艾达的香水：谈谈〈死水恶波〉》 ｜ 《野草》 ｜ 2015 年第 4 期

随笔 ｜ 《沉静着行走》 ｜ 《文化与传播》 ｜ 2015 年第 2 期

短篇小说 ｜ 《忆秦娥》 ｜ 《创作与评论》 ｜ 2015 年第 5 期

随笔 ｜ 《一个南京人的香港》 ｜ 《野草》 ｜ 2015 年第 5 期

随笔 ｜ 《这个世界多孤独或会不会变得好一些——谈谈大卫·班尼奥夫》 ｜ 《野草》 ｜ 2015 年第 6 期

创作谈 ｜ 《孤独及其所创造的》 ｜ 《作家》 ｜ 2015 年第 7 期

评论 ｜ 《那些被囚禁在时光天井里的人们——王海雪小说读后感》 ｜ 《创作与评论》 ｜ 2015 年第 11 期

随笔 ｜ 《从个人体验到"中国故事"》 ｜ 《唐山文学》 ｜ 2015 年第 6 期

随笔 ｜ 《世界上最美的蓝》 ｜ 《中国税务》 ｜ 2015 年第 12 期

2016 年

随笔 ｜ 《一个似乎被时光淹没了的人》｜《野草》｜ 2016 年第 2 期

小说集 ｜ 《穿睡衣跑步的女人》｜ 敦煌文艺出版社 ｜ 2016 年 1 月

随笔 ｜ 《蒂莫西的生日》｜《野草》｜ 2016 年第 2 期

随笔 ｜ 《一次相逢》｜《野草》｜ 2016 年第 4 期

随笔 ｜ 《乌克兰拖拉机简史》｜《野草》｜ 2016 年第 5 期

随笔 ｜ 《大哥学文》｜《时代文学》｜ 2016 年第 5 期

小说集 ｜ 《梵高的火柴》｜ 花城出版社 ｜ 2016 年 6 月

中篇小说 ｜ 《风中事》｜《十月》｜ 2016 年第 4 期

随笔 ｜ 《文学的时空和想象的起点》｜《书屋》｜ 2016 年第 8 期

创作谈 ｜ 《我和我居住的县城——自述》｜《小说评论》｜ 2016 年第 5 期

随笔 ｜ 《我们对纯文学的抛弃太快太彻底》｜《小说月刊》｜ 2016 年第 12 期

2017 年

短篇小说 ｜ 《盛夏夜，或盛夏夜忆旧》｜《收获》｜ 2017 年第 1 期

短篇小说 ｜ 《水仙》｜《作家》｜ 2017 年第 2 期

随笔 ｜ 《那些不曾被遗忘的时光》《孤单的旅程》｜《长江文艺》｜ 2017 年第 2 期

小说集 ｜ 《夏朗的望远镜》｜ 上海文艺出版社 ｜ 2017 年 4 月

短篇小说 ｜ 《人人都应该有一口漂亮的牙齿》｜《江南》｜ 2017 年第 3 期

短篇小说 ｜ 《听他说》｜《广西文学》｜ 2017 年第 6 期

随笔 ｜ 《理智与情感——建东其人》｜《时代文学》｜ 2017 年第 9 期

小说集 ｜ 《草莓冰山》｜ 山东文艺出版社 ｜ 2017 年 9 月

随笔 ｜ 《水做的扬州》｜《人民文学》｜ 2017 年第 10 期

随笔　｜　《写吧，写吧》　｜　《安徽文学》　｜　2017 年第 11 期

小说集　｜　《七根孔雀羽毛》　｜　长江文艺出版社　｜　2017 年 12 月

2018 年

短篇小说　｜　《朝阳公园》　｜　《山花》　｜　2018 年第 1 期

短篇小说　｜　《金风玉露》　｜　《野草》　｜　2018 年第 2 期

小说集　｜　《中年妇女恋爱史》　｜　北京十月文艺出版社　｜　2018 年 10 月

2019 年

短篇小说　｜　《金鸡》　｜　《青年作家》　｜　2019 年第 3 期

创作谈　｜　《书房和短篇小说》　｜　《青年作家》　｜　2019 年第 3 期

创作谈　｜　《我的生活与写作》　｜　《新文学评论》　｜　2019 年第 4 期

随笔　｜　《蒙太奇手法在〈八月之光〉里的运用》　｜　《长城》　｜　2019 年第 6 期

随笔　｜　《崖的寺（外二题）》　｜　《青岛文学》　｜　2019 年第 9 期

2020 年

中篇小说　｜　《过香河》　｜　《收获》　｜　2020 年第 3 期

短篇小说　｜　《和解云锦一起的若干瞬间》　｜　《花城》　｜　2020 年第 3 期

随笔　｜　《犹记那时年纪小》　｜　《新民周刊》　｜　2020 年第 3 期

随笔　｜　《正月里》　｜　《美文》　｜　2020 年第 7 期

随笔　｜　《金湾之美》　｜　《人民文学》　｜　2020 年第 12 期

随笔　｜　《恶魔驾到奥列霍沃后》　｜　《四川文学》　｜　2020 年第 10 期

2021 年

短篇小说 ｜ 《木星夜谈》 ｜ 《作品》 ｜ 2021 年第 1 期

中篇小说单行本 ｜ 《百花中篇小说丛书 过香河》 ｜ 百花文艺出版社 ｜ 2021 年 1 月

短篇小说 ｜ 《看不见的亲人》 ｜ 《中国作家（纪实版）》 ｜ 2021 年第 2 期

随笔 ｜ 《讲故事的人》 ｜ 《青年作家》 ｜ 2021 年第 1 期

小说集 ｜ 《百年中篇小说名家经典 七根孔雀羽毛》 ｜ 河南文艺出版社 ｜ 2021 年 2 月

随笔 ｜ 《没有焦虑的影响——我喜欢的诺贝尔文学奖获得者》 ｜ 《广州文艺》 ｜ 2021 年第 3 期

对谈 ｜ 《短篇小说如何思考》 ｜ 《时代文学》 ｜ 2021 年第 3 期

小说集 ｜ 《略知她一二》 ｜ 人民文学出版社 ｜ 2021 年 4 月

评论 ｜ 《狐疑的调查者或失落的被调查者》 ｜ 《广州文艺》 ｜ 2021 年第 10 期

小说集 ｜ 《多米诺男孩》 ｜ 北京十月文艺出版社 ｜ 2021 年 10 月

2022 年

评论 ｜ 《美食家、比喻句、小兽和童话关于周晓枫的代名词》 ｜ 《上海文化》 ｜ 2022 年第 3 期

随笔 ｜ 《远与近——程永新老师印象》 ｜ 《芒种》 ｜ 2022 年第 3 期

随笔 ｜ 《樊健军小说印象》 ｜ 《创作评谭》 ｜ 2022 年第 5 期

随笔 ｜ 《卢桢印象》 ｜ 《南方文坛》 ｜ 2022 年第 6 期

随笔 ｜ 《众生的回响》 ｜ 《芙蓉》 ｜ 2022 年第 6 期

小说集 ｜ 《绵羊向西》 ｜ 河北教育出版社 ｜ 2022 年 10 月

2023 年

随笔 ｜ 《风一样的她》 ｜ 《芒种》 ｜ 2023 年第 1 期

随笔 ｜ 《关于桥的三个关键词》 ｜ 《中国作家（纪实版）》 ｜ 2023 年第 3 期